지혜로 통찰하는
힘 얻으소서

2023. 남 지 심 합장

우담바라

Udambara

35주년 기념판

*

소설가 남지심

인간의 내면에는 오욕칠정의 늪과 함께 평화와 고요, 청정함이 있다. 앞부분이 인간군상의 영역이라면 뒷부분은 진리를 추구하는 종교인의 영역이다. 남지심 작가는 뒷부분을 작품 속에 녹임으로써 인간의 의식영역을 확대하려고 노력해 왔다.

문단과는 일면식도 없이 40여 년을 전업 작가로 활동하고 있는 그는 지금도 새벽 3시면 일어나 향을 사르며 하루를 시작한다. 청정수로 차를 내리고 책상에 앉아 사경을 한다. 기도하고 글을 쓰는 작가의 일상은 앞으로도 계속될 것이다.

남지심 作

작가의 말
prologue

내 인생의
마지막
모롱이를
돌며

정박할 항구가 가까이 보인다.

난파선을 만들지 않고 마지막 모롱이를 돌 수 있음에 안도한다.

운무도, 풍랑도 다 뚫고 노를 저어 여기까지 올 수 있었던 것은 부처님이 들고 계신 법등(法燈)이 등대불처럼 어둠 속에서 깜빡이고 있어서였다.

함께 맺은 깊은 인연, 부처님과 내 자신에 감사한다.

허무의 터널을 지나 불교를 만났고, 부처님 법을 펼치는 불교문학을 하겠다는 서원을 세우고 40여 년 세월을 살아왔다. 30대 후반에『솔바람 물결소리』로 처음 소설을 쓰기 시작한 나는 40대 후반에『우담바라』를 썼고, 70대 후반에『인간은 죽지 않는다』를 써 이제 곧 펴내려 한다. 그

동안 30권 가까운 책을 썼지만 실제 소설은 앞으로 펴내려고 하는『인간은 죽지 않는다』를 포함해 8권이다.

『솔바람 물결소리』,『연꽃을 피운 돌』이 불교 안에 진리가 있음을 확신하고 설레는 마음으로 불교를 바라보는 시기였다면,

『우담바라』는 불교 안으로 들어와 진리를 체화(體化)하기 위해 내 자신을 연소시킨 시기였다. 그래서『우담바라』안에 등장하는 수십 명의 인물들은 저마다 삶의 밧줄을 잡고 자신을 완성시켜 가기 위해 치열하게 스스로를 불사른다. 작품 속의 인물들은 내 안에 자리를 틀고 있는 내 자신의 모습이며, 세상 밖에서 삶을 영위해 가고 있는 인간군상들의 모습이다.

1987년『우담바라』가 세상에 처음 모습을 드러내자 많은 사람들이 열렬히 사랑해 주었다. 그래서 수년간에 걸쳐『우담바라』전 4권은 158쇄를 연속해 찍으면서 600만 부 이상 팔려 나갔다. 그 당시 초중고등학교 여교사들과 은행 여직원들이 순서를 정해 놓고『우담바라』를 읽었다는 소문도 들려왔다. 35년 전의 까마득한 일이지만 늦게나마『우담바라』를 읽어 준 독자 한 분 한 분에게 머리숙여 감사의 합장 올린다.

『우담바라』얘기를 하다 보니 몇 개의 단상(斷想)이 떠오른다.

원고를 써야 한다는 압박감 때문에 8개월간 대문 밖을 나가지 못하기도 했고,

깊은 잠에 빠질까 봐 자리에 눕지 못하고 옷을 입은 채 앉은뱅이책상(내가 원고를 썼던 책상) 밑에서 쪽잠을 자기도 했고,

50여 일이 지나도록 원고지 2장밖에 쓰지 못해 극도의 불안감에 사로잡히기도 했고.

원고가 써지지 않아 청화 스님이 계시던 곡성 태안사에 가서 하루 3천 배씩 3일간 9천 배를 하고, 다음 날 새벽 기도 때 1천 배를 해 만 배를 채우고 오기도 했다.

『우담바라』 4권 황금전당을 쓸 때는 완전히 탈진이 되어 매일 원고지를 내려다보며 누가 신통을 부려 이 원고지를 까만 글자로 가득 채워줬으면 하기도 했다. 그때는 책 한 권을 끝내는 일이 무릎걸음으로 천 리를 기어가는 것만큼 아득하게 느껴졌다.

몹시 지쳐있던 나는 황금전당을 제대로 마무리 짓지 못하고 원고를 출판사로 넘겼다. 그때의 생각은 건강이 회복되면 몇 권의 책을 더 써서 『우담바라』를 종결지을 생각이었다. 하지만 나는 그 계획을 실천에 옮기지 못하고 30여 년 세월을 흘려보냈다. 중간에 편법으로 중압감을 줄여보려 했지만 그 일은 결국 성공을 거두지 못하고 내 글쓰기에 오점만 남기고 말았다. 40여 년간 글 쓰는 일을 해 오면서 가장 부끄럽게 느끼고 있는 자화상이다.

70대 후반에 이른 어느 날, 기억 뒤편에 밀쳐 놓았던『우담바라』를 꺼내서 다시 읽어 보았다. 담배 피우는 장면이 너무 많이 나오는 것과 공중전화 박스에 가서 전화거는 거, 그리고 다방이라는 말을 보며 혼자 웃었을 뿐 인간의 얘기는 그 때와 지금이 별반 다를 바가 없었다. 더욱이『우담바라』를 쓸 때인 40대 중반의 나와 마주한 나는 그 때의 내 자신을 바라보며 미소지었다. "이때는 합일의 경지에 이르는 사랑을 꿈꾸고 있었구나!"라고 생각을 하면서.『우담바라』를 2번 다시 읽은 나는『우담바라』4권 황금전당 말미의 2장을 새로 수정하고 보완하면서 마무리를 지었다. 그렇게 하고 나니『우담바라』를 종결지었다는 생각이 들어 작가로서 책무를 마쳤다는 홀가분함이 느껴졌다.

　　35년 만에 다시 생명을 부여받은『우담바라』는 이제 다시 독자 손으로 넘어갔다. 2023년의 독자들과는 어떤 만남을 가지게 될까. 사랑을 받을까? 냉대를 받을까? 어머니 품을 떠난 자식은 자신의 운명대로 살아가게 된다.『우담바라』또한 그러할 것이다.

　　『우담바라』후기를 쓰면서 하고 싶은 얘기가 하나 더 있다.『우담바라』를 펴낸 이후『우담바라』를 읽고 출가를 결심했다는 스님이 10여 분 계신다는 걸 알았다. 그 얘기를 직접 듣기도 했고, 누군가로부터 전해

듣기도 했다. 그중에서도 내 기억 저편에 선명하게 남아 있는 스님이 한 분 계신다.

　1993년 11월 성철 스님이 열반에 드시자 전국 각처에 있는 불자들은, 불자들 뿐 아니라 일반인들도 큰 물결에 휩쓸려 가듯 해인사로 몰려갔다. TV에서는 마치 생중계를 하듯 성철스님 장례과정을 연일 중계해 주었고 나도 도반 몇 명과 함께 차를 타고 해인사로 갔다. 어둑해진 시간, 해인사 주차장에서 차 문을 열고 나올 때 한 비구스님이 차 문을 닫고 뒤로 돌아서려다 나를 보고 내게로 오셨다. 그리고 이런 말씀을 하셨다.

　"남지심 보살님이시죠? 보살님이 쓰신『우담바라』를 읽고 출가를 결심했습니다."

　그때 나는 왜 그 스님이 계신 절과 법명을 물어보지 못했을까? 못내 아쉽다. 지금도 절에 계신다면 이젠 어른 스님 반열에 드셨을 것이다. 인연이 닿아 다시 뵐 수 있다면 정성이 가득 담긴 공양을 꼭 올리고 싶다. 감사의 삼배와 함께.

　나의 소중한 도반 김복희 교수가 기억 뒤편에 아련히 숨어 있던 옛 애인을 소환해 오듯, 이미 세상에서 모습을 감춘『우담바라』를 무용으로 무대 위에 올려주었다.

2021년 3월, 서울 대학로 아르코 예술극장 대극장에서

2022년 3월, 서울 대학로 예술극장 대극장에서

2022년 4월, 콜롬비아 보고타 콜론극장에서

2022년 10월, 룩셈부르크 CELO 극장에서

2022년 10월, 벨기에 BOZAR 극장에서

이렇게 5차례에 걸쳐서다.

    기억 뒤편에서 잠자고 있던 『우담바라』에 생명을 불어넣어 해외 나들이까지 시켜 준 한양대학교 김복희 교수 무용단에 감사드린다.

    그리고 마지막으로 불교문학 작가로서의 서원을 세우고 10여 년간 매주 화요일에 만나 불교와 문학을 함께 공부해온 나의 도반이며, 후배고, 제자인 바띠 회원들한테도 감사의 마음 전한다. 이들이 있어 나의 노후는 행복하다. 부처님 품 안에 함께 안주할 수 있어 더욱 그렇다.

2023년 3월

『우담바라』 기념판을 펴내며

소설가 남지심

차례

작가의 말 . 004

1장 013
2장 051
3장 093
4장 131
5장 167
6장 195

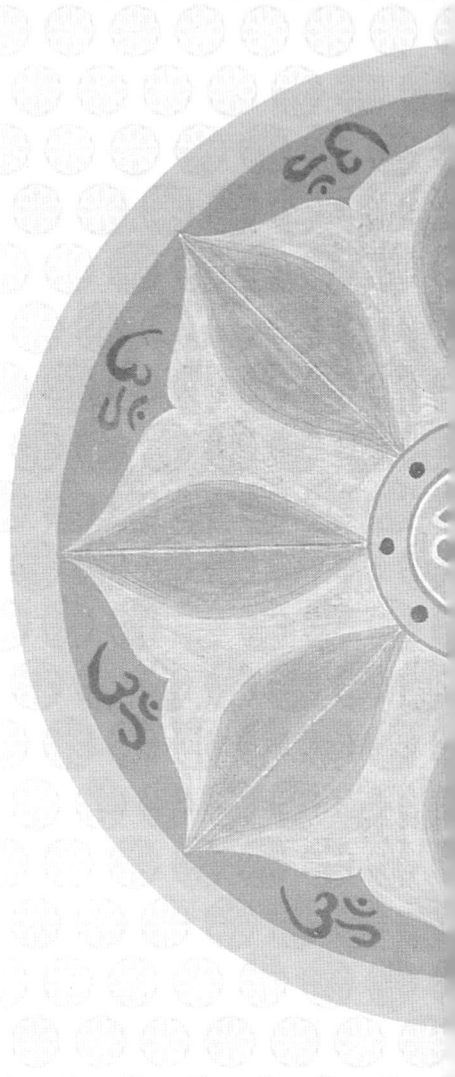

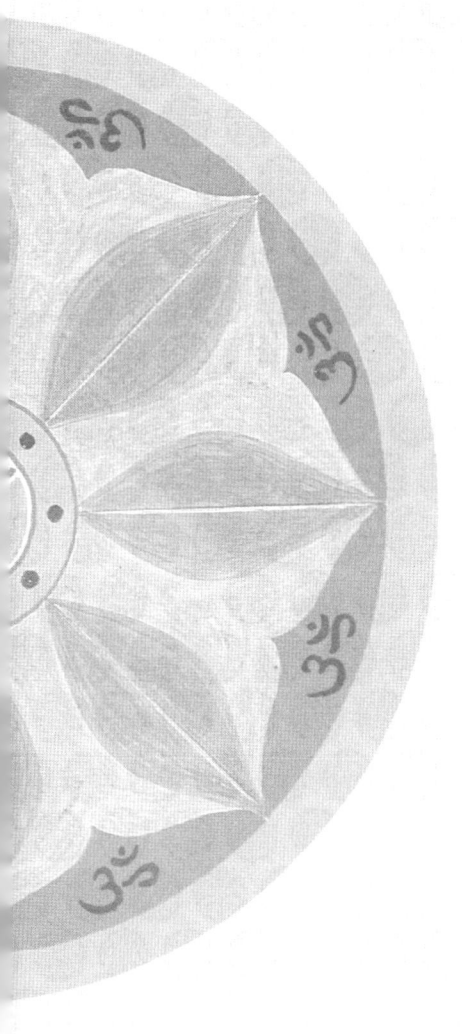

229 ····· **7**장

265 ····· **8**장

297 ····· **9**장

331 ····· **10**장

363 ····· **11**장

403 ····· **12**장

1
장

Udumbara

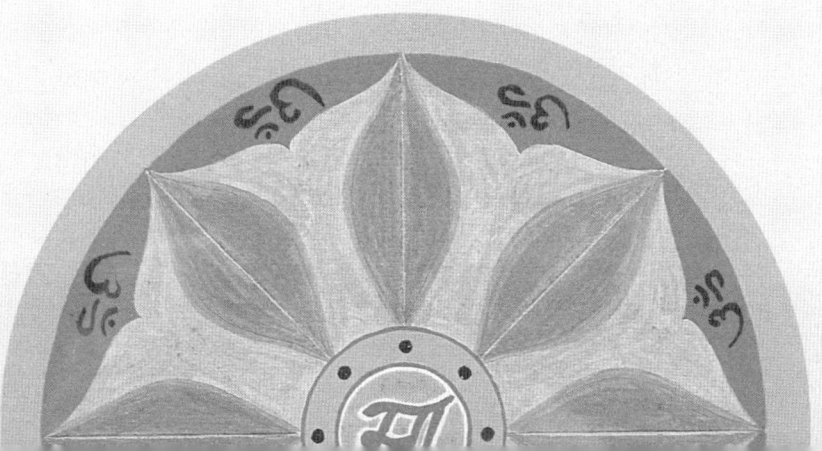

채련은 방금 감은 머리를 흰 타월로 말아서 물기를 닦아 내며 창가로 갔다. 잘 풀어놓은 실타래 같은 긴 머리카락은 창으로 비낀 햇볕을 받아 푸르스름한 청동색으로 빛났다. 창가에 서서 무심히 정원을 바라보던 채련은 가운 주머니에서 빗을 꺼내 천천히 머리를 빗기 시작했다. 빗이 지나간 긴 머리카락은 그녀의 어깨 위에서 부드럽게 물결쳤다.

채련은 같은 동작을 여러 번 반복하다가 보송하게 마른 머리를 두 손으로 받쳐 들고 얼굴을 묻었다. 그 순간 그녀의 머리카락 한 올 한 올은 마치 악기의 현으로 변한 것처럼 신비한 소리가 울려 나왔다. 채련은 절묘하도록 아름답게 들리는 그 울림에 전율하며 가만히 눈을 감았다. 아득히 멀고 그러면서도 무한히 넓은 어딘가를 다녀온 듯한 느낌…. 내가 다녀온 곳은 어디였던가? 한참 그렇게 서 있던 채련은 고개를 들고 무심히 하늘을 올려다보았다. 푸른 하늘엔 흰 구름이 모였다 흩어지고 흩어졌다가 다시 모이고 하면서 유유히 흘러가고 있었다. 마치 영겁 속의 한 생애처럼.

채련은 긴 머리를 올려서 핀을 꽂고 작업실로 내려갔다. 복도 한쪽 구석에는 J 신문사 주최 미술 공모전에서 대상을 받았던 〈맥(脈)〉이 놓여있었다. 채련은 그 조각품을 물끄러미 바라보았다. 복숭아나무 줄기에 탐스러운 수밀도 한 개가 매달려 있는 것 같은 형상, 그것은 아이를 안고 젖을 먹이고 있는 여인의 모습이었다. 채련은 그 작품을 제작하면서 꽃잎처럼 보드라운 아기의 입술 속에 자신의 젖꼭지를 물려보고 싶었던 기억을 떠올려보다가 발길을 돌렸다. 그런 그녀의 얼굴은 쓸쓸해 보였다.

작업실 앞에 선 채련은 잠시 망설이다가 문을 열고 안으로 들어갔다. 두꺼운 커튼이 내려져 있는 작업실은 깜깜했고 오랫동안 창문을 열지 않은 실내는 눅눅한 습기와 매캐한 흙냄새로 가득 차 있었다. 채련은 어두운 공간에 잠시 서 있다가 스위치를 눌러 불을 켰다. 그러자 입상, 나상, 좌상, 토르소, 두상들이 유령처럼 불쑥불쑥 모습을 드러내기 시작했다. 채련은 불빛 속에 모습을 드러낸 청동 조상들을 물끄러미 바라보았다. 그녀의 손끝으로 빚어진 조상들은 고뇌하는 얼굴로, 분노하는 얼굴로, 그리고 몹시 슬픈 얼굴로 몸을 비틀거나 꾸부린 채 그녀를 내려다보고 있었다. 채련은 오래전부터 자신이 만든 조상들에 대해 공포를 느껴왔다. 그녀의 손끝으로 빚어진 조상들은 바로 그녀의 얼굴이었으며, 그것들은 마치 간이역에 서 있는 이정표처럼 그녀가 지나왔던 길목을 샅샅이 일러주고 있었다. 채련은 가능한 한 그것들을 자신의 시야에서 사라지게 하고 싶었다. 그러나 그것들은 이미 무(無)로 돌아갈 수 없는 운명들을 스스로 짊어지고 있었다.

채련은 절망적인 얼굴로 작업실 안을 서성이다가 커튼을 젖히고 별실로 들어갔다. 거기엔 그녀가 미술 공부를 처음 시작했던 어린 시절부터 사 모아온 성상들이 빽빽하게 들어차 있었다. 채련은 일을 하다가 피곤해지면 가끔 이 별실에 들어와서 그들을 바라보는 것을 즐겨 해왔다. 그녀의 시선이 닿는 곳엔 그리스의 신들이 있었고 로마의 영웅들이 있었다. 시공(時空)을 초월해서 그들의 숨소리를 들을 수 있다는 것은 황홀했다. 그들의 숨소리는 그녀에게 늘 어스름 녘의 불빛이었으며, 그녀는 남루한 몸으로 거리를 헤매다가도 울며 돌아와 그 불빛에 위로받을 수 있었다. 채련은 그들이 뿜어내는 광휘로 자신의 영감을 빛내고 싶어 했다. 하지만 안타깝게도 그녀가 다가가면 갈수록 그 불빛은 인광처럼 온기를 잃고 말았다. 그것은 무서운 아이러니였다. 이런 아이러니를 알게 되면서부터 채련은 자신 속으로 되돌아갈 수밖에 없었다. 이제 그들은 그녀를 향해 뜨거운 숨길을 보내지 않았다. 제신(諸神)도, 영웅도, 사상가도…. 그들은 굳게 입을 다문 채 침묵했고 그녀 또한 그들에게서 어떤 위로도 받으려 하지 않았다.

채련은 침묵의 벽으로 닫힌 작업실 안에서 만 2년을 보냈다. 일을 할 수 없었던 2년은 그녀를 거세당한 말처럼 무력하고 비참하게 했다. 그럴 즈음 그녀의 가슴속에서는 하나의 얼굴이 되살아났다. 마치 자신의 핏속에 숨어 있다가 슬그머니 고개를 드는 것처럼. 채련은 그 얼굴을 형상으로 끄집어내 보고 싶었다. 그러나 그녀가 끄집어내려고 고심하면 할수록 그 얼굴은 그녀 속에 내재된 무한한 과거 속으로 사라져갔다.

채련은 절망적인 얼굴로 작업실 안을 서성이다가 밖으로 나왔다. 그때 등나무 밑에 앉아 있는 동화의 뒷모습이 눈에 들어왔다. 채련은 동화가 있는 정원으로 나갔다. 인기척을 느꼈음인지 동화도 고개를 돌려 채련을 바라보았다.

"언제 왔니?"

채련은 반듯하게 잘생긴 그의 얼굴을 보며 미소를 지었다.

"조금 전에 왔습니다."

동화는 몸을 고쳐 앉으며 대답했다.

"공부하기 힘들지?"

"네."

"공부도 일이니까 쉬면서 해."

"장학금에 매달려 공부하고 있는 제가 줄을 타고 곡예를 하고 있는 기분입니다."

"곡예?"

"네. 가끔은 누군가가 제 덜미를 잡아서 땅바닥에 내팽개 쳐줬으면 하고 바랄 때도 있어요. 저 혼자서는 줄에서 뛰어내릴 용기가 없거든요."

"그건 무슨 말이지?"

"저 자신의 모순을 확인하고 있는 고통이죠."

"……?"

채련은 뭔가 달라진 동화의 태도에 고개를 갸웃했다. 하지만 그가 한 말의 내용을 더이상 묻지는 않았다. 두 사람은 할 말을 찾지 못하고 가만히 발아래를 내려다보았다. 등나무 줄기 사이로 비친 햇살은 마치 난해한 추상화라도 그려놓듯 땅바닥에 기기묘묘한 명암을 드러내고 있었다.

"우리가 사는 세상 같지?"

채련은 발아래 펼쳐진 그림자를 보며 웃었다. 그러자 동화도 대답 없이 싱긋이 미소를 지었다.

"오 채려언!"

정원 끝에서 귀에 익은 고음이 들려왔다. 이영이었다. 그녀는 화사한 레이스가 달린 물빛 투피스를 입고 금자와 함께 걸어오고 있었다.

"너희들이 웬일이니?"

채련은 자리에서 일어나며 친구들을 맞았다.

"귀부인을 보려면 나 같은 사람이 찾아와야지 별수 있니?"

이영은 동그란 얼굴에 살살 웃음을 흘리며 자리에 와 앉았다.

"너도 앉아."

채련은 옆에 서 있는 금자를 보며 앉기를 권했다.

"응."

금자는 들고 있던 낡은 가죽 지갑을 무릎 위에 올려놓으며 채련 옆에 앉았다. 동화가 쑥스러운 얼굴로 엉거주춤 일어나려고 하자 이영이 호기심에 찬 눈으로 동화를 쳐다보았다.

"인사해. 이 친구들은 여학교 동창들이고, 이 학생은 박동화라고 S대 물리학과 졸업반이야."

채련은 그런 이영을 보고 민망해하며 인사를 시켰다. 소개를 받은 동화는 자리에서 일어나 공손하게 허리를 굽혔다. 그러자 이영은 눈을 가늘게 뜨고 동화의 얼굴을 찬찬히 살펴보기 시작했다.

"동화, 바쁘면 가봐."

채련은 곤혹스럽게 서 있는 동화를 보고 말했다.

"네."

그는 갈 수 있는 기회를 만들어준 게 고마운 듯 채련에게 눈인사를 하고는 얼른 자리를 떴다.

"쟤 이름이 박동화라고 했지?"

동화 모습이 사라지자 이영은 확인하듯 다시 물었다.

"응."

이영은 무엇인가를 생각하면서 한참 동안 허공을 바라보다가 말했다.

"쟤 참 매력적이다. 꼭 얼룩말 같지 않니?"

채련이 어리둥절해하자,

"백마나 흑마가 아니고 겨우 얼룩말이야?"

옆에 있던 금자가 가소롭다는 투로 끼어들었다.

"백마나 흑마는 영웅을 연상시키잖아? 난 그런 비극적인 운명을 짊어지고 있는 사내는 딱 질색이거든."

"……."

"느네들 세상에서 제일 아름다운 게 뭔 줄 아니?"

이영은 두 친구를 번갈아 바라보며 물었다.

"지상에 있는 생명 중에서 가장 아름다운 건 여자라며?"

금자가 상식적인 대답을 했다.

"여자가 뭐 아름답니? 사실은 여자보다 남자가 훨씬 더 아름다워. 그런데 남자보다 더 아름다운 게 뭔 줄 아니? 그건 말이야. 난 잘생긴 미소년을 보고 있으면 꼭 말을 보는 거 같아서 예뻐 죽겠어."

이영은 자신의 말이 재미있는 듯 육감적인 입술을 빨며 생글거렸다.

"넌 어떻게 된 애가 꼭 발정난 고양이 새끼 같니?"

금자가 한심하다는 듯 핀잔을 주었다.

"괜히 고상한 척하지 마. 너도 낮에는 먹고 밤에는 자지? 인간이란 먹고 자는 거 빼고 나면 빈껍데기야."

"그게 사실이라고 해도 그런 얘긴 좀 더 나이가 먹은 후에 해. 그런 얘기하기엔 아직 네 얼굴이 너무 젊어."

"젊으니까 하지 늙은 후에 무슨 재미로 그런 말을 하니?"

채련이 웃으며 이영을 쳐다보자 이영은 채련을 마주 바라보며 생글거렸다.

"너 그 끼는 정말 버릴 수 없는 모양이구나."

"넌 끼가 여자의 매력이라는 것도 모르니? 그게 바로 생명력의 확인인 거야. 난 끼 없는 여자나 남자는 맹물 같아서 쳐다보기도 싫더라."

금자가 핀잔을 주자 이영은 금자 들으라는 듯 비아냥거렸다.

"그만해. 모처럼 놀러 와서 싸우겠다."

채련이 중재를 하며 나섰다.

"앤 남녀 관계를 너무 몰라. 그러고도 아이 낳고 사는 걸 보면 그 짓만은 모르고도 할 수 있는 모양이지?"

그들 세 사람은 어느 구석을 둘러보아도 공통점이라고는 찾아볼 수 없었다. 그렇다고 해서 성격적으로 서로 매력을 느끼고 있는 처지도 아니었다. 이영은 빈틈없는 금자를 옹졸하다고 경멸했고, 금자는 또 금자대로 자유분방한 이영을 바람기 많은 여자로 치부해서 비난했다. 그리고 그들은 채련이 자신들한테 속마음을 이야기하지 않는다고 해서 서운해했다. 지금까지 살아오는 동안 그들의 관심사는 서로 달랐고, 지향해 가는 가치 또한 달랐다. 그렇기 때문에 서로 만난다 해도 즐거운 대화가 따로 준비돼 있을 리 없었다. 그런 그들이 신기하게도 오늘날까지 계속 만나오고 있는 것은 무엇 때문일까? 그것은 어쩌면 성장기를 통해서 같은 경험을 공유해왔다는 추억 때문인지도 모른다.

이영과 금자, 그리고 채련은 거의 함께 자랐다. 금자와 채련은 초등학교부터 대학까지 같이 다녔고, 또 한동네에서 살았다. 이영은 중학교에 입학하면서 만났지만 그들과 집 방향이 같았으므로 늘 함께 다녔다. 그들 셋은 등하굣길에 하찮은 일로 자주 싸웠고, 어떨 때는 서로 토라져서 며칠씩 말을 하지 않을 때도 있었다. 그러면서도 그들은 지칠 줄 모르고 함께 어울려 다녔다. 그들 셋 중에서 가장 공부를 잘한 사람은 금자였고, 그녀는 또한 빈틈없는 모범생이기도 했다. 이영은 어려서부터 성적이라는 것에는 별 의미를 두지 않는 자유분방한 애였다.

그녀는 머리와 복장 때문에 학생과로 불려가 곤욕을 치르기가 일쑤였다.

"오빠 댁엔 가끔 들르니?"

채련은 옆에 앉은 금자를 보며 물었다.

"아니. 거의 내왕 없이 지내."

"가장 가까운 친척은 넌데 가끔 들러서 조카 좀 보살펴주지 그래."

"오빠 집엔 애 외할머니가 와서 살림을 하고 계시잖아."

"솔직히 말해. 찾아다니면 돈이 들어서 그러는 거잖아?"

이영은 금자 일이라면 창자 속까지 훤하게 들여다볼 수 있다는 투로 말했다.

"사실은 그래. 한번 집을 나서면 며칠 반찬값이 날아가고, 그럼 우리 애들은 맨밥을 먹여야 하는데 내가 어떻게 나다닐 수가 있어?"

"남자를 사랑해야만 철창 없는 감옥에 갇히는 줄 알았더니, 돈을 사랑해도 철창 없는 감옥에 갇히기는 마찬가지구나."

이영은 기가 찬다는 얼굴로 금자를 바라보더니 눈물이 글썽하도록 웃었다. 채련은 그런 이영을 보며 가슴속으로 깊은 연민을 느꼈다. 얘는 아직도 옛날의 박동민 씨를 못 잊고 있구나.

아버지가 의사였던 이영은 상당히 윤택한 환경에서 자랐다. 그러나 윤택한 것은 값비싼 옷을 입는다거나 용돈을 넉넉히 가지고 다니는 식의 겉치레뿐이었고, 어려서부터 계모의 손에서 자란 그녀는 외롭고 고독했다. 하지만 그녀는 여간해서 외로움을 내색하지 않았다. 그녀는 늘 명랑했고 또 사치하기를 좋아하는 자유분방한 학생이었다. 그렇게 소녀 시절을 보낸 이영은 처음 대학교에 진학하면서부터 금자 오빠인 최길성한테 열렬히 접근했다. 그러나 최길성이 받아주지 않자 얼마 후 그녀는 자신이 다니고 있던 대학의 회화과 학생과 열애에 빠지고 말았다. 둘의 사랑은 열렬했지만 도도하고 오만했던 그녀의 부모가 빈농 출신인 화가 지망생 박동민을 받아줄 리가 없었다.

"너희 아버지도 지나치셨어. 그때 그렇게 반대하실 이유가 없었는데 말이야."

채련은 눈물이 글썽해서 앉아 있는 이영을 보며 말했다.

"내겐 엄마가 없었으니까. 엄마만 계셨더라면 내가 빈농 출신의 남자가 아니라 비렁뱅이를 사랑한다 해도 그렇게 짓밟지는 않았을 거야."

"그러셨겠지. 딸이 자살하려고 세 번씩이나 약을 먹었는데도 허락하지 않았다는 건 너희 아버지한테 애정이 없었던 때문이야."

"본인은 그걸 애정이라고 믿고 있어. 지금까지도."

"가끔 모임에서 박동민 씨를 만날 기회가 있는데 그 사람은 볼수록 호감이 가더라."

"미대 교수에다 중견 화가라는 선입견 때문이겠지."

금자는 자신이 믿고 있는 통념에 의미를 두며 말했다. 그러자 이영은 예쁜 담뱃갑에서 담배 한 개비를 뽑아 입에 물며 쓸쓸하게 말했다.

"가끔 텔레비전이나 신문에서 그이 얼굴을 보고 있으면, 야 이게 바로 그림의 떡이구나 하는 생각이 들어서 혼자 웃어."

"너희 아버지도 사람 볼 줄을 모르셨어. 돈 많으시겠다, 박동민 씨 한창 고생할 때 뒷바라지 좀 해줬으면 자식을 위해서도 얼마나 좋았겠니."

"말하면 뭘 하니? 내 신세를 요렇게 망쳐놓으려고 작정을 한 양반인데."

박동민으로 인해 부모와 극도의 대립 관계에 섰던 이영은 부모에 반발하는 기분으로 더욱 복잡한 이성 교제를 했다. 하지만 그럴수록 나쁜 소문만 눈덩이처럼 불어났을 뿐 그녀의 사랑은 늘 무산되었다. 그러다가 결국 14년 연상인 사업가 후처로 들어가고 말았다.

"얘 배고프다. 점심이나 줘."

이영은 착잡한 자신의 감정을 털어버리려는 듯 명랑하게 말했다.

강의를 끝내고 교문을 나온 채련은 잠시 우두커니 서 있었다. 어디로 갈까? 머릿속으로 여기저기를 더듬어보았지만 발끝을 돌릴 만한 곳은 아무데도 없었다. 채련은 한참 동안 그렇게 서 있다가 식품점 옆에 붙은 공중전화 부스로 갔다.

다이얼을 돌리고 잠시 서 있자 최길성의 음성이 들려왔다.

"여보세요."

"안녕하세요? 저 채련이에요."

"오 선생이 웬일이십니까?"

"바쁘시지 않으면 제가 그쪽으로 갈까 하고요."

"좋습니다. 노을로 오십시오."

채련은 수화기를 제자리에 놓고 돌아섰다. 마침 그녀 앞에 막 손님을 내려놓은 택시가 있어서 채련은 쉽게 차에 오를 수 있었다.

"종로로 가주세요."

채련은 의자에 기대며 숨 막히게 답답한 거리를 바라보았다. 흐르는 세월에 실려 사람도 거리도 삭막하게 바뀌어 가고 있었다. 그러기 때문에 이제는 만나고 싶은 사람이 없듯이 거닐고 싶은 거리도 차차로 없어져 갔다. 힘겹게 서로 비집고 달리던 차는 마침내 종로까지 와서 그녀를 내려주었다. 인파를 헤집고 골목으로 들어선 채련은 노을이 있는 건물 층계로 올라갔다. 사무실 같은 문에 간판도 매달지 않은 노을은 작은 샘처럼 언제나 신선했다. 문을 열고 안으로 들어서자 최길성이 반겨주었다.

"오래간만입니다."

"최 선생님하고 얘기가 하고 싶어서 나왔어요."

"잘 오셨습니다. 나도 답답하던 참인데."

"말이란 허망한 것인 줄 알면서도 말이 하고 싶어 사람을 찾아다니는 건 뭘까요?"

"나하고의 얘기가 허망할 것이라는 걸 미리 전제하는 거 같군요."

"그렇게 하지 말아 달라고 부탁드리는 거예요."

"어려운 주문인데요. 그리고 병을 주는지 약을 주는지 분간이 안 가는군요."

두 사람은 서로 쳐다보며 함께 웃었다.

그때 최길성의 사무실에 있는 미스 민이 들어왔다. 그녀는 실내를 두리번거리다가 최길성을 발견하고는 그의 앞으로 걸어와서 나직이 말했다.

"사장님, 노 교수님한테서 전화가 왔는데 내일 아침 서울에 오신답니다."

미스 민의 얘기를 듣고 놀란 사람은 채련이었다. 서울을 떠난 지 15년, 그동안 한 번도 모습을 나타내지 않았던 노 교수님이 서울로 온다는 것은 정말 뜻밖의 일이었다.

"알았어."

최길성은 이미 알고 있는 사실인 듯 간단하게 말했다. 미스 민은 채련을 향해 머리를 숙이며 돌아섰고, 채련은 놀란 얼굴로 최길성을 바라보았다.

"다니러 오시는 걸까요?"

"이번에 오시면 서울에 계실 겁니다. 지난번 뵈었을 때 그런 뜻을 밝히시더군요."

"계시다니요, 어디서요?"

"댁으로 가시겠죠."

"……."

채련은 가만히 눈을 감았다. 댁이라는 말이 통증 같은 것을 몰고 왔다.

최길성의 누이동생 금자와 노 교수의 외동딸 재윤, 그리고 채련은 미대 조소과에 입학한 세 명의 여학생이었다. 그들은 혈맹의 동지처럼 똘똘 뭉쳐서 화장실까지 같이 쫓아다니며 처음 경험하는 남녀 공학에 적응해갔다. 그런 어느 날, 그들은 금자의 주선으로 그녀의 오빠 최길성이 주도해 나가는 연극 동아리에 가입했다. 최길성은 훗날 채련의 남편이 된 한태서와 같은 법학과 3학년 학생이었는데, 그는 연극부 회장일 뿐 아니라 법대 학생회장이기도 했다. 의협심이 강하고 통솔력도 뛰어났던 그는 또한 사색적이고 탐미적이기도 해서 그런 양면성으로 학생들 사이에 신비한 인물로 부각되었다. 그가 주도하는 연극부는 해학과 풍자로 학생들의 울분을 풀어주었고, 학생들은 연극을 통해서 응어리진 자신들의 열정을 쏟고 있었다.

이 동아리를 이끌어간 지도 교수가 바로 노 교수였다. 그는 철학과 교수로 학생들 사이에서는 '닥터 파우스트'로 불리고 있었다. 동서양 철학은 물론 종교, 역사, 사회학, 심지어는 물리학, 천문학까지 사통오달 막힘이 없어서 파우스트만큼이나 박식했다. 노 교수의 외동딸 노재윤은 숱 많은 머리를 한 갈래로 땋고 다니던 귀티 나는 여학생이었다. 그녀는 아버지를 닮아 천성적으로 명석한 두뇌를 가졌고, 매사에 침착하고 이지적이었다. 특히 깔끔하고 청초한 그녀의 모습은 난초 꽃잎 같은 분위기를 자아냈다.

학교생활에 어느 정도 익숙해진 늦은 봄날 채련과 재윤은 오전 수업을 끝내고 휴게실에 앉아 있었다. 그때 학생회 간부들이 스피커를 들고 뛰어다니며 운동장으로 모이라고 외쳤다. 그들은 학생회 간부들이 시키는 대로 밖으로 나갔다. 그때 이미 운동장에서는 경찰들이 학생들을 해산시키려고 곤봉을 마구 휘두르고 있었고, 학생들은 학생들대로 투석전으로 맞서고 있었다. 최루탄 가스로 눈을 뜰 수 없는 캠퍼스는 벌집을 쑤셔

놓은 것처럼 들끓고 있었다. 여기저기서 비명이 들리고 양측의 부상자들이 이리 뛰고 저리 뛰며 수라장을 만들었다. 그런 수라장 속에서 어찌할 바를 몰라 우왕좌왕하고 있던 채련은 옆에서 비명을 지르며 쓰러지는 노재윤을 발견했다. 너무나 당황한 그녀는 노재윤을 끌어안고 엉엉 소리 내서 울었다. 그때 옆에 있던 남학생이 달려들어 노재윤을 들쳐업고 아비규환 속을 빠져나갔다. 간신히 교문을 빠져나온 그들이 학교 앞에 있는 병원으로 달려갔을 때 노재윤은 이미 뇌출혈로 숨이 진 뒤였다.

그때의 그 비극적인 상황을 어떻게 다시 되살려 생각할 수 있을까?

북망산을 머다 마소
뒷동산이 북망일세
공산에 터를 닦고
사토로 집을 지어
청송으로 울을 삼고
오죽으로 벗을 삼아
영결종천 하올 적의
눈비 오고 서리칠 제
어느 친구가 날 찾아줄까

의대생들이 흰 가운을 입고 무교동 거리를 지나며 무언의 데모를 하던 날, 노재윤은 영구차에 실려 벽제 화장터로 갔다. 그녀의 운구 위에는 춘국(春菊)이 하얗게 덮여 있었다. 차 안에는 십여 명의 교우들이 타고 있었고, 관이 놓여있는 뒷자리에는 정물처럼 앉아 있는 노 교수와 몸을 가누지 못하는 부인이 나란히 앉아 있었다. 영구차가 혜화동에 있던 노 교수 댁을 출발해서 벽제 화장터에 이르는 한 시간여 동안 그들 중에서 입을 연 사람은 아무도 없었다.

　　차가 화장터에 이르자 하얀 춘국으로 덮인 관이 내려졌고, 노재윤은 저승사자같이 생긴 무표정한 사나이들의 손에 의해 화구 속으로 들어갔다. 화구 앞에는 통곡하는 사람, 찬송가를 부르는 사람, 목탁을 치며 염불하는 사람들로 웅성거리고 있었다. 그들은 모두 자신들이 길들여왔던 습성에 따라 자신들의 슬픔을 위로받고 있었다. 그러나 노재윤이 들어간 화구 앞에 서 있는 사람들은 모두 굳게 입을 다문 채 침묵하고 있었다. 그들의 가슴속에 쌓여 있는 분노와 슬픔이 너무 컸으므로 그들은 무엇으로도 위로받을 수 없었는지 모른다. 노재윤의 운구 위로 주황의 불길이 댕겨지는 순간 굴뚝에서는 검은 연기가 솟아올랐다. 그 연기는 시간이 지남에 따라 희끄무레한 청회색으로 바뀌더니 마침내 허공 속으로 사라지고 말았다.

　　얼마 후 철판 위에 놓인 검불 같은 재를 인부가 솔로 쓸어서 긁어모아 주었을 때 사모님은 '허억!' 하는 외마디 소리를 남긴 채 실신해버렸고, 뼈마저 가루로 바수어졌을 때 노 교수의 얼굴은 전혀 물기를 느낄 수 없도록 바싹 메말라 있었다. 한 움큼의 재로 바뀐 노재윤의 유골을 안고 송추 뒷산으로 올라가 흐르는 계곡물에 뿌릴 때 채련은 땅바닥에 꿇어앉아 노 교수의 무릎을 두 팔로 감싸 안고 흐느껴 울었다.

"최 선생님은 재윤이를 사랑하고 있었죠?"
채련은 오랜 세월이 흘렀다고 생각되었으므로 이 말을 처음 물어보았다.
"그녀는 내게 있어 봉함엽서 같은 여자였습니다."
최길성은 담담하게 말했다. 채련은 그의 말을 듣고 천천히 머리를 끄덕였다. 봉함엽서 같은 여자라는 말은 아무것도 확인해보지 않았음에도 많은 것을 서로 나눈 사이라는 뜻일 것이다.
"내 인생 항로의 닻은 그때 이미 내려졌지요. 나는 그때부터 인간이라는 것에 대해 아무런 기대도 하지 않게 되었습니다."
채련은 잠자코 그를 쳐다보았다.

최길성이 니힐리스트로 변모하기 시작한 것은 바로 그

무렵부터였다. 그는 학교에 휴학계를 내고 조그만 암자로 가서 한 학기를 보내기도 했다. 야심만만하던 그는 모든 일에 의욕을 잃고 깊은 회의에 빠져들었으며, 탄탄대로를 치달을 것 같던 그는 대로를 피하고 작은 오솔길로 접어들었다. 그리고 그는 고독한 몽상가로서의 외로운 여행을 시작했다. 그는 차차로 세상 어떤 것에도 가치를 두려 하지 않았고 어떤 누구에게도 기대를 걸려 하지 않았다. 장래가 촉망되던 한 젊은이가 니힐리스트로 변모해가자 그를 아끼던 사람들은 그에게 결혼할 것을 강요했다. 그에게 가족이 딸린다면 그도 어쩔 수 없이 생활 속으로 되돌아올 것이라고 믿으며.

그러나 결혼은 그를 더욱더 깊은 혼란 속으로 밀어 넣고 말았다. 애정도 없이 한 결혼 생활에서 행복을 찾을 리 없었던 그는 괴로운 부부 관계를 유지해갔다. 하지만 괴로운 것은 그의 마음속이었고 겉으로는 누가 보아도 부러워할 만큼 평온한 가정생활을 꾸려나갔다. 평범하고도 착한 여자였던 그의 아내는 아들 하나를 낳고 별 불평 없이 살아주었는데, 두 번째 아이를 임신했을 때 그녀는 그만 임신중독에 걸려 숨지고 말았다. 최길성은 아내가 임신중독으로 사망하자 심한 자기혐오에 빠져들었고, 더욱더 무서운 니힐리스트로 변모해갔다. 세상 속에 살면서 세상과 등을 돌리고 살았던 그의 삶은 어쩌면 고독과의 사투, 그것이었는지도 모른다. 사는 것이 너무 힘들 때면 그는 가끔 채련을 찾아와 자신의 고독을 위로받고 싶어 했다. 하지만 채련 역시 고통의 늪에서 헤어나지 못하고 있었기 때문에 그녀는 그를 위로해주기보다는 오히려 그에게서 자신의 고통을 위로받고 싶어 하며 살아왔다.

    그럴 즈음 최길성은 몹시 흥분한 얼굴로 채련을 찾아와 노교수와의 해후를 알려주었다. 그리고 종을 만들고 싶다는 자신의 뜻도 밝혔다. 채련은 그의 얘기를 들으며 최길성 이상으로 흥분하였고, 그가 돌아간 후에도 설레는 마음으로 그가 들려준 얘기를 떠올렸다.

    어느 날 석양 무렵, 최길성은 산등성이에 혼자 앉아 있었다. 그때 골짜기 아래에 있는 절에서 종소리가 들려왔다. 종소리를 듣는 순간 그의 가슴속에선 무언가 새로운 세계가 지평(地平)을 여는 것 같았다. 그는 종소리에 끌려 땅거미가 지고 있는 골짜기 아래로 내려갔다. 그가 일주문 안으로 들어섰을 때 한 스님이 종루 위에서 종을 치고 있었다. 가사 자락을 펄럭이며 종을 치고 있는 스님의 모습은 마치 자신의 몸을 때려 종을 울게 하는 것처럼 보였다. 최길성은 종루 밑에 우두커니 서서 허공 속으로 울려 퍼지는 종소리를 들었다. 그 소리는 어쩐지 거인의 울음소리처럼 느껴졌다. 그러나 그 울음소리는 슬픔이 아니었다. 물론 괴로움도 아니었다. 무어라고 형언할 수 없는 아픔이, 한없는 그리움이, 어떤 희열이 그 소리 깊숙한 곳에서 배어 나왔다.

　최길성은 눈을 감고 오래도록 그 자리에 서 있었다. 그의 가슴속에선 자꾸 울음이 솟구쳐 올라 견딜 수가 없었다. 그때 종루에서 내려온 스님이 최길성 앞으로 다가왔다. 그는 공손하게 합장한 후 어떻게 왔느냐고 물었다. 최길성은 종소리에 이끌려 왔음을 말하고 그 소리를 한 번만 더 듣고 싶다고 간청했다. 그러자 스님은 절에서 하룻밤 묵으면 새벽예불 시간에 다시 종소리를 들을 수 있다고 대답했다. 최길성은 절에서 하룻밤 묵어야겠다고 생각하며 스님을 따라 경내로 들어갔다. 가사 장삼을 걸친 스님들이 저녁예불에 참석하기 위해 대웅전 쪽으로 모여들고 있었다. 그 스님들 속에 하얀 두루마기를 입은 한 노인의 모습이 보였다. 그 노인을 본 순간 최길성은 머리에 강한 전류가 통하는 것처럼 아득해졌다. 그는 급히 노인 앞으로 다가가

　"선생님."

　하며 손을 잡았다.

　"자넨 최 군 아닌가?"

　노인도 떨리는 목소리로 최길성의 손을 덥석 잡았다.

지심귀명례 삼계대도사 사생자부 시아본사 석가모니불

법당에선 스님들의 염불 소리가 울려 나왔다. 최길성은 어둠 속에서 하얗게 모습을 드러내고 서 있는 노 교수의 얼굴을 살펴보았다. 그 얼굴은 고독과 맞서 피투성이가 되었던 바로 자기 자신의 얼굴이었다.

"노 교수님은 왜 서울로 오실 생각을 하셨을까요?"
채련은 최길성의 손끝에서 피어오르는 담배 연기를 보며 물었다.
"회향(回向)하고자 하는 마음에서겠죠."
그는 채련의 시선을 의식했음인지 손가락에 끼고 있던 담배를 비벼 끄며 말했다.
"회향하고자 하는 마음이라니요?"
"교수님은 공부를 많이 하셨으니까 그 공부를 세상 사람들한테 되돌려줘야겠다고 생각하시는 것 같았습니다."
"세상 사람들한테 아직도 애정을 가지고 계시는가 보죠?"
"글쎄요…."
최길성은 애매하게 대답하며 허공을 쳐다봤다.

"교수님은 서울을 떠나신 후에도 공부를 계속하셨던 모양이죠?"

"정말 공부는 그때부터 하셨다고 하더군요."

"정말 공부라니요?"

채련이 고개를 갸웃하자

"그건 저도 모르겠습니다."

최길성은 허공으로 보냈던 시선을 거두며 채련을 바라보았다.

"선생님 오시기 전에 집을 좀 치워드렸으면 좋겠어요. 그냥은 도저히 들어가실 수 없으실 거예요."

"그러는 게 좋겠군요."

최길성은 자세를 고쳐 앉으며 채련의 말에 동의했다.

"그러려면 서둘러야 할 거예요."

그들은 자리에서 일어나 거리로 나왔다. 버스 정류장에는 중년 여인이 활짝 핀 진달래와 개나리를 양동이에 담아서 팔고 있고, 그녀 앞에는 개나리 꽃잎처럼 샛노란 한복을 입은 여인이 하얀 이를 드러내고 화사하게 웃고 서 있었다. 하지만 왠지 웃고 있는 그녀는 가화(假花)처럼 느껴져서 전혀 생명감을 느낄 수 없었다. 가화처럼 느껴지는 건 사람만이 아니었다. 양동이에 담겨 있는 진달래와 개나리도 그렇게 느껴지기는 마찬가지였다. 그러고 보면 서울이라는 도시는 살아 있는 모든 것의 생명력을 탈색시켜 피폐한 가화 더미로 만들어가고 있는지도 몰랐다.

"최 선생님은 교수님이 떠나신 후 그 댁을 가보신 적이 있으신가요?"

"두어 번 골목 안까지 들어가서 서성거려본 적이 있습니다."

차창 앞으로는 신호등이 바뀌기 전에 횡단보도를 건너려는 사람들이 거의 필사적으로 뛰고 있었다.

"이번에 담시도 같이 오는지 모르겠군요."

최길성은 목장갑 낀 손을 핸들 위에 올려놓으며 혼잣말처럼 말했다.

"아, 맨발로 다녀도 발에 더러운 것이 묻지 않는다는 그 사람 말씀이죠?"

채련은 언젠가 최길성에게서 들은 담시 얘기를 떠올리며 웃었다.

"바로 그 사람이죠."

최길성은 앞차의 깜빡이를 잠시 바라보다가 조용히 말했다.

"그 사람을 보고 있으면 난쟁이가 거인을 쳐다볼 때 느끼는 절망감 비슷한 게 느껴지더군요."

"…네?"

채련은 그 말의 의미가 얼른 머리에 들어오지 않아 최길성의 얼굴을 바라보았다.

"해인 스님도 그를 이구지보살(離垢地菩薩)이라고 불렀다니 제가 그런 감정을 느끼는 건 어쩌면 당연한지도 모르죠."

"이구지보살이라니요?"

"저도 교수님한테 들은 얘긴데, 진리를 체득한 보살이 현실 사회 속으로 되돌아와서 도덕의 기본적인 훈련을 시작하는 단계라고 하더군요. 그러면서 점차로 인간의 더러움에서 벗어나게 된답니다."

"……."

"교수님도 담시한텐 꼭 경어를 쓰고 마치 윗사람을 모시는 것처럼 대하더군요."

"담시라는 사람은 나이가 얼마나 됐는데요?"

"노 교수님이 영묘사로 가셨을 때 열다섯 살 먹은 소년이었다니까, 그 후 십오 년 세월이 흘렀으니… 올해 서른 살이겠군요."

"……."

채련은 천천히 머리를 끄덕였다. 자신보다 세 살 아래라고 생각하면서.

그의 모습이 너무도 신비롭게 느껴져서 채련은 '담시' 하고 그의 이름을 속으로 불러보았다. 그러자 그녀의 망막 위로 한 얼굴이 떠올랐다. 마치 안개 속에 가려진 것처럼 희미한 형상으로. 채련은 눈을 가늘게 뜨고 자신의 망막 위로 떠오르는 형상을 붙잡아보려고 안간힘을 썼다. 그러던 채련은 아! 하고 탄성을 질렀다. 그녀의 망막 위로 떠오르는 얼굴은 작품이 되지 않아 고심할 때마다 그녀의 핏속에 숨어 있다가 슬며시 고개를 드는 그 얼굴과 신기하게도 닮아 있었다. 채련은 자신의 환상에 전율하며 차창 밖을 내다보았다. 차는 어느새 혜화동 로터리를 돌아 노 교수 댁 골목으로 접어들고 있었다.

"골목만은 여전하군요."

최길성의 말을 듣고 골목을 살펴보던 채련은 가슴속이 아려왔다.

대학교에 입학해서 노재윤과 조금씩 친해지기 시작했을 때부터 채련은 거의 매일 이 골목을 드나들었다. 그들은 구석진 방에서 멋진 폼을 잡고 서로 모델이 되어주기도 하고, 클래식 해설집을 펴놓고 헨델이나 모차르트를 듣기도 했다. 그런 날 저녁이면 채련은 재윤과 함께 저녁을 먹고 어두워진 이 골목길을 걸어 나왔었다.

"내립시다."

차에서 내린 최길성과 채련은 노 교수 댁 대문 앞에 가서

섰다. 담 위로는 거의 고목이 된 나무들이 숨 가쁘게 꽃과 잎을 터뜨리고 있었다. 그 나무들을 보는 순간 채련은 형언키 어려운 감동을 받았다. 그것은 불타버린 집터에서 보라색 꽃을 만개시킨 라일락나무를 보았을 때 받은 느낌과 비슷한 것이었다.

"눈물겹군요."

최길성은 분홍 꽃잎을 터뜨리고 있는 앵두나무를 보며 말했다. 눈물겹다는 그의 말은 상당히 공감이 갔다. 나무들은 마치 빈집을 지키는 충복(忠僕)들처럼 담 밖으로 고개를 빼고 주인을 기다리고 있었다.

최길성과 채련은 가위표로 빗장을 지른 대문을 흔들어보다가 뒤로 물러섰다.

"아무래도 사람을 불러와야겠는데요."

"안의 문도 잠겨 있을까요?"

"글쎄요. 떠나실 때 아무도 본 사람이 없으니까 그건 모르겠습니다."

그들은 난감한 얼굴로 서로 쳐다보았다.

"저쪽에 나가 담배 한 대 피우며 방법을 강구해 봅시다."

최길성은 앞집 대문 앞에 놓인 평상을 가리키며 말했다.

최길성과 저녁을 먹고 헤어진 채련은 좀 늦은 시간에 집으로 돌아왔다. 정원 위에 수은등이 높이 떠 있는 그녀의 집은 적막과 비애에 쌓인 채 고성(古城)처럼 깊게 가라앉아 있었다. 채련은 대문 틈에 있는 버튼을 누르고 안으로 들어갔다. 남편이 먼저 와 있는 듯 커다란 집은 한쪽 귀퉁이만 환하게 불을 밝히고 서 있었다.

현관 안으로 들어서자 흰 고무신이 눈에 띄었다.

'혹시 시골에서 어머니가…?'

채련은 급히 거실로 올라가 안방 문을 열었다. 방 안엔 이씨가 아들과 마주앉아 있었다.

"어머니 오셨군요."

채련은 얼른 가방을 놓고 시어머니한테 공손하게 절을 했다.

"그동안 별고 없으셨어요?"

"그래. 너도 별일 없었냐?"

"네."

"저녁으로는 좀 일찍 다녀라. 남편이 먼저 와서 기다리게 하지 말고. 나도 네가 없는 집은 빈집 같아서 들어서기가 싫더라."

채련은 가슴속이 찡해 옴을 느끼며 시어머니를 바라보았다. 이 노인은 두 팔을 벌리고 나와 아들을 끌어안으려 하고 있다. 그러나 남편과 나는 늘 일정한 거리에 서서 서로 바라보고 있었으므로 이 노인의 팔로는 거리를 좁혀 싸안을 수 없었

것이다. 하지만 시어머니가 원하는 것은 소유가 아니라 소속임을 채련은 잘 알고 있었다. 이 씨는 언제나 며느리와 아들, 그리고 자신이 한 타래의 실처럼 같이 꼬여 있음을 확인하고 싶어 했다.

"죄송해요. 최 선생님하고 노 교수님 댁에 갔다 왔어요. 내일 교수님이 오신다고 해서 집 안을 좀 치워드리려고요."

채련은 남편을 보며 말했다.

"노 교수님이?"

한태서는 내심 놀라는 듯했으나 더이상 말을 잇지 않았다. 그들 사이에 거북한 침묵이 흐르자 이 씨는 자식들 눈치를 살피더니 얼른 영농 얘기를 꺼냈다.

"절골 논과 왕산 논은 소작을 줬다. 추동 논과 칠곡 논은 김 서방네가 그대로 부치기로 하고. 집에서 내가 짓는 것도 백 섬지기가 넘으니 일꾼 구하기가 힘들어서 그게 하나 고생이다."

이 씨는 농사를 짓는 것도 너희들 일이니, 너희들도 잘 알고 있어야 한다는 어조로 말했다. 채련은 그런 시어머니를 물끄러미 바라보았다. 강인하고도 사리가 밝으며 판단력이 정확한 그녀는 오히려 출중한 장부 같은 기개마저 풍겼다. 이 씨는 깡마른 어깨를 반듯하게 펴고 앉아서 섬약해 보이는 아들 손을 내려다보고 있었다. 그런 그녀의 어깨는 서까래 위에 떠받혀 있는 대들보처럼 당당하게 느껴졌다.

"일꾼 구하기가 어려우시면 농막을 들여앉히지 그러세요."

한태서는 어머니 시선을 의식했는지 앞에 놓인 찻잔을 들며 말했다.

"곽 서방네가 있는데 또 농막을 들여놓을 필요가 있냐? 농막을 들여놓는다 해도 우리 집 일은 남한테 완전히 맡길 수 없다. 그 많은 농사를 맡아서 지을 만한 사람도 없을 뿐 아니라 대나무다, 밤이다, 은행이다 해서 갈무리해야 할 일이 얼마나 많으냐? 거기다 산도 둘러봐야 하고…. 내가 손을 놓으면 집안일은 아무도 추슬러 나가지 못한다."

"어머니는 흡사 감농을 하시기 위해서 사시는 분 같군요."

한태서가 미소를 지으며 이 씨를 쳐다봤다.

"그러라고 나를 한씨 가문에 들여놓지 않았냐?"

이 씨도 아들 얼굴을 보며 엷게 웃었다.

"……."

"나는 순리대로 살았다. 순리대로 살았다고 생각하기 때문에 아무런 여한도 없다. 그저 한 가지 소원이 있다면, 내가 지켜온 가문이 끊어지지 않고 대를 이어 나가는 것을 보고 눈을 감았으면 하는 것뿐이다."

가문. 피로 엉켜 내려오는 하나의 기둥. 하지만 젊은 사람은 아무도 그것에 연연해하지 않는다. 격동기를 살아오는 동안 가문이란 우리에게 있어 성황당에 모셔놓은 호랑이 화상만큼이나 무의미해졌다. 조상은 고사하고 조부나 부친의 영욕마저도 이미 자신하고는 무관한 그런 세상을 사람들은 살아가고 있지 않은가?

"고단할 텐데 자거라."

이 씨는 아들과 며느리의 표정을 살피더니 자리에서 일어섰다.

"네."

묵묵히 생각에 잠겨 있던 채련도 시어머니 뒤를 따라 일어났다.

"약식하고 유과를 만들어왔다. 굳기 전에 갖다 먹어라."

"네."

"가져와 봐야 어른 둘밖에 없으니 먹이는 재미가 있어야지. 손주들이 둘러앉아 할미가 가져온 별식들을 맛있게 먹는 걸 본다면 내 죽어도 한이 없겠다."

이 씨는 가슴속에 숨겨두었던 얘기를 혼잣말하듯 하고는 밖으로 나갔다. 방 안에 우두커니 서 있던 채련은 시어머니를 따라 밖으로 나가며 남편의 얼굴을 바라보았다. 그는 무릎 위에 올려놓은 두 손을 깍지 낀 채 조용히 눈을 감고 있었다. 그런 그의 얼굴은 몹시 고통스러워 보였다.

채련은 건넌방으로 가서 시어머니의 이부자리를 펴 드리고 유과 몇 조각을 들고 방으로 돌아왔다. 그때까지 남편은 처음

앉았던 자세 그대로 앉아 있었다.

"드세요."

채련은 유과 접시를 남편 앞에 놓으며 권했다. 그의 관자놀이엔 푸른 정맥이 기다랗게 부풀어 올라 있었다. 이 사람은 지금 나와 함께 있는 것을 힘들어하고 있다. 채련은 남편 얼굴을 보며 속으로 말했다. 6년이라는 짧지 않은 세월을 함께 살아오는 동안 채련은 남편의 숨소리 하나만으로도 그가 무엇을 원하는지 알게 되었다. 남편이라곤 하지만 한태서는 그녀에게 있어 늘 생소했다. 그의 체취는 그녀의 것이 아니었으며 채련은 어떤 순간에도 그것을 자신으로부터 분리할 수 있었다. 채련은 침대보를 정리해놓고 밖으로 나왔다. 집 안은 깊은 정적 속으로 서서히 가라앉았다. 물결이 일지 않는 바다 같다고 할까? 바람이 불지 않는 들판 같다고 할까? 채련은 자신이 이런 적막함 속에서 지느러미도 없는 물고기처럼 부유(浮游)해왔다는 생각이 들었다.

"물 좀 주구려."

한태서가 문을 반쯤 열고 말했다. 채련은 주방으로 가서 물 한 컵을 따라 쟁반에 받쳐 들고 방으로 들어갔다. 한태서는 몹시 조갈을 느끼고 있었던 듯 물 한 컵을 단숨에 다 비우고는 복잡한 눈으로 채련을 바라보았다. 이 사람은 나를 원하고 있다. 그러면서도 끌어안지 못하고 있다. 늘 그러했던 것처럼.

채련이 대학교 3학년이었을 때 어머니가 돌아가시고, 반년 후에 아버지마저 돌아가셨다. 그들은 한평생을 비둘기처럼 다정하게 살았고 떠날 때도 역시 그렇게 다정하게 가버렸다. 그들이 가버리자 그들의 그림자는 마치 물을 쏟아버린 빈 그릇처럼 어디에도 남아 있지 않았다. 그들은 자식을 아끼고, 동기간을 아끼고, 세간을 아끼며 살아왔지만 그들이 아꼈던 모든 것들은 그들이 떠나버리자 곧 무관한 것들이 되고 말았다.

그 무렵 채련은 심한 허무감에 빠져 있었기 때문에 살아가야 할 앞날에 대해서도 별다른 애착을 느낄 수 없었다. 그래서 3학년 2학기 말 시험을 간신히 치르고는 휴학계를 내고 말았다. 이런 채련의 감정을 비교적 소상하게 알고 있던 K화백은 강원도 벽촌에 있는 조그만 중학교에 교사 자리를 마련해 주었다. 그 학교는 면 소재지에 있는 공립 중학교였는데 미술 교사가 모자랐는지 졸업도 하지 않은 채련에게 시간을 내주었다. 물론 졸업장은 없었지만 대학 미전에서 대상을 받았던 그녀의 이력이 그 일을 추진시키는 데 도움이 되었을 것이다. 이렇게 해서 채련은 난생처음으로 산간 벽촌에서 1년간 보내게 되었다.

그해 가을, 스산한 바람이 불던 어느 날 저녁 한태서가 불쑥 그녀를 찾아왔다. 채련은 그와 〈햄릿〉을 같이 하는 동안 그의 비극성에 매료되었기 때문에 그를 맞이하는 그녀의 마음도 열렬했다. 그는 비극의 토양에 뿌리를 내리고 자란 나무처럼 인간이 지닌 비극성을 완벽하게 이해하고 있었다. 채련은 그런 한태서에게 무한한 공감대를 느끼고 있었다. 말하자면 그때 채련은 인간 한태서를 사랑했다기보다 그가 지닌 비극성을 사랑한 셈이었다. 한태서는 돌아가면서 복학을 권했고, 채련은 그의 권유를 받아들여 이듬해 봄에 복학을 했었다. 그리고 대학원을 졸업한 이듬해 그와 결혼을 했다.

신혼여행을 가서 그들은 바다가 보이는 호텔 방에 들었다. 그날 밤, 한태서는 채련의 옷을 벗기고 그녀의 알몸에 뜨거운 키스를 퍼부으며 그녀를 끌어안았다. 그러나 웬일인지 절정의 순간에 그녀에게서 몸을 일으키고 창가로 갔다. 깜깜한 바다에서는 파도 소리가 무섭게 들려왔다. 채련은 파도 소리를 들으면서 바다가 울고 있다는 생각을 했다. 아니, 그것은 어쩌면 남편의 울음소리였는지도 모른다. 한태서는 그 후로도 그의 아내가 된 채련을 거부했다. 아니, 거부했다기보다는 그 자신이 숨기고 있는 가장 비극적인 그 무엇인가에 대해 공포를 느끼고 있는 것 같았다. 그는 언제나 열렬히 아내를 원하며 다가왔다가는 첫날밤처럼 그녀를 밀치고 떠나갔다.

"늦었어요. 어서 주무세요."

채련은 남편 이마 위에 기다랗게 부풀어 있는 정맥에서

눈을 떼며 말했다. 괴로운 얼굴로 정물처럼 서 있던 한태서는 아내를 힐끗 돌아다보더니 창가로 걸어갔다. 그러고는 담배 한 개비를 뽑아서 입에 물더니 신음하듯 연기를 뿜었다. 그런 그의 뒷모습이 너무도 외롭게 느껴져서 그를 바라보고 있던 채련은 두 손으로 얼굴을 가리며 눈을 감았다.

2
장

Udambara

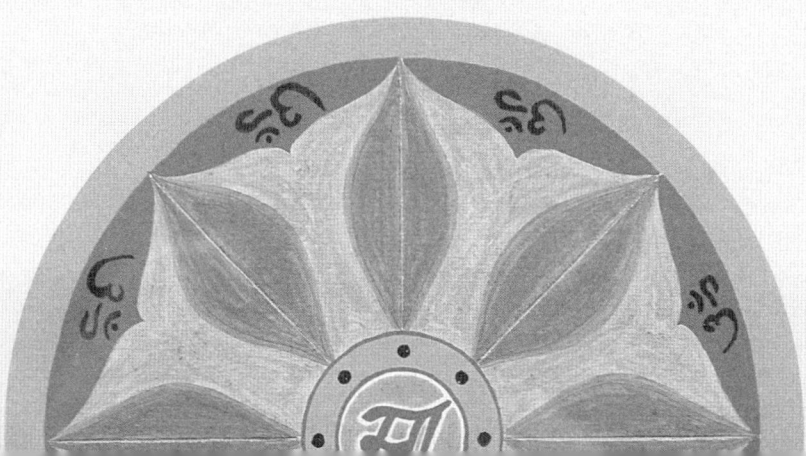

이영의 아파트 문 앞에 선 채련은 안을 기웃하다가 벨을 눌렀다.

"누구세요?"

이영의 고음이 들려왔다.

"나야. 채련이."

"네가 웬일이니? 제 발로 걸어서 나를 다 찾아오고."

그녀는 예고 없이 나타난 친구가 무척이나 반가운 듯 팔을 잡아끌며 말했다.

"어디 갔다 오는 길이야?"

채련은 스미즈 바람의 친구를 보며 물었다. 그녀는 외출에서 막 돌아왔는지 실크 원피스는 한옆에 벗어놓고 속치마만

입고 있었다.

"금자하고 태양물산에 다녀왔어. 5천만 원 들고 가려니까 겁나는지 나보고 자꾸 같이 가재잖아."

"믿을 만한 회사래?"

"그렇겠지 뭐. 노랭이가 두드린 회산데 어련하려구."

이영은 속치마저 훌렁 벗어 던지며 말했다. 엷은 자주색 팬티 위로 드러난 몸매는 물오른 버들강아지처럼 토실하고 윤기가 돌았다.

"예쁜데."

채련이 그녀의 유방을 보며 말하자

"만지고 싶으면 만져봐."

이영은 자신의 가슴을 두 손으로 살짝 추켜올리며 말했다.

채련은 그런 이영이 우습기도 하고 천진스럽게도 보여서

"난 보기만 할 테니까 만지는 건 네 남편한테 하라고 해."

"남편 얘긴 왜 꺼내니?"

이영은 얼굴이 빨개지며 쏘아붙였다.

"그분 요즈음도 외국에 나가 계셔?"

"그 영감태긴 나하고 전생에 원수진 일이 있나 봐. 날 이렇게 볼모로 잡아다 놓곤 세상 끝이 어디냐고 저 혼자 돌아다녀."

"알았어. 남편 얘긴 안 할 테니까 마실 거나 좀 줘."

"맥주 마실래?"

이영은 팬티 위에 수국 무늬가 프린트된 가운을 걸치며 물었다.

"그래."

이영은 귀고리를 풀어서 탁자 위에 놓고 냉장고 속에서 맥주 한 병을 꺼내 들고 왔다. 그러곤 익숙하게 거품을 죽이며 한 컵 가득 따라서 채련 앞에 놓았다.

"마셔."

이영은 예쁜 담뱃갑에서 담배 한 개비를 뽑아 불을 붙이며 권했다.

채련이 맥주잔을 들고 한 모금 마시자

"그러잖아도 너한테 전화하려던 참이었어."

이영은 사내처럼 담배 연기를 훅 뿜으며 말했다.

"왜?"

"너희 집에서 만난 박동화란 애 있잖아. 어저께 밤에 길에서 만났는데 웬 장님 여자하고 같이 가더라."

"그래서?"

"내가 잘못 본 게 아닌가 확인해보려고."

이영은 입술을 축이며 채련을 건너다봤다.

"잘못 본 게 아니야."

"그럼?"

"그 여잔 동화 누나야."

"누나?"

이영은 양미간을 약간 찡그리며 입속으로 되뇌었다.

"넌 동화한테 왜 그렇게 관심이 많니?"

"난 원래 젊은 남자한테 관심이 많잖아."

이영은 자조하듯 웃었다. 그 순간 채련은 직감적으로 그녀가 동화를 통해서 박동민의 영상을 찾고 있다는 것을 알았다. 하지만 그것을 확인해본다는 것은 어쩐지 잔인한 일 같아서 그냥 입을 다물었다.

두 사람 사이엔 침묵이 흘렀고 이영은 쓸쓸한 얼굴로 담배 연기를 내뿜었다.

"동화 안 지가 오래됐어?"

"그 아이가 고등학교 이학년 때였으니까 오래됐지."

"어떻게 만났는데?"

이영은 여전히 관심을 나타내며 물었다.

시어머니가 채련을 위해 아틀리에가 있는 집을 지어주었을 때 그 집 담 밑에는 낡은 판잣집 한 채가 있었다. 집을 다 짓고 이사를 했을 때 한태서는 물론 채련까지도 그 집을 철거하고 싶어 했다. 비록 손바닥만 한 땅이긴 하지만 그 집이 차지하고 있는 땅은 그들의 땅이었고, 그보다 더 직접적인 원인은 그 집이 너무도 볼썽사나웠기 때문이었다.

자식들의 이런 마음을 짐작한 이 씨는 이렇게 당부했다.

"담 밑에 있는 집은 그대로 두도록 해라."

아들 내외가 불만스러운 얼굴로 그 당부를 받아들이려 하지 않자 이 씨가 덧붙였다.

"짐승도 거리로 그냥 내쫓지는 못하는 법이다."

"판잣집에 해당하는 값으로 방을 하나 얻어주지요."

어머니의 설명을 듣고 있던 한태서가 제안했다.

"그 집은 남의 집 살 처지가 못 되더라. 남매가 살고 있는데 누이가 앞을 못 봐."

이 씨 설명을 들은 그들 내외는 몹시 놀랐고, 이 씨는 마음속으로 이미 결정을 내린 듯 말끝을 맺었다.

"담 밖에 있으니 없다고 생각하고 살아라."

그런 어느 날, 학교에서 강의를 끝내고 집으로 돌아왔을 때 그녀의 집 대문 앞에는 그들 남매가 서 있었다. 누이를 부축하고 서 있던 소년은 채련을 보자 당황했고, 소년의 귀띔으로 주인이 왔음을 안 누이는 채련이 서 있는 방향과 조금 다른 각도에다 인사를 했다.

"감사하다는 인사를 드리고 싶어서 왔습니다."

그녀는 본능적으로 자신의 눈을 남한테 보여주지 않으려는 듯 말을 하면서도 시선을 아래로 깔고 있었다. 채련은 어떻게 할까 망설이다가 그들의 인사를 받았다.

"일부러 와줘서 고마워요."

그 순간 채련을 바라보던 동화의 얼굴은 조금씩 상기되어 갔고 그의 시선엔 광채마저 돌았다. 채련은 신선하게 느껴지는 소년을 지켜보면서 그를 자신의 모델로 쓰고 싶은 충동을 느꼈다. 그 후 채련은 동화한테 신문 배달 대신 모델이 되어주기를 권했고 동화도 신문 배달보다는 몇 배 수입이 더 좋은 모델이 되기를 허락했다.

채련이 그를 처음 모델대 위에 앉혀놓았을 때 그는 자신이 자갈돌이 아니라 구슬임을 은연중 그녀에게 암시해왔다. 채련은 그의 이야기에 귀 기울여주었고, 세월이 흐르면서 그는 자신의 몸 위에 묻은 흙을 털어내고 자신이 구슬임을 주위 사람들한테 인식시켜 나갔다. 동화는 병적으로 자존심이 강했고, 채련과의 관계에서도 그 나름대로 어떤 신의를 지키려고 노력했다. 채련은 그런 동화를 지켜보면서 그에게 신뢰감을 가지게 되었고, 그가 하나의 값진 보석으로 변신해 갈 때마다 용기와 희망을 불어넣어 주는 열렬한 응원자가 되었다.

그가 S대 물리학과에 합격했을 때는 그를 바라보던 다른 사람들도 그가 자갈돌이 아니라 구슬임을 인식하게 되었고, 따라서 그를 귀히 여기게 되었다. 그는 처음부터 선반 위에 얹힌 구슬이 아니었으므로 선반 위에 얹힌 구슬과 같은 대접을 받기까지에는 뼈를 깎는 고통이 따라야 했다. 그런 노력을 한 번도 해 보지 않은 이영이 노력 뒤에 숨은 고통을 이해할 리 없었다. 그녀는 언제라도 손만 뻗으면 선반 위에 있는 구슬쯤은 자신의 주머니 속에 넣을 수 있다고 믿을 것이며, 거기에 대해 별다른 죄책감도 느끼지 않을 것이다.

"그런데 내가 왜 걔를 몰랐지?"

채련의 설명을 다 듣고 난 이영은 눈을 반짝이며 친구를 쳐다봤다.

"내가 말을 안 했으니까 몰랐지."

"왜 나한텐 말을 하지 않았어?"

"너하곤 상관없는 일이었잖아."

"……."

이영은 고개를 갸웃하더니 입을 다물었다. 채련은 그런 이영을 바라보다가 앞에 놓인 맥주잔을 들어 천천히 마셨다.

"아유 따분해. 저 장롱 좀 바꿔버릴까?"

이영은 기지개를 켜듯 몸을 뒤틀더니 방 안에 놓인 장롱을 보며 말했다.

"평생 쓰겠다고 집 한 채 값을 주고 들여놓더니 오 년도 안 가서 싫증 나?"

"나도 어지간히 막힌 여자지. 평생이 얼마나 긴데 똑같은 장롱만 보려고 작정을 했으니…."

"……."

"모든 게 따분하고 지루해. 한 남편하고 사는 것도 지루하고. 좀 빨리 끝내고 가끔 새로운 걸로 바꿨으면 좋겠어."

"금자가 들었다간 까무러치겠다."

"그 맹꽁이 같은 기집애."

"맹꽁이라고 생각하는 건 너지 본인은 아니야."

"맹꽁이가 저를 맹꽁이라고 생각하니?"

이영은 다시 담배 한 개비를 뽑아 입에 물고 멍한 얼굴로 허공을 쳐다봤다.

"난 이렇게 사는 게 너무 억울해. 모두들 좋은 사람 만나 깨가 쏟아지게 사는데 나만 이게 뭐니?"

이영의 두 눈은 불그스름해졌다.

"생각하기 나름이야. 세상 사람들이 모두 좋은 사람 만나 깨가 쏟아지게 사는 건 아니니까."

"아무튼 난 이대로 늙어갈 수 없어. 절대로."

이영은 자신에게 다짐하듯 강조해서 말했다.

"늙어가지 않음 어떻게 할래?"

"확인해봐야지."

이영은 담배 연기를 훅 뿜으며 말했다. 이 여자가 확인하고자 하는 건 박동민이다. 적어도 자신의 육체가 박동민과 연결 지어져 있다는 환상을 믿어보고 싶은 거다. 그렇다면?

"너 동화를 통해서 박동민 씨를 확인해보려는 거지?"

채련은 참고 있던 말을 묻고 말았다.

"너도 알고 있었구나. 난 동화를 처음 보는 순간부터 젊은 날의 박동민 씨를 보는 것 같았어. 그러니 내가 어떻게 그 아이한테 무심할 수가 있겠니?"

이영은 손가락 끝에 낀 담배를 뱅글뱅글 돌리며 말했다.

"그 아인 박동민이 아니라 박동화야. 네 감정놀음으로 그 아이한테 상처 주지 마."

채련은 간곡하게 당부했다.

"너 정말 나한테 건방 떨 거야?"

이영은 금방 덤벼들 듯한 기세로 소리쳤다. 채련은 그런 이영을 물끄러미 바라보았다. 그녀의 말속에는 '내 고독을 네가 이해할 수 있어?'라는 말이 숨겨져 있는 듯했다. 채련은 불그스름해진 이영의 눈을 보다가 입을 다물었다. 누가 감히 다른 사람의 가슴속에 숨겨진 고독을 이해한다고 말할 수 있겠는가?

"놀다가 저녁 먹고 가. 갈비 재워놓은 것도 있고, 술도 좋은 게 있어."

이영은 자신의 감정이 격했음을 사과하고 싶었는지 채련을 보고 간청했다.

"지금 저녁 먹으러 가는 길이라서 미리 먹고 가면 안 돼."
"누구 만나러 가는데?"
"노 교수님. 오신 지 며칠 됐어."
"그러니?"

이영은 몹시 놀라며 채련을 쳐다봤다. 대학교에 입학하면서부터 최길성에게 열렬하게 접근했던 이영은 그를 가까이하기 위한 구실로 연극 동아리에 끼어들었다. 그녀는 타교생이긴 했지만 붙임성 있고 귀엽게 보였으므로 그녀가 연극반 학생들과 함께 술집이나 분식집을 어울려 다녀도 아무도 그녀를 이물(異物)스럽게 생각하지 않았다. 그녀의 이런 행동은 박동민 씨를 만나기 전까지 계속되었으므로 그녀도 노 교수가 주도하는 연극 동아리에 1년 정도 동참한 셈이었다.

"여러 사람이 만나?"
"나도 잘 모르겠어. 최길성 씨한테 연락받고 가는 길이야."
"몇 신데? 늦지 않았어?"

이영은 최길성이라는 이름을 듣는 순간 따라나서려던 생각을 포기한 듯 시계를 들여다보며 물었다.

"가봐야지."

채련은 자리에서 일어났다. 그때 현지가 들어왔다. 그녀는 열쇠를 따로 가지고 다니는 듯 혼자 문을 열고 들어와서 어깨에 메었던 핸드백을 내려 팔에 걸었다. 그리고 현관에 서서 신을 벗다가 채련을 발견하고는 머리를 숙였다.

"안녕하세요?"

팔에 끼고 있던 교재가 떨어지려고 하자 현지는 책을 가슴에 싸안으며 거실로 올라왔다.

"현지 울었나 봐? 눈이 빨간데."

"체스 향기를 너무 많이 맡아서 그래요."

현지는 보조개를 지으며 웃곤 제 방으로 들어갔다. 계모인 이영에게는 일별도 보내지 않은 채.

"체스 향기가 뭐니?"

이영은 현지가 들어간 방문을 보며 물었다.

"최루탄 가스."

"난 또 뭐라고."

이영은 시큰둥하게 말하며 탁자 위에 놓인 담배 케이스를 가운 주머니에 넣었다. 현지한텐 들키고 싶지 않은 눈치였다. 채련은 그런 이영이 가엾게 느껴져서 물끄러미 바라보다가 그녀의 손을 잡았다.

"잘 있어. 또 올게."

"알았어. 가봐."

이영은 쓸쓸한 얼굴로 자신의 발끝을 내려다보았다. 그 순간 채련은 그녀를 혼자 남겨두고 가는 것이 안돼서 잡고 있던 손에 힘을 주며 다시 작별 인사를 했다.

"잘 있어."

"가라니까."

이영은 금방 울기라도 할 것 같은 얼굴로 말하곤 고개를 푹 숙였다. 채련은 잠시 이영을 바라보며 서 있다가 잡고 있던 친구의 손을 놓고 천천히 몸을 돌렸다.

종로에서 차를 내린 채련이 노을로 갔을 때 거기엔 최길성 외에 몇 사람이 더 와 있었다. 그들은 채련도 잘 아는 사람들로서 철학과의 정의동 교수, 엄준태 변호사, 미술 평론가 유준, 그리고 희곡 작가 하일도였다. 그들은 연극 공연이 있을 때면 매일 만나 연습을 했고, 연습이 끝나면 술집으로 달려가 자신들의 박식함을 조금이라도 더 드러내 보려고 열변을 토했다. 모두가 '작은 파우스트'쯤으로 착각하고 있던 그들 중에서 가장 돋보이는 존재는 최길성이다. 그의 재기는 항상 주위 사람들을 압도했고, 뛰어난 판단력은 다른 사람들보다 앞서 있었다. 초등학교 때부터 최길성을 오빠라고 부르며 따라다녔던 채련은 늘 그를 자랑스럽게 여겼고, 어느 한 편으로는 꿈의 대상이기도 했다. 하지만 이영처럼 그에게서 이성을 느꼈던 건 아니었다.

"한 군은 잘 있습니까?"

한태서와 법대 동기인 엄준태가 채련에게 물었다.

"네."

"가끔 법원에서 만나긴 합니다만 맞물린 사건이 없으니 그냥 스쳐 가게 되더군요."

"맞물린 사건이 생기기 전에 저희 집에 한번 놀러 오세요."

"좋습니다. 그러죠."

"오 선생 댁엔 엄 형보다 제가 먼저 가봐야겠습니다."

옆에 있던 유준이 말했다.

"왜요?"

"아틀리에를 한번 구경하려고요."

"제 작업실은 폐업한 지 오래돼서 외부 사람을 들여놓기엔 너무 비참해요."

"보물을 숨겨놓은 모양이군요?"

"보물이라뇨? 말라빠진 흙 부스러기밖에 없는데요."

채련은 그를 보며 애매하게 웃었다. 자신이 일을 하지 못한 지가 2년이 넘었다고 한다면 이 사람은 믿어줄까? 그들은 옛날로 돌아가 연극을 얘기하고 노 교수와의 얽힌 추억담을 털어놓았다. 그리고 친구들의 근황을 얘기하고 시국을 걱정하고 닥쳐올 미래에 대해 막연하게나마 불안감을 토로했다.

"노 교수님이 약속 장소를 확실하게 알고 계신가?"

초조한 얼굴로 몇 번이나 시계를 들여다보던 하일도가 최길성한테 물었다. 모여 있던 사람들도 모두 같은 생각이었으므로 그를 쳐다보았다.

"내가 사무실에 한번 가보겠네. 무슨 연락이 와 있는지."

최길성이 자리에서 일어나며 말했다. 그가 카운터 앞을 막 지나려고 할 때 미스 민이 노 교수를 모시고 들어왔다. 그를 바라보던 사람들은 강한 충격을 받으며 잠시 가만히 서 있었다. 그의 몸은 어찌나 하얗게 느껴지는지 마치 하얀 새가 그들을 향해 걸어오고 있는 것 같은 착각을 느끼게 했다.

"오, 자네들이군."

노 교수가 먼저 그들을 향해 미소를 지었다. 그러자 제자들도 그에게로 달려가 그를 얼싸안듯이 부축해서 자리로 모셔 왔다.

"산에 갔다가 그만…."

노 교수는 미안해하며 미소를 지었다. 채련은 의자를 바로 하려다가 노 교수의 흰 고무신에 묻은 붉은 황토흙을 보았다. 그 순간 그녀의 가슴엔 균열이 이는 것 같은 아픔이 느껴졌고, 그런 채련은 얼른 고개를 돌렸다.

난초 꽃잎 같던 노재윤이 한 줌의 재가 되어 허공 속에 뿌려진 후, 불면증으로 시달리던 사모님은 3개월이 못 되어 실성하고 말았다. 그녀는 꼼짝도 않고 온종일 누워 있다가 어슬어슬 해가 지기 시작하면 밖으로 나갔다. 그러고는 이 거리 저 거리를 헤매고 다니다가 자정이 가까워지면 후줄근한 모습으로 대문 앞에 나타났다.

가끔 그녀의 옷은 찢겨 남루하게 펄럭였고, 백옥처럼 흰 몸엔 검붉은 피멍이 들어 있기도 했다. 그러나 웬일인지 아내의 정신착란 증세가 깊어가고 있음에도 불구하고 노 교수는 그녀의 행동을 제지하려고 하지 않았다. 그는 언제나 아내가 이 거리 저 거리를 헤매고 다니게 놔두었고, 그녀를 둘러싼 어떤 소문도 전혀 개의치 않았다. 당시 제자들은 노 교수의 그런 무관심에 비난을 퍼부으며 자기들끼리라도 사모님을 병원에 입원시켜 그녀에게 아름답고 정숙한 본래의 모습을 되찾게 해주고 싶어 안달했다. 그러나 아무도 노 교수의 무서운 침묵에 대항해 맞서지는 못했다.

그렇게 반년 가까이 지난 어느 날, 그날은 부드러운 봄비가 온종일 내렸다. 비가 와서인지 아침부터 집을 비우고 나간 사모님은 자정이 되도록 돌아오지 않았다. 그러자 노 교수는 거리로 나가 아내가 있음 직한 골목을 헤매고 다녔다. 하지만 그녀의 모습은 어디에서도 찾을 수 없었다. 자정이 지나고 사방이 조금씩 밝아지기 시작할 무렵 노 교수는 지친 몸으로 돌아왔다. 집에 와서 안방 문을 연 순간 그는 그만 그 자리에 주저앉고 말았다. 사랑하던 아내는 하얀 나비처럼 날개를 접고 창백한 모습으로 누워 있었는데, 그녀의 왼손에는 딸 재윤을 낳았을 때 기념으로 심었던 푸른 주목 가지 하나가 쥐어져 있었다. 정신을 가다듬은 그가 방 안으로 뛰어 들어가 아내 옆에 앉았을 때, 한평생을 반려로 살아온 그의 아내는 이미 한마디의 작별 인사도 남기지 않은 채 저세상으로 떠나간 후였다.

장례를 치르던 날, 노 교수는 다시 한번 전혀 물기를 느낄 수 없게 바싹 메말라 있었고, 그는 온종일 그런 모습으로 장례 의식에 참여했다. 봉분이 다 올라가고 마지막 삽질까지 끝났을 때 음복술을 나눠 마신 사람들은 서둘러 하산했다. 그러자 노 교수는 붉은 봉분 앞에 무릎을 꿇고 주저앉더니 마침내 오열을 터뜨리기 시작했다. 그런 그의 모습은 박식한 철학자도 아니었고 강단에서 학생들을 사로잡는 명교수도 아니었다. 그는 어머니 품을 떠난 고아처럼 너무도 가엾게 느껴져서 그를 바라보던 제자들은 그만 그의 어깨에 매달려 같이 소리 내어 울고 말았다.

그해 겨울, 노 교수는 학기 말 성적 정리를 끝내고 학교에 사직서를 냈다. 그리고 동경에서 같이 대학을 다녔던 해인 스님을 찾아 영묘사로 내려갔다.

"세월이 많이 흐른 게로군. 자네들 모습도 변한 걸 보니."

노 교수는 감회가 서린 눈으로 제자들을 하나하나 둘러보았다.

"선생님 모습도 그렇습니다."

하일도가 감회에 젖어 노 교수를 바라보았다. 하얀 머리와 흰 수염은 새의 깃털처럼 부드러워 보였고 세모시 같은 그의 얼굴은 고운 섬유질을 느끼게 했다.

"선생님을 다시 뵐 수 있다니 꿈만 같습니다."

정의동 교수가 흥분을 감추지 못하고 말했다.

"자네들을 보고 있는 내 마음도 그렇다네."

"그동안 불편하신 점도 많으셨을 텐데 건강은 어떠십니까?"

"괜찮네."

노 교수는 입 언저리를 문지르며 빙긋이 미소를 지었다. 흰 수염 속에 가려진 그의 입술은 푸른색이 도는 듯했다. 채련은 노 교수의 건강이 좋지 않다고 생각하며 가만히 그를 바라보았다.

"오 군은 한 군하고 결혼을 하였다지?"

노 교수는 자신을 살피는 채련의 시선을 피하고 싶은지 화제를 돌렸다.

"네."

채련은 그를 보며 웃었다.

"두 사람 결혼 날을 받아놓고 저희들끼리 선생님 얘기를 많이 했습니다. 선생님이 계셨으면 주례를 서 주실 텐데 하구요."

엄준태가 지난날을 보고하듯 말했다.

"주례란 덕망이 높고 행복하게 산 사람이 서야지. 난 그럴 자격이 없네."

노 교수는 열외로 밀려난 수인(囚人)처럼 말했다. 제자들은 깊은 비애를 느끼며 그를 바라보았다. 두루마기 섶까지 덮인 흰 수염은 더욱 아린 슬픔을 느끼게 했다. 그때 종업원이 음식과 술을 가져왔다.

"선생님, 제 잔부터 받으십시오."

하일도가 일어나서 술을 따랐다.

"고마우이. 자네가 우리 연극반을 지켜준 유일한 사람이구먼."

노 교수는 희곡을 쓰고 있는 하일도를 보고 미소를 지었다.

"그렇습니다. 교수님을 뵙고 나니 여기 있는 사람들과 함께 다시 한번 연극을 해 보고 싶습니다."

모여 있던 사람들은 그의 말을 듣고 유쾌하게 웃었다. 연극을 다시 해 보고 싶다는 말은 그들 모두의 가슴속에 그리움 같은 걸 일게 했고, 그것은 잃어버린 청춘에 대한 향수이기도 했다.

"선생님 소식은 최 군을 통해서 들었습니다. 암자에 계시면서도 공부를 계속하셨다고 하던데 어떤 공부를 하셨습니까?"

유준이 물었다.

"가만히 앉아서 마음을 가라앉히는 공부를 했네."

노 교수는 빙그레 웃으며 유준을 바라보다가 이렇게 대답했다. 노 교수의 말을 들은 제자들은 의아해서 그를 쳐다보았다.

"모든 것은 여여하게 제자리를 지키고 있는데, 그것을 바라보는 내 마음속엔 자꾸 풍랑이 일더군."

"……."

"풍랑이 멎어주기를 기다린 세월이 십 년이었네."

노 교수의 고통을 알고 있는 제자들은 모두 숙연해져서 고개를 숙였다.

"그렇게 십 년 정도 지나고 나니 다시 손에 책을 잡고 싶어지더구먼. 그때 만난 경전이 《화엄경》이었네. 물론 전에도 《화엄경》을 읽기는 했지. 하지만 다시 읽고 나니 희열이랄까 전율이랄까, 형언키 어려운 감동이 가슴속에 차오르더군. 그것은 하나의 경이로움이었네."

"……."

"그 경험을 통해서 나는 비로소 남은 내 생을 긍정적으로 받아들일 수 있었지."

"……."

"그런 얼마 후 원효 사상을 접하게 되었고 원효대사의

화쟁론(和諍論)을 읽을 때는 가슴속에 뜨거운 불기둥 같은 게 솟아오르더군."

"……."

"놀라운 일 아닌가? 완전히 재가 되었다고 믿었던 내 가슴속에서 다시 불길을 만날 수 있었다는 건."

노 교수는 앞에 놓인 술잔을 들어 입술을 축였다.

"그 무렵 최 군을 만났지. 최 군을 만난 후 나는 자네들이 살고 있는 세상 속으로 되돌아올 결심을 하였네."

세상, 사랑하는 사람뿐 아니라 증오하고 저주하고 싶은 사람까지 뒤엉켜 살고 있는 세상. 그럼에도 불구하고 이 세상은 정녕 버리고 돌아설 수 없는 곳인가?

"자네가 하고 있는 일은 잘 되는가?"

노 교수는 최길성에게 시선을 돌리며 물었다.

"주문은 들어옵니다만, 좋은 종을 만들 수 없어서 괴롭습니다."

"좋은 종을 만들려면 우선 좋은 종장부터 만나야 하지 않겠나?"

"저도 그렇게 생각하고 있습니다만 좋은 종장을 만나기란 좋은 연인을 만나는 것만큼이나 어려운 것 같습니다."

최길성의 말을 듣고 모여 있던 사람들은 모두 함께 웃었다.

"이번에 담시가 찾아간 종장도 꽤 좋은 종장인 모양이더구먼."

"그 종장은 어떤 사람인데요?"

"나도 자세히는 모르지만 옛날 담시 아버님하고 같이 종을 만들었던 사람인 모양이야. 영묘사에서 종 불사를 할 때도 담시 아버님을 도와 종을 만들었다고 하니까."

"그럼 영묘사 종은 담시 아버님이 만든 겁니까?"

"내가 들은 얘기로는 그렇다네."

"역시 그랬군요."

최길성은 뭔가 깊이 느껴지는 게 있는 듯 천천히 머리를 끄덕였다. 채련은 최길성의 표정에서 담시라는 이름을 읽어내고 물었다.

"담시란 어떤 사람인가요? 최 선생님 말씀만으로는 전혀 현실 속의 사람 같지가 않던데요?"

"오 군이 직접 만나보게. 담시라는 사람에 대해 미리 선입견을 가지고 있는 것은 좋지가 않아."

노 교수는 함축성 있게 대답했다.

"제가 어디서 그분을 만나요?"

"이제 곧 나를 찾아올 걸세."

노 교수는 담시가 찾아올 것을 예견하고 있는 것 같았다.

"선생님은 예정대로 강연을 하실 겁니까?"

정의동 교수가 화제를 돌렸다.

"해야지."

노 교수는 명료하게 대답했다.

"어떤 내용의 강연을 하실 건데요?"

채련은 호기심을 나타내며 노 교수를 쳐다보았다.

"내가 하고 싶은 얘긴 원효대사의 화쟁론일세."

"……?"

"자네들도 알다시피 나는 원래 서양 철학을 하지 않았나. 그렇기 때문에 고대 그리스나 로마에서부터 오늘에 이르기까지 서양 사상은 두루 꿰뚫고 있는 편일세. 서양 사상뿐 아니라 동양 사상도 그만큼 이해하고 있다고 자부해왔지. 하지만 그것만 가지고는 문제 해결이 안 되더군. 그래서 나는 다시 인접 학문을 공부했네. 그러나 문제는 다시 문제를 낳을 뿐 어떤 해답도 얻어지지 않았어. 해답이 얻어지지 않음은 물론이고 학문이란 궁극적으로 인간을 행복하게 하는 데 별다른 기여를 못 한다는 생각이 굳어지더구먼. 그 후부터 나는 안다는 것에 깊은 회의를 느꼈네."

노 교수는 술잔을 들고 가만히 생각에 잠겼다.

"얼마 전에야 나는 비로소 그 물음에 대한 해답을 얻을 수 있었네. 그건 《화엄경》을 이해하면서부터였지. 화엄 세계란 자아라는 둑이 이미 무너져 내렸기 때문에 망망대해와 같아. 거기에 이르면 사상이나 종교까지도 초극되고 말지. 이런 화엄

사상을 인간 세계 속에 구현하고자 한 것이 바로 원효대사의 화쟁 사상이라네."

최길성은 노 교수의 말을 깊이 이해하고 있는 듯 천천히 머리를 끄덕였다.

"하지만 망망대해와 같은 이러한 사상까지도 나는 지식이라는 조그만 창을 통해서 받아들일 수밖에 없더군. 숙업이란 그렇게 무서운 것이야."

"그러고 보니 선생님은 세세생생 학자셨던 모양이군요."

"나도 나 자신을 그렇게 생각하고 있네. 그런데 담시를 볼 때마다 그런 나 자신이 부끄러워지더구먼."

노 교수는 제자들을 둘러보며 고백하듯 말했다.

노 교수와 헤어져 집으로 돌아오면서 채련은 거의 흥분하고 있었다. 노 교수는 그 자신이 이미 빛을 발할 수 있는 작은 보석이 되어 있었고, 채련은 그렇게 변모한 노 교수를 지켜보는 것이 한없이 즐거웠다. 채련은 노 교수를 통해서 인간의 영혼이 빛날 수 있음을 확인하였고, 그것은 그녀에게 용기와 위로를 주었다.

집에 돌아온 채련은 남편이 빨리 오기를 기다렸다. 노 교수를 알고 있는 그에게 그분에 대한 얘기를 빨리하고 싶어서였다.

해가 지고 정원의 나무들이 어둠 속으로 가라앉을 때 한태서는 돌아왔다.

채련은 얼른 마당으로 뛰어나가며 남편을 불렀다.

"여보." 하며.

그러나 한태서는 그녀를 쳐다보지도 않고 어깨를 잔뜩 움츠린 채 쫓기듯 안으로 들어갔다. 그 순간 그녀의 몸에서 기운이 쫙 빠져나갔다. 남편의 울병이 다시 시작된 것이다. 그는 마치 시계추처럼 조병과 울병 사이를 왕래하고 있었으며, 그것은 천체의 운행만큼이나 정확하게 한 사이클을 이루고 있었다.

채련은 남편 뒤를 따라 안으로 들어갔다. 가슴속이 답답해지며 호흡곤란이 왔다. 그녀는 걸음을 멈추고 서서 깊게 숨을 들이마셨다. 그러나 들이마신 공기가 명치 끝 어딘가에 와서 멈춘 듯 가슴속은 여전히 답답했다. 채련은 숨을 쉬기 위해서 필사적으로 헐떡였다. 그러나 허사였다. 그녀는 지쳐서 손바닥으로 가슴을 꽉 누르며 현관문에 기대어 섰다. 온몸으로 땀이 흠뻑 배어 나왔다. 평소에는 멀쩡하다가도 남편의 울병이 도지면 그녀는 거의 동시에 호흡장애를 일으켰다. 그의 울병은 가혹하리만큼 잔인하게 그녀의 정신에 압박을 가해왔다.

불빛 아래 선 한태서의 얼굴은 빛이 굴절되지 않는 해저 밑바닥에 숨어 있는 유령처럼 음울해 보였다. 그는 아내에겐 일별도 보내지 않은 채 욕실로 들어가더니 샤워를 하기 시작했다.

울병이 시작되면 그는 마치 의식이라도 치르듯 언제나 몸을 깨끗이 하고 그 병이 가해오는 참담하고도 암울한 절망 속으로 빠져들어 갔다. 욕실에서 나온 한태서는 집 안을 돌면서 창문을 닫고, 커튼을 내리고, 불을 끄기 시작했다. 그리고 마지막으로 침실로 들어가더니 침실 문을 잠갔다. 채련은 침실 밖에 우두커니 서서 그가 행하는 일련의 과정을 지켜보았다. 처음엔 그런 횡포에 분노를 느꼈지만 오래지 않아 남편의 조울병은 그녀에게도 자연스럽게 파급되어 그녀마저 그 희한한 병 속으로 끌려 들어가게 되었다.

노 교수의 얘기를 하고 싶어 남편을 기다렸던 그녀의 바람은 끊어진 현처럼 더이상 소리를 내지 않았다. 그녀의 갈망은 언제나 그렇게 죽어갈 수밖에 없었다. 채련은 거실에 세워두었던 돗자리를 들고 서재로 갔다. 남편 책상 위에는 괴기하게 생긴 풍수 관계 도면이 창으로 비낀 불빛을 받은 채 시커멓게 모습을 드러내고 있었다. 그것은 마치 여자의 음부 깊숙한 곳에 머리를 처박고 있는 것 같은 처절한 형태의 그림이었다. 채련은 수수께끼라도 풀듯 남편 책상 위에 놓인 도면을 들여다보고 또 들여다보고 하다가 잠이 들었다.

아내의 뒤척이는 소리마저 들려오지 않게 되자 성곽처럼 큰 집은 일순간에 커다란 고분(古墳)으로 바뀌어갔고, 한태서는 자기 자신이 악령들의 시험에 걸려든 고분 속의 미라라고 생각하며 침대 위에 멍하니 앉아 있었다.

　　남명(南溟)이란 호를 쓰던 한진수는 일생 초야에 묻혀 살았지만 높은 학덕과 인품은 멀리 한양에까지 알려져서 많은 사람과 친교를 맺고 있었다. 하지만 대대로 내려오는 빈한한 살림은 조금도 더 나아지지 않았고, 오히려 그의 대에 와서 더 극심한 빈곤을 겪게 되었다. 그것은 그를 찾아오는 선비들의 발길이 끊이지 않은 탓이었고, 그 또한 집에만 있는 것이 아니라 수시로 한양과 인근 고을로 출타하였기 때문이었다. 그런 한진수가 오십이 조금 넘은 나이에 세상을 떠났는데 그때 그에게는 아들 둘이 있었다. 장남은 성혼을 시켜 손자까지 보았지만 둘째 아들은 살림이 빈한해서 혼기를 놓친 채 노총각으로 데리고 있었다. 그의 이름이 한찬이었고 바로 한태서의 조부였다.

　　한진수의 장례 날 지관은 산 중턱에 산소 자리 하나를 잡아놓고 이렇게 말했다.

　　"여기가 명당자린데 여기다 산소를 쓰면 대대로 영특한 자손을 보지만 빈한한 살림을 면할 길이 없고, 여기서 한 자를 내려서 쓰면 재물은 불같이 일어나지만 삼 대 동안 바보 자손을 본단 말이야."

　　이 말을 들은 사람들은 저마다 한 마디씩 자기주장을 폈고, 상여를 산자락에 내려놓고도 이렇다 할 결정을 내리지 못했다. 그때 집안에서 가장 연장자 되는 사람이 나섰다.

"한 자 아래로 묻도록 하게. 조상이 그만큼 영민했는데 설마 바보 자손이야 두겠는가?"

이렇게 해서 논쟁은 끝나고 한진수는 한 자 아래에 묻히게 되었다. 그 후 한진수의 둘째 아들 찬에게 청혼이 들어왔다. 청혼을 넣은 사람은 서자로, 당대 백 섬지기 재물을 모은 박대기란 사람이었다. 해마다 전답이 늘어나는 것을 보고 사람들이 재물을 삼태기로 끌어들이는 것 같다고 해서 박대기란 이름 대신 박태기로 부르고 있었다.

박태기는 당대에 백 섬지기 부자가 되고 보니 자신의 신분을 높이고 싶어졌다. 그래서 자신이 모은 재산 중에서 논 열 마지기를 떼어주기로 하고 선비로 이름을 드날리던 한진수의 아들한테 청혼을 넣었다. 청혼을 받은 한씨 문중에서는 다시 공론이 분분해졌다. 그때 당사자인 찬이 청혼을 받아들일 뜻을 밝혔으므로 한진수의 아들은 박태기의 딸과 성혼을 했다.

혼례 날에 가마에서 내린 신부를 보고 초례청에 모였던 사람들은 모두 혀를 내둘렀다. 그녀는 신부라기보다 건장한 남정네 같았다. 그녀의 팔은 거의 무릎까지 내려올 만큼 길었고, 눈은 봉의 눈처럼 눈꼬리가 높이 올라가 있었다. 그런 그녀는 수천 군사를 거느리고 선봉에 선 장수 같았다. 이렇게 해서 한씨 가문에 들어온 박 씨는 그야말로 살림을 불같이 일구어나갔다. 찬 역시 양반 체면 같은 것은 벗어던지고 열심히 들일을 했다. 열 마지기에서 나온 소출이 다른 집 스무 마지기에서 나온 소출과 맞먹었다. 그들은 밭 몇 마지기도 사들였다. 이제는 탱탱한 알부자 소리를 들을 만큼 그들의 생활은 윤택해졌다.

박 씨는 선천적으로 위엄을 갖추고 있었다. 비록 서손이긴 했지만 박 씨는 한씨 가문에 들어오는 순간부터 집안에서 일종의 추앙 같은 것을 받게 되었다. 남편 역시 그녀를 깍듯이 대해줬다. 그렇게 해서 3년이 지나자 그들은 아들을 낳았다. 삼십이 넘은 찬은 미역단도 사다 놓고 땔나무도 넉넉히 장만해뒀다. 그리고 아내가 아들을 낳았을 때는 붉은 고추가 매달린 금줄도 쳤다. 그런데 아들은 첫 이레가 되도록 미동도 하지 않았다. 그뿐 아니라 눈동자도 전혀 움직이지 않았다. 내외는 불안한 눈으로 아들을 지켜보았다. 그러나 한 달이 가고 두 달이 가도 아들한테서는 아무 변화도 일어나지 않았다. 첫아들은 바보였다. 그는 세 살이 되도록 자리에서 일어나지 못했고 '으으' 하는 본능적인 소리 외에는 아무 말도 하지 못했다.

다시 3년이 지나자 그들은 둘째 아들을 낳았다. 둘째 아들 역시 마찬가지였다. 그들은 비로소 자신들에게 내려진 운명이 어떤 것인지 확연히 깨달았다. 그런데 재물은 불길처럼 일어났다. 마른 땅에 씨를 뿌려도 주렁주렁 열매가 맺혔고, 가뭄이다

홍수다 하지만 가뭄이나 홍수는 그들의 논밭을 비껴가는 것처럼 말짱했다. 논밭은 열 마지기에서 스무 마지기 서른 마지기가 되었고, 이에 비례라도 하듯 바보 자식은 둘 셋 늘어났다.

한 씨는 말을 잃고 시름시름 앓기 시작했다. 그는 자신의 재물이 분에 넘치는 과분한 것임을 알았다. 하지만 박 씨는 달랐다. 그녀는 모든 것을 순리대로 받아들였다. 그러기에 그녀는 열심히 감농을 했고 자식들에게 맛있는 음식을 해서 먹였다. 글 읽는 소리가 끊이지 않던 한 씨 집 안엔 글 읽는 소리 대신 음식 만드는 냄새가 진동했다.

그들이 백 섬지기 농토를 장만했을 때 온 마을에는 괴질이 돌았다. 그 마을뿐 아니라 방방곡곡이 괴질로 신음하고 있었다. 이 북새통에 아들 셋과 남편이 세상을 떠났다. 이제 박 씨에게 남은 것이라곤 눈덩이처럼 불어난 재물과 바보 남매뿐이었다. 그녀는 눈물 한 방울 흘리지 않고 남편과 아들을 묻었다. 염을 하던 날, 박 씨는 아들의 시신에 옥색 바지저고리를 입혔고 초립둥이가 쓰는 금박 관대도 씌웠다. 그리고 꽃가마를 꾸며 아들 셋을 나란히 보냈다.

그녀는 장례를 치른 후에도 얼굴에 별다른 내색이 없었다. 그러나 깊은 야밤이 되면 뒤뜰에 정화수를 떠 놓고 천지신명에게 빌었다.

"비나이다 비나이다. 천지신명께 비나이다. 잠시 잠깐 잘

못 와서 제 명에도 못 살고 간 불쌍한 내 자식을 거두어들이시어 총명한 지혜 넣고 어진 복덕 넣으시어 새 옷 입혀 내보내듯 환생시켜 주옵소서."

밤새도록 기도를 드리고 나면 새벽녘에 저고리 앞자락이 흠씬 젖어 있었다. 사람들은 그것을 땀이라 했고, 또 어떤 사람들은 그것을 눈물이라 했다.

박 씨가 사십이 넘었을 때, 어느 날 양복 입은 사람 둘이 찾아왔다. 그들은 누런 금니를 드러내 보이며 잔뜩 거드름을 피우고 있었다.

"주인 좀 만나게 해주시오."

그들이 일꾼 천 서방한테 부탁한 지 한참 만에 주인이 나왔다. 그녀는 검은색 세루치마에 자주색 모본단 저고리를 입고 있었다.

"내가 주인이오. 무슨 용무로 만나자고 하시었소?"

그녀는 사내 둘을 쳐다보며 물었다. 무릎까지 내려온 팔은 마치 명검을 쥐고 있는 장수의 팔 같았다.

"우린 금광을 하고 있는데 이 댁 가산에 금맥이 있어 채광을 할까 하고 왔습니다."

"우리 가산에요?"

그녀는 조금도 반가워하거나 놀라는 기색 없이 되물었다.

"그렇습니다."

그들은 허겁지겁 자신들에게 달려들지 않는 박 씨에게 은연중 압도당하고 있었다.

"우리 집 가산이라면 어디에 있는 가산이오?"

"득골에 있는 산입니다. 산중턱에 산소가 하나 있더군요."

"음."

박 씨는 묘한 신음을 냈다. 그러곤 한참 동안 입을 다물고 서 있었다.

"거기라면 시아버님 유택이오. 그 산소 밑에 금맥이 있더란 말이오?"

"그렇습니다. 산소를 중심으로 상당히 넓은 부분에 금맥이 깔려 있었습니다."

"금을 캐려면 이장을 해야겠다는 그런 말씀이오?"

"물론이지요."

박 씨는 한참 동안 생각에 잠긴 얼굴로 서 있다가 입을 열었다.

"오늘은 돌아들 가시오."

"…네?"

"오늘은 할 말이 없소."

그녀는 안채로 들어갔다.

"원, 땅속에 금덩이를 묻어놓고도 먼 산 보듯 하는 양반은 처음 보겠네."

그들이 돌아간 후 박 씨는 깊은 생각에 잠겼다. 시아버지 산소 자리가 금광이라는 것은 아무래도 이상했다. 보리죽 한 그릇도 마음 놓고 먹지 못했던 어른은 가난이 한이 되어 후손에게나마 영화를 주려고 금덩어리 위에 누웠단 말인가? 하지만 가난보다 더 무서운 자손의 비극은 무엇으로 보상을 받아야 하나. 박 씨는 뜬눈으로 밤을 새웠다. 그리고 먼동이 훤하게 틀 때 천 서방을 시켜 김 참봉을 불러오게 했다. 김 참봉이란 그가 참봉을 한 것이 아니고 그 집 택호였다. 조상 누군가가 참봉을 한 모양으로, 그 집은 참봉 댁으로 불리었고 후손은 누구나 김 참봉이 되었다. 그리고 능지기였던 김 참봉으로부터 전수해 온 지관 일을 가업으로 계승하고 있었다. 한진수의 산소 자리를 잡은 사람도 바로 이 김 참봉이었다. 그의 예언이 너무도 적중하자 그는 졸지에 명지관이 되었고, 그의 이름은 인접해 있는 몇 개 군에 자자하게 알려졌다.

천 서방이 김 참봉을 데려왔다. 그는 이미 구십 노인으로 행색이 몹시 초췌했다. 그러나 초췌한 행색에 걸맞지 않게 안광만은 밝은 빛을 내며 번득이고 있었다.

"식전부터 오시게 해서 죄송합니다."

박 씨는 정중하게 김 참봉을 맞았다.

"무슨 용무가 있으신가요?"

"득골에 있는 아버님 산소 자리에 금맥이 깔렸다고 합니다."

"누가 그럽디까?"

그는 몹시 놀랐다.

"어저께 금광 하는 사람들이 다녀갔습니다."

"옛날부터 명당자리엔 금광이 난다고 했는데…."

'명당자리라고요?'

박 씨는 묘하게 웃었다. 나에게 다섯 아이를 바보로 낳게 한 자리가 명당자리라고요?

"명당자린 명당자린데 그 아래가 탁산이란 말이야. 탁산의 줄기를 감지 않으면 절손이 되니 그 자리를 피할 수도 없고…."

김 참봉은 자신의 직관에 스스로 놀라고 있는 듯했다.

"이런 화는 내 대에서 끝날까요?"

박 씨는 침착하게 물었다. 그러나 침착한 그녀의 얼굴과는 달리 손끝은 떨리고 있었다.

"다음 대부터는 여러 남매 중에서 똑똑한 자손 하나씩을 두게 될 겁니다."

김 참봉은 앞날을 보고 있는 것처럼 예언했고, 박 씨는 그의 예언을 경청했다.

"어떻게 하는 게 좋겠습니까?"

"산소를 이장하고 채광을 하십시오. 산소를 이장할 때는 산제를 크게 지내도록 하시고 채광이 끝나면 남명 어른을 원래 자리에 도로 모시도록 하십시오."

이렇게 해서 한진수가 묻혀 있던 산은 채광이 되었다. 박 씨는 한 번도 금광에 가지 않았지만 채광 과정을 손바닥 들여다보듯이 훤하게 알고 있었고, 채광이 끝났을 때는 목침만 한 금덩이 열 개가 돌아왔다.

박 씨에게는 이제 아들 혼사시키는 일만 남았다. 비록 바보 아들이긴 했지만 그 아들이 한씨 가문을 이어갈 기둥이었다. 어떻게 하든 그의 몸에서 후손을 봐야 했다. 백방으로 신붓감을 구하던 박 씨는 이씨 가문에 규수가 있다는 소문을 들었다. 그 규수의 조부는 예조판서를 지냈는데 정쟁에 말려 관직을 뺏기고 강릉으로 낙향했다.

그는 나귀를 타고 대관령을 넘으면서 탄식했다.

"저 산골에 가서 어느 가문과 혼사를 맺을꼬?"

그는 실제로 낙향한 후 어떤 집안으로부터 청혼을 받자 몹시 분개하면서 냇가에 나가 귀를 씻었다고 했다.

"네놈들이 내가 누군 줄 알고 감히 혼사를 맺자 하느냐?"

그러나 낙향한 후 가세가 점점 기울어져서 그의 당대에 벌써 끼니 걱정을 할 만큼 빈한해졌다. 울분으로 세월을 보내던 이 판서는 오래지 않아 세상을 떠났다. 그러자 하나밖에 없던 그의 아들도 부친의 뒤를 따라 세상을 떠나고 말았다. 서울 대가에서 호사스럽게 자랐던 그는 시골의 빈한한 살림에 적응

할 수 없었던 것이다. 문제는 남은 식구였다. 젊은 며느리는 어린 남매를 두었는데 처음에는 패물 등속이나 옷가지를 팔아서 연명했지만 그것도 떨어지고 나니 생계를 이어갈 길이 막연했다. 그러자 서울에서 종으로 따라왔던 곽 씨가 대장간 일을 해서 상전을 먹여 살렸다. 그 손녀가 장성해서 이제 혼기를 맞은 것이다.

박 씨는 어떻게 하든 이 씨 댁 규수를 데려오고 싶었다. 판서 손녀이고 보니 옛날 같으면 언감생심 꿈도 꿀 수 없는 일이었지만, 시대도 많이 개화되었고 또 호구지책도 해결할 수 없는 그 집 처지고 보면 전혀 가당찮은 일도 아닐 성싶었다. 그래서 박 씨는 믿을 만한 사람을 넣어서 청혼을 했다. 혼사만 허락해준다면 논 50마지기를 주겠다는 조건이었다. 몇 번 매파가 오고 가자 그 집에서도 승혼을 했다. 승혼 전갈을 받은 즉시 박 씨는 50마지기의 논문서를 이 씨 집에 넘겼다. 논문서를 받은 이 씨 집에서는 초상집처럼 며칠 동안 울음소리가 끊이지 않았다.

그 후 박 씨는 일생일대의 역사를 벌였다. 그것은 옛날 한양에서 이 판서가 살던 집과 똑같은 집을 짓는 것이었다. 박 씨는 천 서방을 서울로 보내 대가만 짓던 대목을 불러 내렸다. 그녀는 품삯을 아끼지 않았으므로 대목들도 정성을 다해서 집을 지었다. 이렇게 해서 만 2년 만에 지어진 집이 바로 지금 남아 있는 한태서의 본가이다. 박 씨는 집이 다 지어지던 날로부터 한 이레 동안 대대적인 지신밟기를 했다. 제물을 산더미처럼 쌓아놓고 산 닭의 목을 쳐서 그 피를 온 집 안에 뿌리며 경문을 읽었다. 집들이가 끝난 후 박 씨는 길일을 택해서 혼사를 치렀다. 잔칫날에는 몇 동네가 모여서 음식을 나누어 먹었다.

초례가 끝나고 신방을 차렸을 때 박 씨는 아들이 초야를 잘 넘겨주기를 속으로 빌었다. 그러나 아들은 초야는 고사하고 그 후에도 도통 신부한테 접근을 하지 않았다. 새 신부는 날이 갈수록 말을 잃고 점점 야위어갔다. 그러던 그녀는 차차로 병색까지 돌았다. 박 씨는 며늘아기가 불쌍해서 혼자 눈물을 흘렸다. 그런 어느 날, 박물장수 하나가 찾아왔다. 박물장수는 한사코 안방마님을 만나게 해달라고 졸랐다.

"나를 만나자는 용건이 뭔가?"

박 씨는 대청마루로 나와 앉으며 박물장수를 바라보았다.

"노적가리가 썩어가도 먹을 목숨이 없구나."

박물장수는 힐난하는 얼굴로 반말을 했다.

"설마 썩어가는 곡식을 먹을 사람이 없겠나?"

박 씨는 내심으로 긴장했지만 겉으로는 태연한 체했다.

"눈만 떴지 봉산기라. 자손 줄이 말라가는데도 화등잔같이 눈만 뜨고 앉았으니 우짤꼬."

"자네 팔고 싶은 물건이 있으면 내가 다 사줄 테니 방으로 잠시 들어오게."

박 씨는 그녀가 예사 사람 같지 않아서 방으로 불러들였다. 그러자 박물장수도 보따리를 들고 안으로 따라 들어왔다.

"이건 복채일세. 보아하니 신기가 있는 모양인데 일러주고 싶은 말이 있으면 소상히 일러주고 가게."

박 씨는 지전 한 장을 내놓았다.

"오늘부터 당장 들에 나가 천 마지기 논에서 제일 실한 벼 이삭 천 개를 뽑으시오. 만약 천 개 중에 하나가 모자라도 안 되며 벌레가 먹은 것이 있어도 안 되오. 그리고 한 마지기에서 한 개 이상을 뽑아도 안 되오. 그러면 며늘아기 몸에 태기가 있을 거요. 태기가 있으면 며늘아기도 어쩔 수 없이 마음을 가라앉히게 될 거요. 지금 며늘아기는 이 집을 떠날 궁리만 하고 있소. 정신 차리시오."

"고맙네. 자네를 못 만났다면 큰 화를 당할 뻔했구먼. 따순 밥 지어 줄 테니 점심이나 먹고 가게."

박 씨는 천 서방네한테 점심밥을 지어주라 이르고 바로 들로 나갔다. 아직 해가 설핏하게 남았으니 부지런히 돈다면 해 지기 전에 이삼십 마지기는 돌 수 있을 것 같았다. 논두렁으로 나온 박 씨는 치맛자락을 끌어올려 허리춤에 끼우고 누렇게 익은 벼를 한 이삭 한 이삭 정성껏 뽑았다. 혹시 낟알 중에 벌레 먹은 것은 없는지, 쭉정이는 없는지 세심하게 살펴보면서.

한 마지기에서 한 이삭밖에 뽑을 수 없었으므로 그는 한없이 논두렁길을 걸어야만 했다. 하지만 박 씨는 조금도 힘든 줄 모르고 깜깜하게 어두워질 때까지 논두렁길을 헤매고 다녔다. 이렇게 보름가량을 돌고 나니 천 개의 벼이삭이 거두어졌다.

박 씨는 벼를 정성껏 방아에 빻아서 두 말 남짓한 쌀을 만들었다. 그 쌀로 떡을 쪄서 며늘아기 방에 가져다 놓았다. 그리고 떡시루 앞에 무릎을 꿇고 앉아 빌고 또 빌었다. 정성을 다 들인 박 씨는 떡시루를 마루에 내다 놓고 며느리를 불렀다.

"아가, 이리 오너라."

며느리는 노랗게 병색이 도는 얼굴로 시어머니 앞에 와 앉았다.

"내 절을 받아라."

박 씨는 며느리한테 큰절을 했다.

당황한 며느리는 어찌할 바를 모르며 시어머니 두 손을 잡았다.

"어머니, 왜 이러세요?"

"아가야, 제발 내 곁을 떠나지 말아다오."

"……"

"나는 널 위해 이 집을 지었느니라. 이 집은 네 것이다."

박 씨의 볼에는 눈물이 주르르 흘러내렸다. 한평생 쌓이고 쌓인 한이, 그래서 더욱 의연하고 강하게 행세했던 그녀가 마침내 며느리 앞에서 눈물을 보이고 말았다.

"내 발을 봐라."

박 씨는 버선을 벗었다. 그녀의 발톱은 검붉은 피멍이 들어 있었고 엄지발톱은 빠져나가고 없었다.

"너를 붙잡는 시어미를 야속하게 생각지 마라. 내 가슴도 아프다."

고부는 서로 부둥켜안고 울었다. 무슨 인연으로 우리 둘이 한씨 가문에서 이렇게 만났단 말이냐?

그 후 이 씨 몸에 태기가 있었다. 그러자 그녀의 마음도 가라앉았다. 그녀는 판서 가문의 손녀답게 당당하고 의연하게 변해 갔다. 아랫사람을 부리는 태도에도 위엄이 있었고, 살림을 꾸려가는 두량도 박 씨 못지않았다. 박 씨는 그런 며느리가 고맙고 대견해서 모든 권한을 며느리한테 물려주고 흐뭇한 마음으로 며느리의 모습을 지켜보았다.

그런 어느 날, 이 씨는 순산을 했다. 그런데 그 아들은 전에 박 씨가 낳았던 아들과 다를 바가 없었다. 삼칠일이 지나도록 눈동자 하나 움직이지 못했다. 고부는 깊은 시름에 잠겼지만 겉으론 내색하지 않고 아이를 거뒀다. 그 아들이 세 살이 되었을 때 딸 하나를 더 낳았으나 딸 역시 마찬가지였다. 딸이 세 살이 되었을 때 이번엔 아들을 낳았다. 그런데 그 아들은 달랐다. 그는 낳자마자 분명하게 의사 표시를 했고 물체를 따라 눈동자도 움직였다. 고부는 오랜만에, 실로 오랜만에 서로 부둥켜안고 기쁨의 눈물을 흘렸다.

"그 아이가 바로 자넬세."

한태서는 불빛 한 줄기 새어 들어오지 않는 어둠 속에 앉아서 당숙한테 들은 얘기를 떠올렸다. 그런 그의 관자놀이에는 푸른 정맥이 기다랗게 부풀어 올라 있었다.

3장

Udumbara

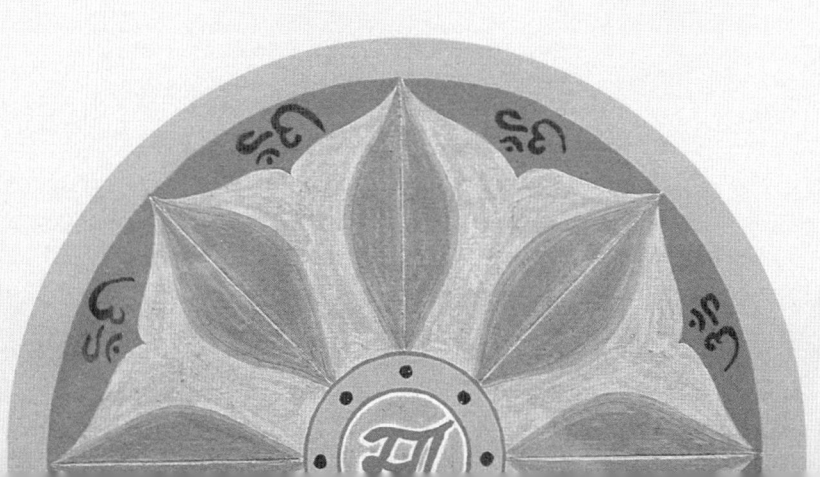

스프링클러가 뿜어내는 물을 뒤집어쓴 잔디는 미역을 감고 나온 아이처럼 싱싱했다. 담 밑에 서 있는 나무들이 호스에서 뿜어내는 물줄기를 받으며 푸른 가지를 쭉쭉 뻗고 서 있었다. 채련은 자유자재로 나무에 생명을 불어넣는 정원사 박 씨가 마술사처럼 느껴져서 신기한 눈으로 그를 바라보았다.

박 씨는 마치 조각품을 다루듯 나무 모양을 이리저리 살피면서 잎과 가지의 거리며, 가지 사이에 돋은 잎의 간격을 가늠해서 나무 모양을 손질하고 있었다. 바지 뒷주머니에 크고 작은 서너 개의 전지가위를 꽂고 술래잡기를 하듯 나뭇가지 사이로 몸을 숨겼다 나타냈다 하는 그는 품삯을 받고 남의 일을 하는 사람이라고는 믿어지지 않을 만큼 일 그 자체에 너무도 진지하게 몰두하고 있었다. 천직이란 저렇게 아름다운 것이구나, 하는 생각을 하며 채련은 흐뭇한 마음으로 그를 바라보았다. 그를 바라보는 자체가 일종의 즐거움이기도 했다.

채련은 불면으로 시달리던 사람이 깊은 수면을 취하고 난 뒤처럼 피로와 긴장이 말끔히 가신 유쾌한 기분으로 정원 한쪽 구석에 앉아 있었다. 그때 대문 안으로 양 선생이 들어왔다. 그는 헐렁한 남방셔츠를 잡아당겨 펄렁펄렁 바람을 일으키며 걸어오고 있었다.

"양 선생님이 웬일이세요?"

채련은 자리에서 일어나며 그를 맞았다.

"여기까지 오게 한 분이 누굽니까?"

그는 발등 위로 기어오르는 개미를 털어내며 볼멘소리로 말했다.

"말씀은 나중에 하고 우선 안으로 들어오세요."

채련이 앞장을 서자 그도 따라 들어왔다.

"올 때는 오 선생 욕을 많이 했는데 막상 와보니 별장에 온 거 같아 기분이 좋은데요."

양 선생은 집 안을 두리번거리며 말했다.

"제 욕을 하셨으면 목도 마르실 텐데 맥주를 드릴까요?"

"좋습니다."

채련이 그를 쳐다보며 웃자 그도 너털웃음을 웃으며 대답했다. 채련은 냉장고 속에서 맥주와 말린 새우를 들고 와서 탁자 위에 놓으며 그와 마주앉았다.

"저는 이번에 작품을 낼 수 없다고 분명히 말씀드렸는데요."

"회원 전원 출품이 우리 회의 불문율이라는 건 오 선생님이 더 잘 알고 계실 텐데요."

"저도 그런 건 알고 있지만 작품을 제작할 수 없는데 어떻게 출품을 해요?"

"그 얘긴 열 번도 더 들었으니 다시 말씀하실 필요 없고, 그렇다면 전에 제작한 작품이라도 주십시오."

"제가 작품을 할 수 없게 된 지가 언제부턴데요? 2년도 넘었어요. 그러니 이전 거라면 이번 전시회하고는 성격이 맞지 않아요."

"지금까지 이어온 전통을 오 선생이 깰 수는 없습니다. 김형도 파리에서 작품을 보내왔는데 서울에 계신 오 선생이 안 낸대서야 말이 됩니까?"

"그 소린 열 번도 더 들었어요."

"그러니 입씨름 그만합시다. 우린 피차 열 번도 더 들은 이야기를 반복할 만큼 한가한 사람들이 아니잖습니까?"

채련은 난감해졌다.

"양 선생님도 작품을 하시는 분인데 왜 제 입장을 그렇게 이해해주지 못하세요? 작품을 제작할 수 없다는 게 어떤 고통인지는 양 선생님도 잘 아시잖아요. 전 이 년 동안 한잠도 자지 못하고 뜬눈으로 밤을 새우고 있는 기분이에요."

"진통을 겪으시는 걸 보니 옥동자를 분만하실 모양이군요."

"그렇기라도 하다면 덜 비참하겠어요. 언젠가는 보상을 받을 수 있을 테니까요."

"오 선생 같은 분이 그냥 앓기만 하겠습니까? 기다려보십시오. 이제 곧 세상을 깜짝 놀라게 할 작품을 제작할 수 있을 겁니다."

"절 위로하시는군요."

"위로가 아니라 질투하는 거죠. 저는 늘 오 선생을 질투해 왔으니까요."

그들은 함께 웃었다. 농담으로 말하고 농담으로 듣는 것처럼 위장하기 위해서. 하지만 그 말이 농담이 아니었음을 그들은 서로 잘 알고 있었다.

"잠깐만 앉아 계세요. 작업실에 한번 가볼게요."

채련은 '여인 A'를 떠올리며 말했다.

"좋습니다. 다녀오십시오."

양 선생은 의자 등받이에 몸을 기대며 느긋한 표정을 지었다.

채련은 작업실로 가서 문을 열고 안으로 들어갔다. 그녀의 작업실은 언제나처럼 황량하고 쓸쓸했다. 채련은 진열대

쪽으로 걸어가서 '여인 A'를 내렸다. '여인 A'는 죽순같이 해맑은 여인이 목을 길게 빼고 무릎을 꿇은 듯 자연스럽게 앉아 있는 좌상인데, 그녀는 이 작품을 완성한 후 몇 개의 작품을 더 만들 생각이었으므로 '여인 A'라고 명명했었다. 채련은 작품에 묻은 먼지를 털어내고 그것을 가슴에 싸안고 거실로 나왔다. 가슴에 와닿는 금속 촉감이 싸늘하고 신선했다. 들고 온 작품을 마루 위에 내려놓자 여인은 미명의 어둠 속에 갇혀 있다 비로소 인간계로 내려온 영체처럼 온몸에 생명을 불어넣기 시작했다. 그녀의 몸은 매끈하게 윤기가 돌았고 부풀어 오른 유방도 싱싱한 탄력이 느껴졌다.

"역시 대단하군요."

양 선생은 기다랗게 목을 빼고 이리저리 살피더니 진심으로 감탄했다.

"……."

"오 선생 작품 속엔 신성(神性)에 가까운 영혼이 보입니다. 신 속으로 귀속되어 가는 은빛 포물선 같은 거라고나 할까요?"

그는 고개를 기웃하며 다시 작품을 들여다보았다.

"과찬은 듣기 거북해요."

"과찬이라니요? 같은 일을 하는 사람은 서로를 절대로 과찬하지 않습니다. 뻔하게 아니까 과찬 같은 건 할 수도 없지만 생리적으로도 그렇게는 안 되지요."

"……."

"오 선생이 작품을 제작할 수 없는 이유를 이제야 알겠습니다. 도달할 수 있는 선까지는 이미 도달해 있으니 더이상 높은 곳은 곤란하겠지요."

"그렇게 절망적인 말로 못을 박아놓으면 어떻게 해요?"

채련은 원망스러운 얼굴로 그를 바라보았다.

"사랑을 한번 해 보십시오. 그건 한 단계의 도약을 약속하는 거니까요. 오 선생에겐 천성적으로 그런 도약이 가능한 요소가 있습니다."

"예언자 같은 말씀을 하시는군요."

"어디 두고 봅시다. 제 예언이 적중하는지 안 하는지."

채련은 너무도 엉뚱한 그의 말을 들으며 웃었다.

"자, 그럼 이 아름다운 여인을 포장합시다."

양 선생은 작품 옆으로 다가앉으며 말했다.

"며칠만 시간을 주세요. 좀 더 생각해 보고 결정하겠어요."

"생각을 해 보다니요? 무엇을 또 생각해 보겠다는 겁니까?"

"이 작품은 지난번에 출품했던 것하고 같은 계열의 작품이에요. 작가의 양심으로 그렇게 할 수 있는지 다시 한번 생각해 봐야겠어요."

"그런 고집은 오 선생 외엔 아무도 부리지 않습니다."

"그렇다면 저라도 부려야죠."

"좋습니다. 오늘은 빈손으로 돌아가죠. 하지만 나도 두 번 다시 빈손으로 돌아가지는 않겠습니다."

양 선생이 주먹을 들어 보이며 말하자 채련도 따라 웃었다. 그때 살구 댁이 와서 점심 준비가 되었다고 일러주었다.

"점심 잡수시고 가세요."

"이왕 왔으니 한 가지라도 하고 가야죠."

그는 선선히 따라 일어났다. 두 사람이 주방으로 가서 식탁에 마주앉자 살구 댁은 참기름 냄새가 고소하게 나는 나물을 색스럽게 담아서 그들 앞에 내놓았다.

"맛있겠는데요."

채련이 그녀를 쳐다보며 웃자 살구 댁도 따라 웃었다.

"아이 사모님도, 손님이 맛있으셔야죠."

"드세요. 우리 아주머니 비빔밥 솜씨는 원래 특별해요."

"여자란 이런 별식도 가끔은 할 줄 알아야 하는데 우리 집사람은 못 하는 걸 장기로 삼고 있으니…."

"나와서 부인 흉을 보는 남자는 별식 얻어먹을 자격도 없어요."

"하하하. 그렇다면 앞으론 입조심부터 하고 기다리겠습니다."

그들이 식사를 하고 있을 때 살구 댁이 보리차를 따라주며 말했다.

"아까 반포에 산다는 친구분한테서 전화가 왔어요. 전화 좀 해 달라고요."

"알았어요."

그동안 이영의 생각을 하지 않은 것은 아니지만 채련은 남편의 울병에 묶여 아무것도 할 수 없었다. 그는 울병이 도지면 그물을 치듯 집 안 구석구석에 병의 그림자를 드리워놓고 올빼미처럼 움츠리고 앉아 자신이 쳐놓은 그 그림자가 걷히기를 기다리고 있었다. 그럴 때면 채련 역시 그가 쳐놓은 그물에 걸려 그와 함께 모든 과정을 치를 수밖에 없었다. 그런 후면 그녀는 완전히 탈진해서 일상의 생활로 되돌아오는 데 상당한 시간이 걸려야만 했다. 한태서의 이러한 울병은 일정한 주기로 찾아왔고, 회를 거듭할수록 그 농도도 점점 짙어갔다.

"적당한 사진이 없으면 카탈로그 찍을 때 한 장 찍으시죠."

양 선생은 보리차로 입가심을 하며 채련을 쳐다봤다. 자신의 생각에 골몰해 있던 채련은 비로소 자신 앞에 양 선생이 있다는 것을 느끼고는 수저를 놓았다.

"사진 걱정은 작품을 낸 후에 하죠."

"역시 오 선생 단수가 저보다 높은데요. 제 말에 쉽게 넘어올 줄 알았는데…."

양 선생은 너털웃음을 웃으며 자리에서 일어났다. 양 선생을 배웅한 채련은 전지가위를 들고 정원에 나가서 장미를 한 아름 꺾어 들고 거실로 왔다. 그때 전화벨이 울렸다.

"사모님, 친구분 전화예요."

살구 댁이 수화기를 채련한테 건네주었다.

"아까부터 전화 기다려도 소식이 없어서 내가 또 했어."

예상했던 대로 이영의 고음이 들려왔다.

"손님이 와서 그랬어. 그런데 무슨 일이 있어?"

"혹시 현지가 거기 갔나 확인해보려고."

"현지가?"

채련은 의아해서 반문했다. 현지가 자신을 찾아온다는 것은 뜻밖의 일이었기 때문이다.

"아침에 학교 가면서 네 전화번호를 물어서 무슨 일인지 알아보려고 전화했어."

"아직 연락 없었어. 궁금하면 네가 직접 물어보지 그랬니?"

"걔가 나한테 속마음을 얘기하니?"

"얘기하지 않는 일에 네가 왜 마음을 써?"

채련은 친구가 전처소생한테 어머니로서의 대접을 받고 있지 못하는 데 화가 나서 쏘아주었다.

"그냥… 궁금해서."

이영은 풀죽은 목소리로 대답했다. 넘치도록 싱싱한 생명력을 지닌 그녀지만 이상하게 현지 앞에서만은 늘 기를 펴지 못했다.

"전화 오면 연락해줄게."

"알았어. 기다릴게."

이영은 인사도 변변히 나누지 않고 전화를 끊었다. 채련은 잠시 이영의 표정을 떠올려보다가 수화기를 내려놓고 돌아섰다.

한 차례의 소용돌이를 치르고 난 한태서는 회복기에 든 환자처럼 허약해 있었다. 그는 음식을 맛있게 먹고 잠도 충분히 잤다. 그러면서도 매사에 쉽게 지치고 의욕도 상실하고 있었다. 채련은 중병을 앓고 난 환자 다루듯 남편한테 세심하게 신경을 쓰며 음식과 잠자리와 옷가지를 보살펴주었다. 그러나 그것은 애정이라기보다 세월이 흐를수록 삭막해져 가는 자신의 감정을 다스리기 위한 노력이었다.

채련은 그가 가슴을 열고 아내인 자신과 이웃을 받아들여 주기를 간절히 원하고 있었다. 하지만 웬일인지 그는 자신을 외부로부터 더욱더 밀폐시켜 나갔고 아내마저 그의 성 밖으로 몰아내려고 했다. 그의 주위에 있던 친구들은 하나둘 발길을 돌렸고, 이제 그는 폐허가 된 성(城)을 지키는 외로운 성주처럼 혼자 남게 되었다. 그는 채련을 거부하면서도 아내가 자신을 받아들여 주지 않는다는 엉뚱한 피해 의식을 가지고 있었다.

채련은 남편과의 관계에서 일어나는 이런 불협화음을 어

떻게 극복해 나가야 할지 아무런 묘책도 없었다. 그러기 때문에 채련은 남편의 조병과 울병에 편승해서 그와 함께 모든 과정을 치르는 무력한 아내일 수밖에 없었다. 정서적으로는 이렇게 불안한 사람이지만 일의 처리만큼은 놀라울 정도로 정확하게 했다. 명석한 머리와 박식한 지식을 가지고 있는 그는 오판(誤判) 없는 유능한 판사로 정평이 나 있었고 그가 작성한 판결문은 완벽에 가까운 명문이기도 했다.

양 선생이 다녀간 후 채련은 남편한테 여행에 관한 이야기를 어떻게 해야 할까 궁리했다. 이번 전람회에는 작품을 낼 의사가 전혀 없었으므로 전람회에 대해서는 일절 말을 하지 않았다. 그렇기 때문에 채련으로서는 자신의 갑작스러운 여행 계획을 남편이 어떻게 받아들일지 걱정이었다. 저녁 7시쯤 돼서 한태서가 돌아왔다. 그는 현관에 서 있는 채련한테 가방을 건네주고 곧바로 안방으로 들어가 옷을 갈아입고 나왔다. 그러곤 아내를 힐끗 쳐다보더니 아무 말 없이 욕실로 들어갔다. 채련은 대문 밖으로 쫓겨난 여자처럼 머쓱해져서 거울 속에 비친 자신의 얼굴을 들여다보며 우두커니 서 있었다. 한참 동안 그렇게 서 있자 남편의 얼굴이 거울 속으로 들어왔다. 그의 얼굴은 그가 입고 있는 흰 와이셔츠만큼이나 창백하게 보였다.

"마실 거 좀 가져올까요?"

채련은 거울 앞에서 몸을 돌리며 남편에게 물었다.

"생각 없소."

그는 소파에 앉으며 신문을 뒤적거렸다.

"강릉에 다녀와야겠어요."

채련은 그와 마주앉으며 조심스럽게 말을 꺼냈다.

"거긴 왜?"

"그룹전이 있어서요."

"……."

한태서는 아무 말 없이 미간만 약간 찡그리더니 신문을 펼쳐 들었다.

"내려가면 어머니도 찾아뵙고 오겠어요."

그는 대답을 피했다. 그런 그의 관자놀이엔 푸른 정맥이 부풀어 올랐다. 채련은 다시 답답해져서 물끄러미 그를 바라보았다. 한태서는 아내가 시댁에 다녀오는 것을 절대로 허용하지 않았다. 아내뿐 아니라 그 자신도 본가와는 전혀 내왕을 하지 않고 있었다. 다만 이 씨 혼자 한 계절에 한 번씩 서울을 다녀갔고, 전답에서 생산되는 농산물을 수시로 보내올 뿐이었다. 채련은 그와 결혼한 후 단 한 번밖엔 그의 고향을 다녀오지 못했다. 그것도 서울에서 예식을 끝낸 직후 내려갔으니 의식의 일부였을 뿐, 시댁을 다녀왔다고는 말할 수 없을 것이다.

그들이 고향에 내려간 날, 고향 마을에서는 큰 잔치가 벌어졌다. 말로는 소를 다섯 마리나 잡았다고 하니까 그 고을이 생긴 이래 아마 제일 큰 잔치였는지도 모른다. 온 마을은 질탕하게 취해서 며칠을 흥청거렸다. 채련은 결혼 준비로 지쳐 있기도 했지만 예식을 치르고 곧바로 내려갔기 때문에 몹시 피곤했다. 그래서 어딘가에 몸을 숨기고 잠시라도 쉬고 싶었다. 하지만 신부를 구경하기 위해 몰려온 사람들은 좀처럼 돌아갈 생각들을 하지 않았다. 뒤뜰 어딘가에서는 음식을 차리는 아낙네들의 웃음소리가 끊이지 않고 들려왔고, 차일 밑에 멍석을 깔고 둘러앉은 남정네들은 술상을 앞에 놓고 밤을 새워 흥을 돋우었다.

채련은 다식과 꿀물로 피로를 풀며 그들의 웅성거림에 귀를 기울였다.

"새 신부 봤지? 곱기도 해라…."

"서울에서 제일 좋은 대학을 나왔는데 그 대학 선생님이래."

물론 그때 채련은 선생이 아니었다. 그녀가 조교로 있다는 말을 그들은 어디서 들은 듯했다.

"아무튼 이 집 며느리 하나는 기차게 들어오는구먼."

"그것도 이 집 내력 아닌가?"

"동문서 온 할머니는 장부 중에서도 출중한 장부였다고 하더군."

"그러니 살림을 이렇게 불같이 일구어놓았지."

"그 양반 대에 천석꾼이 되었다지?"

"지금 마님은 어떻고. 일찍이 서울 쪽에다 눈을 돌려 땅을 얼마나 많이 사뒀는데."

"저 새댁도 이 집 운명에 따라야겠구먼."

"그래야겠지."

"저 고운 새댁도 이 집에 들어온 이상 그런 자손을 낳아야겠지?"

"그럼. 발 앞에 가로놓여 있는 운명을 누가 감히 피할 수 있겠나?"

"하지만 저 새댁이야 남편이 똑똑하니 선대하곤 다르지."

"그렇긴 해."

채련은 그때 몹시 피곤해 있었고 주위도 소란했으므로 아낙네들의 이야기를 다 듣지는 못했다. 그녀는 그때 들은 이야기를 떠올리며 한씨 가문에 얽힌 비밀을 추측해봤다. 그러나 추측만으로는 아무것도 알게 되는 것이 없었다.

"갈 무렵에 다시 의논하겠어요."

답답한 마음으로 남편을 바라보던 채련은 이렇게 말했다.

"알아서 하구려."

한태서는 여전히 신문에 시선을 둔 채 애매하게 대답했다. 두 사람은 이어갈 말을 찾지 못하고 가만히 마주보고 앉아 있었다. 그러던 채련은 창가로 시선을 돌렸다. 그때 날벌레 한 마리가 안으로 들어오려고 방충망에 매달렸다가 떨어지고 다시 매달렸다가 떨어지고 하는 것이 보였다. '저 벌레는 왜 저렇게 승산 없는 노력을 계속하고 있는 걸까?' 그런 생각을 하며 벌레를 바라보는 채련의 가슴은 쓸쓸해졌다. 그건 바로 그녀 자신의 모습과 너무도 같았기 때문이었다.

채련은 잔디밭에 앉아서 여기저기 무성하게 자라고 있는 클로버와 고양이풀을 뽑아내고 있었다. 그때 현지가 옆에 와서 불렀다.

"선생님."

"현지구나. 어서 와."

채련은 손에 끼고 있던 목장갑을 벗으며 현지를 맞았다.

"어떻게 날 찾아왔지?"

"선생님하고 얘기하고 싶어서요."

채련은 현지가 하고 싶은 얘기가 뭘까 속으로 생각해 보다가 등나무 밑을 가리켰다.

"그럼 우리 저쪽으로 가서 얘기할까?"

"네."

두 사람은 잔디밭을 지나 등나무 밑에 가 앉았다.

"어머, 저 장미 좀 봐. 선생님, 여긴 꼭 천국 같아요."

현지는 수백 그루의 어우러진 장미를 쳐다보며 탄성을 질렀다. 채련은 현지 말을 들으며 속으로 웃었다. 천국 같은 이 집을 나는 왜 고분 속 같다고 생각하며 살고 있는 걸까?

"현지가 날 찾아온 용무가 뭐지?"

채련은 가능한 한 그녀가 자신한테 편안한 감정을 가지도록 노력하며 현지를 바라보았다.

"대학 방송제에 출품할 드라마 대본을 제가 쓰기로 했어요."

"그래?"

"그런데 주인공이 여류 조각가거든요. 그래서 선생님을 좀 취재하려고요."

"왜 주인공을 여류 조각가로 했지?"

"멋있잖아요."

현지는 채련의 얼굴을 보며 밝게 웃었다.

"현지 눈엔 조각가가 멋있게 보여?"

"그럼요."

"어떤 걸 취재하려고?"

"작업 과정도 알고 싶고, 작가로서의 내면적인 고민도 알고 싶어요."

"그런 걸 얘기로 알 수 있어?"

"저도 작가로서의 상상력이 있잖아요. 그러니까 조금만 설명을 들어도 표현할 수 있어요."

현지는 자신을 작가라고 한 말이 부끄러운지 얼굴을 붉히며 쌩긋 웃었다.

"그럼 내 얘기가 부족하더라도 작가로서의 상상력을 동원해서 잘 소화해봐."

채련도 현지를 보며 웃었다.

"네."

"그러려면 우선 작업실로 가야겠군. 그래야 작업 과정을 설명하지."

채련이 일어나려고 하자 현지가 채련의 팔을 잡았다.

"선생님, 잠깐만요."

"……?"

"선생님, 이 사진 좀 봐주세요."

현지는 가방에서 사진 한 장을 꺼냈다.

"무슨 사진인데?"

무심히 사진을 들여다보던 채련은 놀란 눈으로 현지를 쳐다봤다.

"이 학생은 동화잖아?"

"맞죠, 선생님?"

"그런데 현지가 어떻게 동화하고 산에 갔지?"

"친구가 남학생들하고 같이 산에 가자고 해서 간 적이 있었어요."

"그래…?"

"선생님, 동화가 왜 우리 새엄마를 찾아왔죠?"

현지는 자신이 찾아온 목적이 바로 그 물음에 대한 답을 얻기 위해서라는 얼굴로 채련을 쳐다봤다. 현지의 시선을 받고 있는 채련은 가슴이 두근거리며 얼굴이 달아올랐다. 마치 부정의 순간을 들켜버린 것처럼. 그런 그녀의 머릿속엔 이영의 말이 다시 울려왔다.

'슈퍼에 가다가 동화를 만났어. 누나를 기다린다고 하면서 아파트 앞에 서 있잖아. 그래서 집으로 데려왔지. 솔직히 말해서 난 그날 밤 동화를 유혹하고 싶었어. 걔를 본 순간 나는 동민 씨를 만나던 스무 살 젊은 나이로 돌아갔고, 무슨 일이든 저지를 수 있을 것 같았어. 그런데 걘 머리만 있고 가슴은 없는 게 아니니? 아무리 숙맥이기로서니 유혹하는 여자가 옆에 있는데 그렇게 맹물처럼 앉아 있다가 갈 수가 있어? 어쩌면 그게 잘됐는지도 몰라. 걔 가고 1분도 안 돼서 현지가 왔었으니까….'

"글쎄, 용무가 있었던 게지."

채련은 억지로 태연한 체하며 이렇게 말했다.

"……?"

현지는 석연치 않은 얼굴로 고개를 갸웃했다.

"엄마는 뭐라고 했는데?"

채련은 침착함을 되찾으며 물었다.

"새엄마는 선생님 심부름으로 동화가 우리 집을 다녀갔다고 했어요."

현지는 새엄마라고 정정하며 채련을 쳐다봤다.

"내가 직접 심부름을 시킨 건 아니지만 나 때문에 심부름할 일이 있었던 모양이지."

채련은 두 사람 사이에 미묘한 감정이 흐르고 있었음을 직감하며, 자신이 생각하기에도 석연치 않은 말로 대답을 했다.

"……?"

현지는 뭔가 이해가 안 된다는 얼굴로 고개를 갸웃하더니 물었다.

"선생님, 동화라는 학생은 어떤 사람이에요?"

"똑똑하고 성실한 학생이야. 자존심이 강하고 신의가 있는 청년이지."

"그런 사람이 어떻게 새엄마를 찾아오죠?"

현지는 의혹의 감정에서 풀려날 수 없다는 얼굴로 다시 물었다.

"두 사람은 아는 사이니까 용무가 있을 수 있잖아. 현지는 동화를 가끔 만나?"

"아니에요. 산에 갔다 온 후론 한 번도 만난 적이 없어요. 파트너끼리 서로 전화번호를 알려줬는데 동화는 제게 그런 걸 알려주지 않았거든요."

현지는 그동안 동화를 만나고 싶었음을 자신의 말속에 숨기고 있었다. 채련은 그런 현지를 보며 어떻게 할까 하다가

"동화는 우리 옆집에 있어."

하고 알려주었다.

"어머, 그래요?"

현지는 몹시 놀란 얼굴로 채련을 쳐다봤다.

강의를 끝내고 연구실로 왔을 때 채련의 책상 위에는 메모가 놓여있었다.

'최길성 씨가 전화를 넣어달랍니다.'

최길성이라는 이름을 보는 순간 반가워서 채련은 얼른 수화기를 들었다.

"저, 채련이에요. 전화를 주셨다고요?"

"네. 상의할 일이 좀 있어서요."

"강의가 끝났으니 제가 지금 사무실로 가겠어요."

채련은 수화기를 놓고 돌아섰다. 요 며칠간 지쳐 있을 때 채련은 최길성을 만나고 싶다는 생각을 여러 번 했다. 남편과

자신을 가장 잘 알고 있는 그는 그녀가 다가서기에 가장 편한 사람이었다. 채련이 퇴근 준비를 하고 교정으로 나왔을 때 은행나무 밑에 놓인 벤치에서 학생들과 이야기를 나누고 있는 정의동 교수 모습이 보였다. 학생들은 정 교수의 이야기를 들으면서 진지하게 머리를 끄덕이기도 하고 무엇인가 질문을 하기도 했다. 채련은 그런 그들을 지켜보며 무심히 걷다가 한 학생을 발견하고는 깜짝 놀랐다. 그녀가 걸어가는 방향과 반대쪽으로 등을 돌리고 앉아 있는 학생은 동화가 틀림없었다. 동화임을 확인한 순간 채련은 걸음을 빨리해서 그들 옆으로 다가갔다.

"오 선생님이 웬일이십니까?"

채련을 발견한 정 교수가 먼저 말을 걸었다. 그러자 앉아 있던 학생들도 일시에 채련을 쳐다봤고, 그녀와 눈이 마주친 동화는 몹시 당황하며 얼굴을 붉혔다.

"동화가 있어서 왔는데, 제가 방해를 한 거 같군요."

채련은 그들의 대화를 중단시킨 데 대해 미안해하며 정 교수를 쳐다봤다.

"오 선생님이 박 군을 어떻게 아십니까?"

정 교수는 놀라움을 나타내며 물었다.

"저보다 정 선생님이 동화를 알고 계신 게 신기하군요."

"동화는 제가 이끌어가는 선정회 회원입니다."

채련은 '선정회'라는 말을 듣고 그들을 다시 살펴보았다. 그들에게서는 알 수 없는 열기 같은 것이 느껴졌고, 그것은 그녀를 한순간 불안하게 했다.

"저녁때 교수님 댁에서 뵙겠습니다."

정 교수는 채련과의 대화를 끝내고 싶은지 서둘러 인사말을 했다.

"노 교수님 댁에서 모이기로 했는가요?"

"연락을 못 받으셨습니까? 하일도 씨가 분명히 연락하기로 했는데요."

"아뇨. 전 아무 연락도 못 받았는데요."

"싱거운 친구, 책임을 맡았으면 정확하게 일을 처리해야지."

정 교수는 흥분하며 말했다. 채련은 그런 정 교수를 보며 속으로 웃었다. 그는 매사에 흥분을 잘했고 남의 잘못을 보면 그냥 넘기지 못하는 성미였다. 그러기 때문에 언제나 태평하고 사무 능력이 없는 하일도와는 사사건건 부딪치기가 일쑤였다. 그런 두 사람의 성격은 15년 세월이 지난 지금에도 별로 달라진 것이 없어 보였다.

"저 먼저 가겠어요. 동화는 시간 있을 때 나한테 좀 들러."

"네."

채련은 그들과 작별 인사를 하고 돌아섰다. 상기되었던 동화 얼굴이 떠오르자 다시 마음이 불안해졌다. 종로에 있는 최길성의 사무실에 들렀을 때 최길성은 모형 종이 몇 개 걸려 있는 홀에서 책을 읽고 있었다.

"안녕하세요?"

채련이 다가가며 인사를 하자 그는 읽고 있던 책에서 얼굴을 들며 반겼다.

"어서 오세요."

"여기 오면 언제나 편하군요."

채련은 홀을 둘러보며 웃었다.

"오 선생 댁은 여기만큼 편하지 않습니까?"

그도 채련을 보며 웃었다.

"편하지 않아요. 전혀."

채련은 가슴속의 이야기를 너무 쉽게 털어놓는 자신에 놀라며 그를 쳐다보았다.

"한 군은 요즈음 어떻게 지냅니까?"

"인내하기 힘든 지경까지 저를 끌고 가요."

채련은 솔직하게 말했다.

"못난 사람."

최길성은 화난 목소리로 말했다. 그런 그에게선 친정 오빠 같은 친근감이 느껴졌다. 실제로 채련은 결혼하기 전까지 그를 오빠라고 부르면서 자랐다. 그러다가 채련이 그의 친구인 한태서와 결혼을 하자 그들은 서로 경어를 썼고 선생이라는 호칭을

써오고 있었다.

"부부란 쉽고 편해야 하는데… 두 사람 다 워낙에 힘든 사람들이라서."

"최 선생님은 혹시 그의 비밀을 모르세요?"

채련은 진지하게 물었다. 그러자 최길성은 어리둥절한 얼굴로 그녀를 쳐다보았다. 채련은 그런 그를 보며 남편이 자식을 낳을 수 없는 비밀을 가지고 있고, 그것 때문에 심한 강박관념에 쫓기고 있다는 말을 덧붙여서 해주고 싶었다. 하지만 그것만은 역시 부부 관계의 이야기이므로 털어놓을 수 없었다.

"글쎄요. 그 친구는 원래부터 자신의 신상에 대해서는 전혀 말을 하지 않는 사람이라서."

"그렇겠죠. 아내인 저한테도 철저하게 숨기고 있으니까요."

채련은 입을 다물었다.

"요즈음도 작품을 못 하십니까?"

채련을 물끄러미 바라보던 최길성은 화제를 돌렸다.

"네, 못 하고 있어요."

"너무 욕심을 내지 말고 주변의 이야기, 살아가는 인간의 이야기를 작품으로 옮겨보십시오."

"그런 과정은 지난 것 같아요. 아니 주변의 이야기에 별다른 애정을 가질 수 없는 제 마음이 문제예요."

최길성은 잠자코 그녀의 이야기를 들었다. 그런 그의 표정은 그녀의 감정을 이해하고 있는 것 같았다. 채련은 앞에 놓인 잔을 들고 엽차를 한 모금 마셨다. 몹시 조갈이 느껴졌다. 그때 미스 민이 화선지를 한 묶음 들고 들어왔다. 그녀는 채련을 보자 머리를 까딱하며 생긋 웃었다.

"오 선생한테 한 가지 부탁이 있는데 꼭 들어주십시오."

최길성은 책상 위에 화선지를 펴놓으며 어렵게 말했다.

"무슨 부탁인데요?"

"종을 하나 제작하려고 하는데 오 선생이 조각을 해주셨으면 좋겠습니다."

"종 표면에 있는 조각 말씀인가요?"

"그렇죠."

채련은 잠시 생각에 잠겨 있다가 물었다.

"종은 최 선생님이 생명을 바칠 만큼 정말 그렇게 가치 있는 일인가요?"

"물론이죠. 내가 찾아낸 것 중에서 가장 가치 있는 일입니다."

최길성은 결연한 목소리로 대답했다.

"확신에 차 있는 최 선생님을 뵈니 즐거워지는군요. 전에는 즐거운 사람도 괴롭게 만드는 분이었는데요."

채련의 말을 들은 최길성은 유쾌하게 웃었다. 그의 웃음소리는 아주 오래간만에 가슴 밑바닥에서부터 터져 나온 것처럼 흔쾌하게 들렸다.

"해드리겠어요. 잘 될지는 모르지만요."

채련은 쾌히 승낙을 했다.

"감사합니다."

"그 일을 하려면 제가 먼저 종을 이해하고 종에 대해서 애정을 가져야 하지 않을까요? 저한테 종에 관한 얘기를 좀 들려주세요."

"…그러죠."

최길성은 담배 한 개비를 뽑아서 입에 물었다. 그리고 성냥을 그어서 불을 댕기며

"생명 있는 모든 것들, 인간은 물론 짐승이나 새 벌레에 이르기까지 그들 모두의 비원(悲願)이 소리로 표현되어서 하늘에 고해지는 게 바로 종소립니다."

"……."

"종이란 이렇게 끝없는 가능성을 가지고 있기 때문에 누가 만들든 완성품이란 있을 수 없지요."

"최 선생님이 표현하시고 싶은 종은 어떤 종인데요?"

최길성은 눈을 감고 한참 동안 생각에 잠겨 있었다.

"우주란 청정하고 여여한 것만은 아닙니다. 그 속에는 우매하고 혼탁한 것도 포함돼 있지요. 이 우매하고 혼탁한 것을 외면한다면 그건 한 면만 보는 것이 되고 맙니다. 종소리도

마찬가지지요. 한 소리 속에서 하늘의 묘음(妙音)을 들을 수 있어야 하지만 또한 생명의 통한도 들을 수 있어야 합니다."

최길성의 말을 듣고 채련은 천천히 머리를 끄덕였다. 그가 하고자 하는 말이 무엇을 의미하는지 조금은 짐작되었기 때문이다.

"문화재적인 면에서도 종은 금속 공예의 정수라고 할 수 있습니다. 우리 민족의 문화가 가장 찬란하게 꽃피었던 시기를 통일신라로 본다면, 종도 불교 발전에 편승해서 그 시대에 가장 훌륭하게 결실을 맺었었지요. 신라 범종 중 세계에서 가장 컸다는 황룡사 종은 무게가 만 관이었다니 그 규모가 어떠했을까는 짐작할 수 있을 겁니다. 에밀레종의 네 배나 되는 물량이었지요. 물량만 가지고 종의 우수성을 말하자는 게 아니라, 그 시대에 만 관의 종을 주조할 수 있었다는 건 그때 온 나라 사람이 종에 쏟은 애정이 어떠했는가를 이해하는 데 큰 도움이 될 겁니다."

"신라 종이 오늘날까지 현존하는 건 몇 구나 되는가요?"

"신라 종으로는 우리가 보통 에밀레종이라고 부르는 성덕대왕신종, 선림원종, 실상사종, 상원사종 등이 남아 있지요. 저도 이 네 구의 종은 현지에 가서 확인해봤습니다. 그리고 고려 시대의 종은 불상이나 불화와 함께 일본으로 많이 유출되었다고 하더군요. 조선 시대 종은 한일합병을 전후해서 거의 행방불명이

됐는데, 그것은 일인들이 2차 대전 당시 전쟁 무기를 만들기 위해 강제로 공출해간 것이 아닐까 하고 추측을 합니다."

"그럴지도 모르죠. 놋숟가락까지 거둬간 사람들이 종을 그냥 놔둘 리가 있었겠어요? 참, 범종 기술은 어떻게 전승되어 왔는가요?"

"저도 문헌을 통해서 안 건데 일제의 침략 시기와 2차 대전, 그리고 6·25전쟁을 치르는 동안에 우리의 종 제작 기술은 완전히 그 맥이 끊기다시피 했다더군요. 그러다가 60년대에 들어서면서부터 일부에서 관심을 가지기 시작했고, 70년대 후반기에 들어서자 본격적으로 발전하기 시작해 오늘에 이르렀지요."

"현재 우리 종의 제작 기술은 어디까지 와 있는데요?"

"어떻게 대답해야 좋을지 잘 모르겠습니다만, 현재 종을 만드는 사람들의 꿈은 신라 종의 비밀을 벗겨 그 소리를 재현해보고자 하는 데 있습니다. 그것이 가능해지면 그다음엔 신라 종을 능가하는 더 좋은 종을 만들어보겠다는 희망도 가지게 되겠지요."

최길성의 얼굴에는 어떤 의지 같은 것이 숨겨져 있었다.

"제일 중요한 얘기를 안 했군요. 문양에 대해서 얘기를 좀 해주세요."

"그 면에서도 오 선생 같은 정예 조각가가 참여해줘야 할 겁니다. 오늘날 조각되는 비천상은 그걸 손끝의 기술로만 익혀온 기능공들에 의해서 제작되기 때문에 많은 문제가 있습니다."

"……."

"중요한 건 문양의 형태인데, 현재는 에밀레종이나 상원사종의 문양을 그대로 모방하고 있는 실정입니다. 이 면에서도 새로운 개발이 있어야 할 겁니다."

"종의 생명은 역시 소리일 텐데 소리에 대한 연구도 활발하게 진행되고 있는가요?"

"에밀레종이나 상원사종의 합금 분석표가 나와 있습니다만, 그걸 조사한 팀의 기준치가 통일돼 있지 않아서 어떤 자료가 정확한지는 아직 판단하지 못하고 있는 실정입니다."

"좋은 종을 만들려면 그런 문제가 빨리 과학적으로 분석돼야겠군요."

"과학적인 것만으로는 안 됩니다. 종이란 신비해서 종을 만들 때의 습도와 온도는 물론이고 쇳물을 붓는 종장의 숨결에 따라서도 소리가 달라지지요."

최길성의 말을 듣고 채련은 웃었다. 과학이 종을 만들 수 있다면 종이 무슨 의미가 있겠는가?

"문헌을 살펴보니 일본으로 건너간 우리 종은 수십 구에 이르고 있더군요. 그중에서 일본의 국보로 지정된 것만 해도

20여 구에 이른다고 합니다. 이런 점을 감안해볼 때 불교 미술이 주류를 이루고 있는 한국 미술사에서 금속 공예를 대표하는 범종을 연구하는 전문가가 좀 더 많이 나와야 하지 않을까 하는 생각이 듭니다."

그때 미스 민이 다반을 가지고 들어왔다.

"차 드세요, 선생님."

미스 민은 탁자 위에 찻잔을 놓으며 뽀얀 손으로 이마 위에 흘러내린 머리칼을 쓸어 넘겼다.

"고마워."

채련이 웃자

"아이, 선생님도."

미스 민은 웃는 채련을 향해 미소를 짓곤 얼른 몸을 돌렸다.

"최 선생님은 이제 종 분야의 전문인이 되셨군요."

"서당에도 안 가고 풍월을 읊는 격이죠."

"서당에 가본 저보다 훨씬 더 많이 알고 계시는데요."

그들은 함께 웃었다.

"금자는 잘 있는가요?"

채련은 앞에 놓인 찻잔을 들며 최길성을 쳐다보았다.

"잘 있겠지요. 금자 소식은 오 선생 소식보다 더 모르고 지냅니다."

"산다는 일에 그렇게 충실한 여자도 드물 거예요."

"한 색깔밖에 이해하지 못하고 사는 거죠."

"본인은 편할 거예요."

"편하겠지요. 그래서 금자를 생각하는 제 마음도 편합니다."

"이영은 금자가 미대를 나온 것도 이상하지만 최 선생님의 동생인 건 더 이상하다고 하더군요."

"이상한 게 많은 그 친구는 요즈음 잘 있습니까?"

"글쎄요. 잘 있다고 해야 할지 잘 못 있다고 해야 할지 저도 판단이 서지 않네요."

채련은 이영의 얼굴을 떠올리며 말했다. 그러자 최길성도 이영을 더이상 화제에 올리지 않고 묵묵히 차를 마셨다. 1년 남짓 자신을 따라다녔던 여학생. 그 여학생이 중년의 문턱에 선 지금까지 안주하지 못하고 방황하고 있다는 건, 그로서도 확인하고 싶지 않은 이야기였을 것이다.

최길성과 채련이 노 교수댁에 갔을 때 거기엔 이미 전날 만났던 사람들이 모두 와 있었다. 그들은 무슨 문제인가로 논쟁을 벌이고 있었던 듯 방 안은 뜨거운 열기로 가득했다.

"자본주의나 의회 제도만이 이 땅을 파라다이스로 만들 수 있다는 환상에서는 깨어나야 해."

정의동 교수가 언성을 높이며 말했다. 그러자 모여 있던 사람들은 긴장한 얼굴로 정 교수를 바라보았다.

"자신의 이윤을 추구해야 하는 자본주의와 자당의 이익을 주장해야 하는 의회 제도는 그것을 주도하는 사람들이 도덕적으로 완성되지 않는 한 모순과 갈등을 낳게 마련이지."

"그러나 자네가 예로 든 그 두 가지는 인류가 숱한 희생을 치르면서 얻어낸 가장 이상적인 제도가 아닌가?"

엄 변호사는 안경을 벗어들고 손수건으로 눈가를 닦으며 말했다.

"아무리 이상적인 제도라 하더라도 그 제도가 영원히 이상적인 제도가 되는 건 아니네. 산업 시대를 주도했던 경제 이론이나 정치 이론이 과학 시대까지 그대로 통용된다고 생각하는 것은 난센스야."

"우린 아직 산업 시대에 살고 있어. 그러기 때문에 어떤 개혁에 의해서만 행복해질 수 있는 그럴 단계는 아직 아니네."

엄 변호사는 여유 있게 미소까지 지으며 말했다. 그러자 정 교수는 못마땅한 얼굴로 엄 변호사를 쏘아보았다.

"그런 안일한 사고를 할 수 있는 자네가 신기하군. 서구 민주주의의 정신적 원리가 되었던 계몽주의나 프로테스탄티즘이 제 기능을 잃어버린 지는 이미 오래되었네. 그뿐 아니라 뜨거웠던 마르크스 이데올로기가 싸늘한 시체로 식어가는 것을 본 지도 오래되었지. 그런데 서구 민주주의라고 해서 어떻게 시공을 초월한 보편타당적인 진리일 수 있겠나?"

정의동 교수와 엄준태 변호사의 공방은 상당히 길게 계속되었다. 그들은 각기 자신들의 구미에 맞는 철학자나 경제학자 심지어는 신학자의 이론까지 들먹여가며 자신들의 주의 주장을 피력했다. 그들 이야기의 요지는 정의라는 것은 행동으로 표출되었을 때만 정의일 수 있다는 정 교수 주장과, 정의라고 믿고 있는 그 자체에도 무지가 내포되어 있으므로 그것이 여과되지 않고 행동으로 옮겨졌을 때는 결과적으로 혼란과 시행착오만 가중시킬 뿐이라는 엄 변호사의 이론이 팽팽히 맞섰다.

"교수님 앞에서 우리들의 이야기만 너무 장황하게 하는 게 아닌가?"

옆에서 듣고 있던 하일도가 중재하고 나섰다. 그때서야 사람들은 경직된 자신의 감정에서 풀려나 노 교수를 쳐다보았다. 흰 옥양목 바지저고리를 입고 하얀 새처럼 앉아 있던 노 교수는 제자들의 시선을 받자 미소를 지었다.

"선생님 말씀도 좀 들려주십시오."

하일도가 청했다.

"자네들이 주장하고 있는 것이 만일 최상의 선이라고 하더라도 너무 그것만 주장하지는 말게."

노 교수는 흰 수염 위에 자신의 손을 가져가며 말했다. 열심히 주의 주장을 피력했던 사람들은 어리둥절한 얼굴로 그를 바라보았다.

"선(善)만 존재하는 결과를 보려는 극단적인 생각보다는 선 쪽으로 변화시키려는 노력을 중요하게 여기게. 악을 없애버리고 선만 두겠다고 생각하면 투쟁이 생겨. 악은 선을 있게 하는 연동 작용이니까. 악을 없애려고 하지 말고 발전하지 못하도록 하게."

노 교수의 말을 들은 정 교수는 노골적으로 불만스러운 표정을 지었다. 그러나 채련은 노 교수의 말에서 많은 공감을 느꼈다. 특히 악은 선을 있게 하기 위한 연동 작용이라는 말은 그녀가 의심을 품어오던 어떤 문제에 대한 해답처럼 들렸다.

"자네들한테 차를 한 잔씩 대접하겠네."

노 교수는 자리에서 일어났다.

"제가 가서 물을 끓여 오겠어요."

채련은 주방으로 가서 불을 켜고 차관을 올려놓았다. 그때 대문 흔드는 소리가 들려왔다. 채련은 불을 줄여놓고 현관 밖으로 나갔다.

"누구세요?"

"……?"

채련은 잠시 망설이다가 노 교수의 제자일지도 모른다는 생각을 하며 대문을 열어주었다. 그 순간 채련은 형언할 수 없는 충격을 받으며 한옆으로 비켜섰다. 대문 밖에는 맨발에 마(麻) 껍질을 꼬아서 만든 신을 신은 사람이 서 있었다. 그의 발은 너무도 투명해서 거의 신령스럽게까지 보였다.

'아, 담시.'

채련은 숨을 죽이고 그의 얼굴을 올려다봤다. 깡마른 그의 얼굴은 눈만 있다고 느껴질 만큼 눈의 인상이 강렬했고, 꼬리가 길게 올라간 그의 눈은 그대로 활활 타는 불덩어리 같았다.

'이 사람은 불이다.'

채련은 그의 얼굴을 보며 속으로 탄성을 질렀다. 그 순간 그의 얼굴이 점점 클로즈업되더니 마침내 그녀의 몸을 확 감싸는 듯한 환각이 느껴졌다. 그것은 흡사 크고 넓은 새의 날갯죽지에 휩싸이는 것 같은 감정이었다.

황홀하다. 너무도 황홀하다. 채련은 한순간의 기이한 환각에 전율하며 담시 얼굴을 오래도록 응시했다.

4
장

Udambara

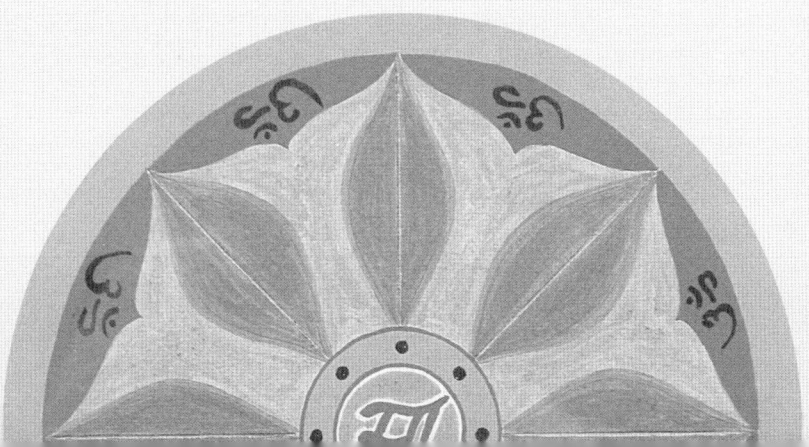

강릉에 도착한 채련은 들고 온 약도를 택시기사한테 보여주었다.

"여기 좀 가주세요."

"아, 알겠습니다."

기사는 약도를 들여다보다가 차를 몰았다. 조금 달리자 거리에는 조각 작품 전시회를 알리는 현수막이 펄럭였다. 10여 명의 정예 조각가들의 작품을 한자리에서 볼 수 있다는 것은 지방 문화인들에게는 흔치 않은 기회였을 것이다. 잠시 후에 차는 '관동화랑'이라는 간판이 붙은 건물 앞에 채련을 내려주었다. 화랑 안으로 들어서자 회원들이 모여들었다.

"어서 와요, 오 형."

전시장은 모든 준비를 끝내고 축하 화분과 함께 뷔페 식탁도 차려져 있었다.

"지금 오 형 올 때만 학수고대하고 있었습니다. 이 도령이 성춘향이 기다리듯이 말입니다."

미대 동기인 최영휘가 농을 걸었다.

"이 사람, 춘향이가 이 도령을 기다렸지 이 도령이 춘향이를 기다렸나?"

"참 그랬지. 춘향이가 이 도령 기다리듯이 말입니다."

"그래도 여자 남자가 바뀌었잖아."

김 선생이 옆에서 다시 거들자 최영휘는 허리를 굽신하며 말했다.

"그다음엔 복잡해서 잘 모르겠습니다."

회원들은 서로 실없는 농담들을 나누며 들떠 있었다. 그때 초대장을 받은 지방 유지들이 대여섯 명 몰려왔다. 그들은 복중임에도 정장들을 하고 있었다. 모인 사람들은 준비한 절차에 따라 함께 테이프를 끊고 장내로 들어갔다. 그들은 대부분 초면이었지만 쉽게 익숙해졌고 작품들을 보면서 조심스럽게 자신의 의견을 피력하기도 했다. 시간이 지남에 따라 장내는 열기로 가득 찼고, 홀 여기저기에 자리 잡은 조각품들은 자신들을 탄생시켜 준 인간들의 터무니없는 흥분을 구경하고 있었다.

채련은 취기와도 같은 흥분이 감도는 장내를 바라보며

시댁에 갈 일을 곰곰이 생각했다. 그들은 자신에게 털어놓을 수 없는 비밀을 간직하고 있었으므로 시댁을 찾아가는 데도 어떤 방법이 따라야 할 것 같았다. 채련은 진열대 위에 세워놓은 조각품만큼이나 맨숭맨숭한 기분으로 서성이다가 최영휘한테만 귀띔하고 슬그머니 장내를 빠져나왔다. 밖으로 나온 채련은 길가에 있는 다방으로 들어갔다. 문을 열고 안으로 들어서자 엽차 잔이 담긴 쟁반을 들고 서 있던 종업원이 마중이라도 나오듯 다가왔다. 채련은 토마토 주스를 한 잔 시키고 전화박스 앞으로 갔다.

신호가 떨어지면서 시어머니의 음성이 들려왔다.

"월정립니다."

"어머니세요? 저예요."

"아니, 너는 서울 아기 아니냐?"

"네. 지금 시내에 와 있어요."

"시내에 와 있다니 이게 무슨 말이야? 그래, 지금 너 있는 데가 어디야?"

"은하라는 다방이에요. 전시회가 있어서 회원들과 함께 왔어요."

"잘 왔다. 그러잖아도 너희들이 보고 싶어서 내가 한번 올라갈까 하던 참인데. 오늘 밤은 집에 와서 잘 수 있겠지?"

"그럼요. 지금 막 가려는 참이에요."

"네가 있는 곳이 어디라고 했지?"

"은하라는 다방이에요."

"알았다. 곽 서방을 보내마."

"그러실 필요 없어요. 저 혼자 택시 타고 가겠어요."

"안 된다. 서툰 길에 혼자 오다니. 20분만 기다리면 곽 서방이 도착할 거다."

이 씨는 서둘러 전화를 끊었다. 채련은 번거롭다는 생각이 들었으나 달리 어떻게 해 볼 방법도 없어서 그냥 자리로 돌아왔다. 다방 안에 있는 텔레비전에서는 서부극이 한창 방영되고 있었다. 다방 주인은 손님들에게 영화를 보게 하는 것만이 최대의 서비스를 하는 것이라고 생각했는지 볼륨을 있는 대로 크게 틀어놔서 텔레비전을 보는 것 외에는 아무것도 할 수 없었다. 짜증스러움을 참으며 얼마간 앉아 있자 모시 남방을 입은 중년 남자가 들어왔다. 그는 다방 안을 두리번거리다가 채련을 발견하고는 곧장 그녀에게로 와서 물었다.

"서울서 오신 손님이죠?"

"네. 오시게 해서 죄송해요."

채련이 미안해하며 웃었다.

"별말씀을요. 어서 가시죠."

그는 의자 위에 놓인 가방을 들고 카운터로 가서 찻값을 계산하고 채련이 나오기를 기다리고 있었다. 그런 그는 마치 잘 훈련된 기업체의 비서 같은 느낌을 주었다.

"여기서 먼가요?"

채련은 들고 있던 모자를 쓰며 물었다.

"택시로 20분 정도 걸립니다."

때마침 옆 골목에서 빈 차가 나와 그들 앞에 멈춰 섰다.

"타십시오."

채련이 차에 오르자 곽 씨는 자신의 오토바이를 타고 마치 에스코트라도 하듯 택시 뒤를 따랐다. 채련은 우습기도 하고 거북스럽기도 했지만 본의 아니게 그의 에스코트를 받으며 시골길을 달릴 수밖에 없었다. 긴 다리를 건너서 산 밑으로 달리던 차는 넓은 들이 확 트인 마을로 들어섰다. 그리고 얼마 안 가서 검은 기와집 앞에 멈춰 섰다. 차 소리를 들었음인지 이 씨가 황급히 뛰어나왔다.

"아가 왔구나."

그녀는 며느리 손을 꼭 잡으며 거의 감격스러운 목소리로 말했다. 어떤 연유로 해서 그동안 내왕이 없었는지는 모르지만, 혼자 살아온 시어머니는 몹시 외로워하고 있었다는 생각이 들었다.

"어서 오세요."

이 씨 뒤를 따라 나오던 부인이 인사를 했다.

"곽 서방네다. 내외가 우리 집 살림을 맡아서 하고 있다."

이 씨가 인사를 시켰다.

"수고가 많으시군요."

채련은 그녀를 보며 웃었다.

"수고는요. 더우신데 어서 들어가세요."

곽 씨네는 가방을 받아들며 말했다.

"그래, 어서 들어가자."

이 씨는 오른팔을 옆으로 흔들며 앞장을 섰다.

"어서 올라오너라."

대청마루로 올라선 이 씨는 돗자리 위에 앉으며 부채를 찾아 들었다. 채련은 들고 있던 모자와 가방을 한옆에 놓고 시어머니한테 절을 했다.

"갈증이 날 텐데 이거부터 마셔라."

이 씨는 미리 준비해 놓은 꿀물 대접을 며느리한테 밀어주었다. 하얀 사기대접 안에는 호박색 꿀물이 반 넘게 담겨 있었다. 채련은 대접을 들고 천천히 꿀물을 마셨다. 톡 쏘는 듯하면서도 짜릿한 맛이 혀끝에 감돌았다.

"시원한데요."

"아무리 더위를 먹어도 이 꿀물을 마시면 탈이 없느니라."

이 씨는 얼굴 가득 웃음을 담으며 며느리를 쳐다봤다.

"그래, 어떻게 왔다고?"

"강릉에서 작품전이 있어 왔어요."

"네가?"

"이번 전시회는 그룹전이에요. 십 년 전부터 전국을 돌며 전시회를 하는데 금년은 마침 강릉에서 전시회를 하게 되었어요."

"그럼 여럿이 왔겠구나."

"여덟 명이에요."

"그 사람들은 모두 어디서 자냐?"

"시내 호텔에서 잘 거예요."

"우리 집으로 올 걸 그랬다. 호텔보다야 못하겠지만 시골에 왔으면 시골집에서 자보는 것도 괜찮지 않겠냐?"

"그렇긴 하지만 어머님께 폐가 되잖아요."

"폐라니, 그분들만 괜찮으시다면 내일 저녁은 우리 집에서 묵어들 가시도록 해라."

이 씨는 진심으로 말했다. 채련은 그런 시어머니를 물끄러미 바라보았다. 이분은 외로워하고 계신다. 그런 생각을 하며 시어머니를 바라보는 그녀의 가슴속엔 묘한 애정 같은 게 느껴졌다.

"어머님만 좋으시다면 그렇게 말해 보겠어요."

"그래라."

이 씨는 무릎 밑에 깔린 돗자리를 물끄러미 내려다보더니 조심스럽게 물었다.

"태서하고 사인 어떠냐?"

"힘들어요."

채련은 시어머니에게서 친근감을 느꼈기 때문에 사실대로 말했다.

"힘들어?"

이 씨는 며느리를 보며 반문했다. 그러나 그건 힐난이 아니었다.

"날이 갈수록 이상한 성격으로 변하고 있어요."

이 씨는 아무 말도 안 하고 가만히 앉아 있더니 천천히 고개를 들고 며느리를 바라보았다. 무릎 위에 놓인 손은 꽉 쥐어져 있었다.

"힘들 테지. 하지만 본심은 착한 애니 네가 잘 보살펴줘라."

"……."

"한씨 가문에 들어온 여자는 원래 힘이 든다. 너도 힘들게 사는 것이 운명이거니 하고 그저 가슴속으로 삭이면서 살아라."

채련은 긴장하며 시어머니를 쳐다봤다. 그러자 이 씨는 며느리의 마음을 헤아린 듯 얼른 부엌 쪽을 향해 소리쳤다.

"영실네 듣는가?"

"네."

곽 서방네는 앞치마 자락을 걷어서 이마 위에 흐른 땀을 닦으며 대청마루 밑에 와 섰다.

"아직 멀었는가?"

"다 됐습니다."

"됐으면 어서 들여오게."

"네."

곽 서방네는 앞치마 끈을 다시 단단히 동여매며 부엌 쪽으로 들어갔다.

"불편하면 옷을 갈아입어라."

"괜찮아요. 잘 때 갈아입죠."

그때 곽 서방네가 놋양푼을 들고 들어왔다. 곧이어 고등학생으로 보이는 소녀가 상을 들고 와서 공손하게 내려놓았다.

"인사해라. 서울에서 오신 선생님이시다."

이 씨는 소녀를 보고 말했다. 그러자 소녀는 조용히 앉으며 절을 했다. 그런 소녀의 모습은 조선 시대의 낭자처럼 조신하고 얌전했다. 이 씨는 국자를 들고 놋양푼을 끌어당기더니 닭의 속살과 찹쌀을 골라 한 그릇 뜨며 말했다.

"집에서 키운 닭이라 제맛이 날 거다. 찹쌀에다 인삼하고 마늘을 넣고 고았으니 몸에도 좋다. 어서 먹어라."

"언제 이런 걸 다 하셨어요?"

"네 전화받고 바로 서둘렀다."

"어머니 잡수실 건 제가 떠드릴게요."

"아니다. 나는 국물만 조금 마실란다."

이 씨는 자신의 몫으로 놓인 대접에 국물만 한 국자 떠놓고 놋양푼을 곽 서방네 앞으로 밀어놓았다.

"여긴 이만하면 될 거 같으니 가져가서 아이들 나눠주게."

"네."

곽 서방네는 놋양푼을 들고 일어났다. 그러자 옆에 있던 소녀가 얼른 받아들고 대청마루로 내려갔다. 잠시 보아도 집안 분위기는 너무나 잘 길들어져 있었다. 시어머니는 옛날 마님처럼 당당하고 의연했다. 그러나 그 당당함 속에는 부드러움이 깃들어 있었다.

"곽 서방네는 여기서 같이 사는가요?"

"아래채에서 같이 산다."

"곽 서방은 농사꾼 같지가 않던데요?"

"농사꾼이야 아니지. 우리 집 살림을 거의 맡다시피 하고 있으니 감농을 하고 있는 셈이다."

"아이들은 몇이나 되는데요?"

"아들딸이 각각 둘씩이니 4남매다."

"아이들 공부도 그럼 어머니가 시키시겠네요?"

"내가 시킨다. 큰아들은 여기에 있는 대학에 다닌다. 아까 그 여식아이도 명년에 고등학교를 졸업하면 대학에 보낼 참이다."

"네."

"아이들 공부 다 시키고 나면 곽 서방 앞으로 논 스무 마지기를 떼 줄 생각이다."

"언제부터 있었던 사람인데요?"

"내 친정집에서 난 사람이니 나서부터 있었던 셈이지. 옛날 하인으로 따라왔던 사람의 손자다."

시어머니의 말을 들으면서 채련은 옛날 봉건 시대의 토후 잔해를 보는 것 같아 신기롭기까지 했다.

새벽이 되자 동네 스피커에서는 오늘은 제헌절이니 태극기를 달라고 법석을 떨었다. 스피커 소리에 잠을 깨긴 했지만 채련은 오래간만에 숙면을 취했다는 생각이 들었다. 모기장을 걷고 이부자리를 갠 후 문을 활짝 열자 대숲 너머로 죽담이 높다랗게 보였다. 죽담 위에는 막새기와를 얹어서 담의 격식을 살리고 벽 양면에는 암키와로 꽃장식을 박아 운치 있는 담을 만들고 있었다. 채련은 아침 이슬에 젖은 막새기와를 보며 그 담이 지닌 아름다움에 완전히 매료되었다.

"아가 일어났냐?"

대청마루에서 시어머니 음성이 들려왔다.

"네."

채련은 문을 열고 마루로 나갔다.

"편하게 잤냐?"

"집에서보다 훨씬 더 편하게 잤어요."

"나는 시에민데 그런 말을 하면 쓰냐?"

그들은 서로 쳐다보며 따듯하게 웃었다. 채련은 시어머니와 함께 있으면 알 수 없는 따듯함이 느껴졌다.

"세수는 도랑에 가서 해라. 가보면 네가 좋아할 거다."

"도랑이 어디 있는데요?"

"샛문으로 나가면 동산이 있고 그 뒤로 돌아가면 도랑이 나온다."

채련은 시어머니가 건네주는 수건을 받아들고 샛문으로 나왔다. 그러자 조그만 동산이 보였다. 그 동산은 인공으로 만들어놓은 듯 둥그스름한 반달 모양을 하고 있었다. 채련은 한참 동안 서서 동산을 뒤덮고 있는 능소화를 바라보다가 동산 뒤로 돌아갔다. 거기엔 조그만 도랑물이 흐르고 있었는데 그 도랑물은 신기하게도 담 밖으로부터 흘러들어왔다가 다시 담 밖으로 흘러나가고 있었다. 채련은 그야말로 술잔이라도 띄우고 싶은 풍류를 느끼며 도랑물에 손을 담갔다. 손가락이 흐르는 물에 떨듯 부풀어 오르며 연분홍색으로 투영되었다.

채련은 한참 동안 물속을 들여다보다가 물을 한 움큼 떠서 얼굴을 씻었다. 매끄럽고 싸늘한 촉감은 마치 물고기 비늘이 닿을 때처럼 감미로웠다. 도랑가에는 돌미나리, 고양이밥,

소리쟁이, 달개비 등이 아기자기하게 모여 살고 있었다. 채련은 평화로운 마음으로 한참 동안 도랑가에 앉아 있다가 안으로 들어왔다.

웅장하고 유연한 멋을 풍기는 기와지붕 모서리에는 귀두(鬼頭) 모양의 망와가 얹혀 있었고, 그 망와 밑에 씌운 흰 사기는 아침 햇빛을 받아 눈부시게 빛났다. 중문을 지나 사랑채로 돌아가자 외부 벽은 화방벽으로 되어 있었다. 벽 중심부를 벽돌로 쌓아서 정돈된 느낌을 주는 이 집은 사치와 멋을 한껏 살려서 지은 집임을 한눈에 알 수 있었다. 사랑마루 앞에는 연당이 있고 연당 속에는 연꽃이 무성하게 자라고 있었다. 넓은 잎 위로 동글동글한 물방울을 보석처럼 담고 떠 있는 연꽃은 너무도 싱그러워서 황홀할 지경이었다. 채련은 시가에 와 있다는 생각은 까맣게 잊은 채 마치 중요한 문화재를 답사 나온 사람처럼 호기심에 찬 눈으로 집 안팎을 샅샅이 살펴보았다.

집 안은 늘 많은 사람이 살고 있는 것처럼 깨끗하고 아늑했다. 그래서 고가(古家)에서 흔히 느낄 수 있는 퇴락하고 음습한 면은 전혀 찾아볼 수가 없었다. 채련은 그런 집안 분위기가 너무도 신기해서 시어머니의 존재를 다시 한번 인식했다. 일흔이 넘은 노인이 혼자 지키는 이 큰 집이 어떻게 이처럼 살아서 숨 쉴 수 있을까? 동문을 지나 안으로 들어가자 석류나무 뒤로 별당이 보였다. 그런데 기이하게도 별당에 이르는 길은 흡사

바리케이트를 쳐놓은 것처럼 넓은 나무판으로 막혀 있었다. 채련은 섬뜩함을 느끼며 별당을 바라보았다. 별당은 외부와의 왕래를 무언중 거부하고 있었다. 채련은 의혹에 찬 눈으로 잠시 서 있다가 안으로 들어갔다.

"어서 오너라. 아침 다 됐다."

시렁 위에서 대나무로 짠 고리를 내리던 이 씨가 뒤를 돌아다보며 말했다.

"집이 참 좋은데요."

"너는 어째 남의 집 말하듯 하냐?"

"저도 그런 느낌이에요. 꼭 지방 문화재 답사 나온 것 같아요."

"원, 저 말 좀 보게…."

이 씨는 어이없어하며 며느리를 바라보았다. 채련은 그런 시어머니를 보며 싱긋 웃었다. 자신이 생각하기에도 방금 한 말이 너무 철없이 느껴졌다.

"그런데 이상하게 집 안엔 항상 많은 사람이 살고 있는 것처럼 느껴져요."

"나는 이 집에서 사람 훈기를 없애지 않으려고 온갖 정성을 다 쏟고 있다. 사람 훈기가 돌지 않는다는 것은 집을 지킬 손이 끊겼다는 말이 아니겠냐?"

채련은 아무 말도 하지 않고 잠자코 앉아 있었다. 결혼한

지 6년. 그 안에 자식을 낳지 않았다는 것은 이 노인의 열망을 외면한 것이다. 그것이 누구의 잘못이든 간에. 채련은 비로소 자신이 이 집과 피로 엉겨져 내려오는 한 개의 고리임을 인식하고 착잡해졌다.

"아침 먹고 시내에 나가봐야지?"

"네."

"영실네, 아침상 들이게."

이 씨는 부엌을 향해 소리쳤다.

"네."

곽 서방네는 준비해 놓고 기다린 듯 밥상을 들고 들어왔다.

"안방에 갖다 놓게."

"네."

상은 겸상으로 차려져 있었다.

"용고기국이다. 먹어봐라."

채련은 국물을 조금 떠서 맛을 봤다. 애호박과 풋고추를 썰어 넣고 밀가루 즙을 엷게 풀어서 끓인 국 맛은 일품이었다.

"이렇게 맛있는 국은 처음 먹어보는데요."

"좀 더 주랴?"

"네."

"서울 아기가 국을 더 달라네."

이 씨는 즐거운 목소리로 곽 서방네를 향해 소리쳤다.

"네."

잠시 후에 곽 서방네가 쟁반에 국대접을 담아서 들어왔다.

"이렇게 맛있는 국은 처음 먹어본다네. 자네 음식 솜씨가 좋은 모양일세."

이 씨는 농을 하며 웃었다.

"어머님이 이렇게 좋아하시는데 잡숫고 더 드세요."

곽 서방네는 흐뭇한 얼굴로 고부를 바라보다가 나갔다.

"손님들이 오게 되면 미리 연락을 해다오."

"어머니도 저하고 같이 시내에 나가세요. 제가 만든 작품도 보시구요."

"내가 봐야 뭘 아냐? 너야 가끔 신문에 나니 그냥 어림짐작으로 잘하는가 보다 하고 믿고 있다."

"그러지 마시고 저하고 같이 나가세요."

"촌 노인을 데리고 다니면 우사스럽지 않겠냐?"

"어머니는 하도 당당하셔서 어디 가셔도 조금도 우사스럽게 보일 분이 아니세요."

"그 말은 시에미한테 욕을 하고 있는 게 아니냐?"

고부는 함께 웃었다. 이 씨는 평소의 그녀답지 않게 들떠 있었다. 그러는 그녀의 모습은 마치 어른을 따라 나들이를 가는 아이처럼 즐거워 보였다. 칠십 평생을 살아오는 동안 자식을 따라 홀가분한 마음으로 집을 나서보기는 아마도 처음일 것이다. 아들은 그런 일을 한 번도 시도해 보지 않았을 것이므로.

"영실네 듣는가?"

이 씨는 밥상을 물리며 곽 서방네를 불렀다.

"네."

그녀는 명령이 떨어지기를 기다리고 있었던 사람처럼 얼른 나타났다.

"오늘은 내가 서울 아기를 따라 전시회에 가려고 하니 자네는 옷을 좀 챙겨주게."

이 씨는 온 얼굴에 웃음을 가득 담고 곽 서방네를 쳐다봤다.

"그러세요. 평생 나들이라고는 모르는 어른이신데 모처럼 며느님하고 바람 좀 쐬고 오세요."

곽 서방네는 경사라도 난 것처럼 좋아했다. 그녀는 상을 부엌에다 갖다 놓고 들어오더니 윗목에 놓인 3층 화류장을 열고 빳빳하게 올이 선 치잣빛 모시옷 한 벌을 꺼내놓았다. 그리고 속치마와 옥양목 버선도 한 켤레 꺼내서 모시옷 옆에 가지런히 놓았다.

"영실이 아범을 오게 할까요?"

곽 서방네가 나가며 물었다.

"그러게."

이 씨는 은으로 당초무늬를 조각한 경대를 앞에 놓고 머리를 빗었다. 그리고 곱게 쪽진머리에 금비녀를 꽂았다.

"너는 화장을 안 하냐?"

"땀이 나서 안 하겠어요."

"그럼 옷이라도 갈아입어라."

이 씨는 마음이 급한지 서둘렀다. 채련은 상방으로 와서 머리를 틀어 올리고 흰 플레어 원피스에 챙이 넓은 흰 모자를 썼다.

"마님, 부르셨습니까?"

곽 서방 목소리가 들렸다.

"자네 우리하고 시내에 다녀오세. 며늘아기가 조각 전시회를 한다고 하니 같이 가서 구경도 좀 하고."

"제가 뭘 알아야죠."

"까막봉사 둘이서 호강 좀 해 보세."

이 씨는 농을 하며 웃었다.

"그러죠. 차가 오면 모시고 갔다 오겠습니다."

곽 서방이 댓돌 밑으로 내려서자 곽 서방네는 남편 옆으로 다가가 뭔가 귀엣말로 속삭였다. 그러자 곽 서방은 낮은 소리로 웃으며 아래채 쪽으로 걸어갔다. 한 컷의 스틸처럼 그들 내외는 아주 짧은 순간에 훈훈하고도 행복한 분위기를 연출했다.

잠시 후 대문 밖에서 클랙슨 소리가 들렸다.

"차 왔다. 어서 나가자."

이 씨는 댓돌 위에 놓인 흰 고무신을 신고 뜰 아래로 내려섰다. 치잣빛 모시 치마저고리가 조그만 체구와 썩 잘 어울렸다.

"양산을 들고 가시지요."

곽 서방네가 얼른 대청마루 위로 올라와서 양산을 찾아들고 나왔다.

"고맙네."

이 씨는 하얀 비단 바탕에 은회색 꽃을 수놓은 양산을 받쳐 들고 앞장서 걸었다.

"할머님, 안녕하십니까?"

그들 일행이 대문 밖으로 나오자 차를 닦고 있던 기사가 친근하게 인사를 했다. 단골로 다니는 사람인 듯싶었다.

"조각 전시를 하는 데로 가세."

"네?"

기사는 의아한 얼굴로 뒤를 돌아다보다가 채련을 발견하고는

"아, 네."

하며 차를 몰았다.

그들은 벼가 패기 시작한 들판을 바라보며 시내로 나왔다. 들판 위에는 빨간 고추잠자리가 솟구치듯 포물선을 그으며 날아다녔고, 하얀 황새도 긴 다리를 벼 포기 속에 숨기고 먹이를 찾고 있었다. 사람 눈에는 평화스럽게 보이는 풍경이지만 그들로서는 고달프고도 힘겨운 삶의 현장일 것이다.

그들이 화랑 앞에 내렸을 때 입구에는 벌써 많은 사람이 와서 붐비고 있었다. 채련은 어리둥절해하는 시어머니를 모시고 안으로 들어갔다.

"어, 오 형."

지방 대학에 있는 이병준이 다가오며 손을 내밀었다. 그는 채련과 대학 동기였지만 군에 갔다 왔으므로 입학 연도는 그녀보다 3년 앞서 있었다. 채련이 이병준의 손을 잡고 반갑게 악수를 하자 이 씨는 슬그머니 외면을 하며 작품 앞으로 다가갔다. 그러던 그녀는 얼굴이 뻘게지면서 어찌할 바를 몰랐다. 그것은 여인의 나상으로, 여자가 두 손을 포개서 뒤로 잡고 어깨를 뒤틀 듯하고 서 있는 전신상이었다. 채련은 시어머니의 마음을 짐작하고 속으로 웃었다.

"어디 갔다가 이제야 나타나십니까?"

회원들이 다가오며 한마디씩 했다.

"시댁에 갔다 왔어요. 인사하세요. 저희 어머니세요."

그들은 어리둥절한 얼굴로 이 씨한테 인사를 했다. 이 씨도 좀 전의 당혹감에서 풀려나 평온한 얼굴로 그들의 인사를 받았다.

"저희 어머님이 오늘 저녁 초대를 하신다는데 어떻게 할까요?"

채련은 회원들을 둘러보며 어머니의 뜻을 전했다. 회원

들은 갑자기 받은 초대를 어떻게 받아들여야 할지 몰라 서로 얼굴만 쳐다보았다.

"고맙습니다. 그러잖아도 호텔에서 자보니 맨송맨송하던데 오래간만에 시골 온 기분을 만끽하게 되었군요."

최영휘가 일방적으로 승낙을 했다.

"자네 혼자라면 몰라도 우리가 다 가면 너무 폐가 되지 않겠는가?"

조 선생이 소심한 얼굴로 걱정을 했다.

"괜찮습니다. 시골집이라 누추하긴 합니다만 모두들 오셔서 하루 묵어가십시오."

"감사합니다. 그럼 저녁에 뵙겠습니다."

"작품 구경을 하십시오. 오 선생 작품은 중앙에 있는 저겁니다."

회원들은 한마디씩 인사를 하고 자기 자리로 돌아갔다. 장내를 둘러보던 이 씨와 곽 씨는 곤경에 처한 사람들처럼 시선 둘 바를 몰라했다. 진열된 작품은 모두 남녀의 나상이었기 때문에 그들 눈에는 망측하기 이를 데 없이 보였을 것이다.

이 씨는 며느리 작품 앞으로 걸어오더니 안도의 숨을 쉬었다.

"네 건 그래도 참하구나."

그 작품은 토르소로 상반신만 제작되었기 때문에 '그래도'

라는 단서만 붙인다면 유방쯤은 눈감아 줄 수 있다는 말이었다.

"어머니, 이런 건 처음 보시죠?"

채련은 시어머니의 팔을 잡으며 웃었다.

"처음이라 그런지 망측스럽다."

이 씨는 한옆으로 비켜서며 말했다.

"가시겠어요?"

"오냐. 너는 여기 남아 있어야지?"

"네."

"그럼 나중에 손님들 모시고 오너라."

"날씨도 이렇게 더운데 어머님이 힘드셔서 어떻게 하죠?"

"자식 있는 유세를 하는데 힘들긴 뭐가 힘드냐?"

이 씨는 가슴속의 이야기를 했다. 채련은 시어머니의 바싹 마른 얼굴을 보며 손이라도 꼭 잡아주고 싶은 충동을 한순간 느꼈다.

그들 일행이 채련의 시댁에 도착하였을 때, 저녁노을은 서편 하늘을 아름답게 물들이고 있었다. 하늘은 타는 듯한 주황색에서 감색으로, 그리고 붉은 꽃분홍색에서 차츰 보라색으로 바뀌다가 마침내 투명한 호박색으로 은은하게 펼쳐졌다. 일행은 두 대의 택시에서 내려 대문 앞에 모여 섰다. 차가 도착했음을 알고 곽 씨가 먼저 나왔다.

"어서 오십시오."

그는 솟을대문을 활짝 열어주며 일행을 반겼다.

"집이 굉장히 좋습니다."

손님들이 고개를 쳐들고 집 구경을 하자 곽 씨가 앞장을 섰다.

"사랑채는 이쪽으로 들어갑니다."

작은사랑과 큰사랑은 하얀 창호지 문을 활짝 열어놓고 손님 맞을 채비를 하고 있었다. 일행은 곽 씨의 안내를 받으며 마루로 올라갔다. 그때 올이 고운 삼베 치마저고리로 갈아입은 이 씨가 사랑채로 나왔다. 그녀 뒤에는 백자 호리병과 사기 중발을 든 고 씨가 따르고 있었다. 고 씨는 작은 머슴으로 불리는 노총각으로, 좀 모자라긴 하지만 충직하여 10년 가까이 이 집에서 일한다고 했다.

손님들이 일어나려고 하자

"그냥들 앉아 계세요. 촌가라 불편하시겠지만 어려워들 마시고 편히 묵어가십시오."

이 씨는 한쪽 무릎을 세우고 앉으며 손님들을 바라보았다.

"폐가 많습니다."

"별말씀을요. 우리 집엔 아직까지 자식 친구들이 이렇게 많이 놀러 와 준 적이 없습니다. 나로서는 경사니 조금도 폐스럽게 생각지 마세요."

이 씨는 옆에 놓인 호리병을 세차게 몇 번 흔들더니 사기 중발에 꿀물을 7푼쯤 따랐다.

"토종꿀이라서 더위에 좋습니다. 드세요."

손님들이 고맙다는 인사를 하며 꿀물을 마시자 이 씨는 자리에서 일어났다.

"그럼 편히들 쉬세요."

"저도 부엌에 나갈까요?"

"부엌은 내가 살필 테니 너는 여기 있거라. 처음 오신 손님들이신데 주인이 같이 있어야지."

이 씨는 안채로 들어갔다.

"보통 분이 아니신 것 같군요."

모여 앉은 사람들은 이 씨한테 어떤 위압을 받은 듯했다.

"보통 어른이 아니지요. 두량이 남자 백보다 낫다고 합니다."

채련은 진심으로 시어머니를 칭송했다.

"여기 앉아 있으니 시조라도 한 수 읊고 싶군."

연당을 바라보던 최영휘가 어깨를 좌우로 흔들며 말했다.

"오 선생, 여기 와서 사시죠. 이 좋은 집을 그냥 비워둔다는 것은 너무 아깝지 않습니까?"

"자네, 서울에 있는 오 선생 집은 안 가본 모양이구먼."

"이건 아무래도 불공평한데. 전셋집 면하느라고 오 년 동안 고생한 나한테 대면 오 선생이 누리고 있는 부(富)는 아무래도 염치가 없단 말이야."

"이 사람 모처럼 호강하러 와서 쫓겨나려고 이러나."

그들은 함께 웃었다. 그러나 웃고 있는 채련의 마음은 공허했다. 전세방을 면하기 위해 5년이 걸린 조 선생에 비한다면 불로소득인 자신의 부는 지탄받아 마땅할 것이다. 그러나 그녀가 누리고 있는 부가 불로소득인 것처럼, 그녀는 부를 소유하고 있다는 사실에 거의 현실감을 느끼지 못하고 살아왔다. 마치 풍요로운 숲으로 날아온 새처럼. 풍요로운 숲이 새의 소유일 수 있겠는가?

"이 좋은 집에 와서 가만히 앉아 있어서야 되겠나? 집이나 한 바퀴 돌아보세."

최영휘가 먼저 일어나자 모두 따라 일어났다. 그들이 연당가로 몰려가는 것을 보고 채련은 안채로 들어갔다. 집 안은 잔칫집처럼 술렁이고 있었다. 동네 부인들로 보이는 아낙네들이 부산하게 부엌을 드나들며 음식을 장만하고 있었다. 그들은 채련이 들어가자 흘깃흘깃 그녀를 쳐다보며 뭔가 귀엣말을 속삭였다.

"너는 이리로 올라오너라."

이 씨는 며느리가 부엌 쪽으로 가는 것을 원하지 않았다.

"네."

채련은 시어머니가 앉아 있는 대청마루로 올라갔다.

"고단하면 상방에 가서 누웠거라."

"그래도 되겠어요?"

"시에미가 그러라고 하지 않냐?"

시에미라는 말을 쓰긴 했지만 그녀는 대견스러운 딸을 바라보는 눈으로 며느리를 보며 미소를 지었다. 채련 역시 친정어머니 같다고까지는 말할 수 없지만 통상적으로 말하는 시어머니로서의 저항감은 전혀 느껴지지 않아서 어리광을 피우듯 말했다.

"고마워요, 어머니. 그럼 잠시 누웠다 나오겠어요."

"잠시 눕더라도 요를 깔고 누워라."

"네."

채련은 상방으로 들어갔다. 집 안은 온통 기름 냄새 나물 냄새 고기 냄새로 가득하였고, 여자들의 웃고 떠드는 소리도 냄새만큼이나 진하게 집 안을 가득 채우고 있었다. 채련은 누비이불을 펴서 바닥에 깔고 그 위에 누웠다. 방학 때 시골 외갓집을 찾아온 것처럼 편안했다.

저녁상은 그야말로 진수성찬으로 차려져 있었다. 음식이 가득 차려진 큰 교자상 두 개가 사랑으로 나가자 손님들은 나직이 함성을 질렀다.

"차리느라고 했습니다만 시골 음식이라 입맛에 맞을지 모르겠습니다."

이 씨는 사랑마루로 나와서 인사를 했다.

"이런 상은 처음 받아봅니다."

최영휘의 말을 듣고 일행은 즐겁게 웃었다.

"자네는 손님들 상에 모자라는 게 있는지 살펴보게."

"네."

이 씨는 다시 한번 상을 점검해보며 곽 씨에게 말하고는 안채로 들어갔다.

"같이 식사를 하시지요."

"제 걱정은 마시고 어서 드십시오."

곽 씨는 손님들과의 식사를 사양하고 뒤에서 이것저것 보살펴주었다. 그리고 있는 그의 모습은 조금도 위축돼 보이지 않았다. 그도 은연중 주인마님처럼 자신을 당당하게 지키는 법을 터득하고 있는 것 같았다. 일행은 상 위에 가득한 별미를 즐기며 저녁을 먹었다. 채련 역시 한 번도 구경하지 못한 음식이 몇 가지 있었다. 그것은 아마도 옛날 대갓집 음식이거나 아니면 이 지방의 독특한 토속 음식일 것이다.

상이 나가자 발이 고운 대소쿠리에 수박과 복숭아가 가득 담겨 나왔다.

"이 집은 몇 간이나 됩니까?"

"아흔아홉 간 집입니다."

"그런데도 집 안 구석구석이 전혀 퇴락하지 않았군요."

"이 집을 지키기 위해서 마님이 쏟는 정성은 눈물겹습니다. 수시로 집수리를 하는 건 물론이고 빈방도 사람이 거처하는 것과 똑같이 청소하고 도배하고 군불을 때고 합니다."

곽 씨의 말을 들으며 채련은 답답해졌다. 시어머니가 쏟고 있는 정성이 무엇을 위함인지 그녀는 잘 알고 있기 때문이었다. 사면이 어두워지자 고 씨가 보릿겨를 한 짐 지고 와서 모깃불을 피워 주었다. 모깃불이 피어오르자 겨 타는 냄새와 쑥 향기가 온 집 안에 서서히 퍼졌다. 잠시 후에 술상이 나왔고 술이 몇 순배 돌자 그들의 흥은 점점 고조되어 갔다.

양 선생이 먼저 '한오백년'을 뽑자 여기저기서 유행가 가락이 터져 나왔다. 특히 장 선생의 '백마강 달밤에 물새가 울어 잊었던 옛날이 그리웁구나'라는 노래는 모든 사람의 열렬한 박수를 받았다. 바싹 마른 몸인데도 그의 목소리는 우렁차고 섬세하였으며 그리고 애조까지 띠고 있었다. 흥이 고조에 오르자 그들은 서로 노래를 하려고 덤볐고 취기와 함께 흥겨운 분위기는 더욱더 무르익어갔다.

자정이 지나자 사람들은 잠자리에 들었다. 큰사랑과 작은사랑에는 이미 모기향이 피워져 있었고 이부자리도 깔려 있었다. 깨끗하게 손질된 이부자리는 자신들을 맞아줄 손님을 기다리고 있었던 듯 정갈하게 단장하고 있었다. 손님들이 잠자리에 들자 집 안에 켜졌던 불이 모두 꺼졌다. 채련은 대숲에서 불어오는 바람 소리와 부엉이 울음소리를 들으며 깊은 잠 속으로 빠져들었다.

얼마쯤 후에 문밖에서 시어머니를 부르는 목소리가 환청처럼 어슴푸레하게 들려왔다.

"마님, 마님."

곽 서방은 조심스럽게 그러나 다급하게 불렀다.

"왜 그러나?"

"빨리 좀 나와 보셔야겠습니다."

잠이 완전히 깬 채련은 긴장해서 바깥소리에 귀를 기울였다. 잠시 후에 대청마루로 나오는 시어머니의 발소리가 들렸다.

"별당 아씨가 사랑 마당에 나와 있습니다."

"뭐라구?"

이 씨의 음성은 땅속으로 가라앉는 것처럼 절망적으로 들렸다.

"어서 가보세."

채련은 반사적으로 일어나 그들 뒤를 따랐다. 집 안은 어둠의 적막 속에 잠겨 있는데 사랑 댓돌 밑엔 희끄무레한 물체가 뒹굴듯 가로누워 있었다. 채련은 너무 놀라서 숨을 죽이며 중문 문설주에 몸을 숨겼다. 마당에 누워 있는 물체는 거의 연체동물처럼 몸을 가누지 못하고 모로 누워 있었으며 헝클어진 머리는 산발을 했고 아랫도리엔 치마가 둘리어 있었다. 어둠 속이라 얼굴 윤곽은 확실하지 않았지만 그것은 사람이라기보다 차라리 흉측한 괴물처럼 보였다. 그런데 더욱 기가 막힌 것은 그 자신이 여자임을 증명이라도 하듯 축 늘어진 유방을 가슴 위에 매달고 있는 것이었다.

이 씨는 그 괴물 곁으로 다가가더니 두 팔을 휘저었다.

"쉬! 쉬!"

그것은 흡사 구렁이를 쫓고 있는 것처럼 보였다. 이 씨가 팔을 쳐들고 낮은 소리로, 그러나 단호하게 쉬쉬하며 쫓아내자 그 괴물은 몸을 꿈틀꿈틀 뒤틀며 마당 가운데로 기어나갔다. 이 씨는 그 뒤를 따르며 연신 '쉬쉬'하고 팔을 저었다. 채련은 어렸을 때 깨밭에서 징그러운 깨벌레를 보고 놀랐던 것보다도 몇 배 더한 충격으로 거의 서 있을 수도 없을 지경이었다. 그런 경황 중에서도 자신의 모습을 곽 씨나 시어머니에게 보여서는 안 된다는 생각이 들어서 그녀는 숨을 죽이며 상방으로 되돌아왔다. 막상 되돌아오긴 했지만 그녀는 가슴이 떨려서 자리에 눕지도 못하고 한동안 멍하니 앉아 있었다. 사면 벽에 징그러운 벌레가 꿈틀거리며 기어 다니는 것 같아 몸서리가 쳐졌다.

쉬쉬하는 이 씨 음성은 별당 쪽에서 점점 작아지더니 마침내 아무 소리도 들리지 않았다. 그리고 한참 후에 안채로 되돌아오는 그녀의 발소리가 들렸다.

"어서 주무십시오."

곽 씨가 댓돌 밑에 서서 시어머니를 위로했다.

"자네 덕에 우사를 면했구면."

시어머니의 음성은 피를 토해내는 것처럼 비통하게 들렸다.

"전에 없이 집 안이 소란하니 무슨 일인가 궁금했던 모양입니다."

시어머니는 굳게 입을 다문 채 묵묵히 서 있더니 탄식했다.

"궁금하긴. 지가 무슨 사람이라고 궁금하노."

"전 가겠습니다. 주무십시오."

"고맙네."

곽 씨가 물러가자 집 안은 다시 어둠의 적막 속으로 가라앉았다. 그 어둠 속에서 한태서의 얼굴이 떠올랐다. 남편의 얼굴을 떠올리는 순간 채련은 '아!' 하는 신음 소리를 내며 자신의 머리를 두 팔로 감싸 안았다.

서울로 돌아온 채련은 어두운 거리를 헤매고 다니다가 밤늦게 집으로 돌아왔다. 대문 앞에 세워놓은 외등만 무덤을 지키는 망부석처럼 두 눈에 불을 켜고 서 있을 뿐 집 안에서는 한 줄기의 불빛도 새어 나오지 않았다.

채련은 암담한 기분으로 대문 앞에 서 있다가 안으로 들어갔다. 넓은 정원에 서 있는 나무들은 어둠 속에서 검은 강물처럼 출렁이고 있었다. 현관문을 열고 안으로 들어가자 그녀의 발끝에 남편 구두가 차였다. 그 순간 표현하기 어려운 비애 같은 것이 그녀의 몸을 휩쌌다. 온 천지를 헤매고 다니다가도 어쩔 수 없이 찾아온 같은 공간. 이 공간이 비록 무덤 속이라 할지라도 우리 두 사람은 이 공간을 찾아오도록 운명 지어진 게 아닌가. 그런 생각은 남편과의 사이에 강한 동체 의식을 느끼게 했다.

채련은 남편 구두 옆에 자신의 구두를 벗어놓고 안으로 들어갔다. 그리고 스위치를 눌러 불을 켰다.

"다녀왔어요."

채련은 가방을 탁자 위에 놓으며 남편한테 인사를 했다. 그러자 한태서는 침대에서 일어나 앉으며 싸늘한 눈으로 아내를 바라보았다.

"어머니도 뵙고 왔어요."

'그것뿐이오?'

한태서의 시선은 이렇게 묻고 있었다. 채련은 답답해져 옴을 느끼며 '아니요, 당신의 누이도 보고 왔어요.' 이렇게 속으로 대답했다.

"당신 혼자 갔소?"

"회원들과 같이 갔어요."

"내가 원하지 않는다는 건 당신도 잘 알고 있을 텐데."

"당신은 원하지 않겠지만 어머니는 원하고 계셨어요. 그분 스스로 자식이 있음을 확인하고 싶어 하셨어요."

"당신은 꽤 많은 사실을 알고 있다는 말투로군."

그는 야유하듯 비꼬았다. 채련은 남편의 얼굴을 물끄러미 바라보다가 남편 옆으로 다가가 앉으며 간절하게 말했다.

"여보, 우리 서로 마음을 열 수 없을까요?"

"……."

"우린 부부로 만났어요. 그렇기 때문에 나는 당신과 부부답게 살고 싶어요. 고통도 같이 나누고 희망도 같이 가지면서요."

"당치않은 소리."

한태서는 아내의 청을 일소에 부쳤다. 채련은 남편에게 다가설 수 없는 벽을 느끼고 한 발 뒤로 물러섰다. 그때 채련의 머릿속엔 '힘들더라도 네가 삭이고 남편을 받아줘라.' 하던 시어머니의 말이 생각났다. 시어머니는 그 말을 아침나절 내내 가슴속에 묻어두었다가 자신이 떠나려고 하자 조심스럽게 전달했었다. 그 말속에는 자식에 대한 모성애와 함께 어떻게 하든지 이 가정이 지켜져야 한다는 소망이 포함돼 있었다.

채련은 착잡한 마음으로 남편을 바라보다가 애원했다.

"여보, 제게 당신의 고통을 얘기해주세요. 저는 당신의 고통을 이해하고 싶어요."

그 말은 그녀의 진심이었다. 남편과의 사이에 가로놓여 있는 벽을 허물고 두 사람이 가슴을 맞대고 함께 설 수만 있다면, 어쩌면 공동의 출구를 찾을 수 있을지도 모른다는 생각을 채련은 계속해서 해왔다.

"내 앞에서 다시는 그런 소리 하지 마. 날 우롱하면 죽여 버릴 테야."

한태서는 험악한 얼굴로 단호하게 말했다. 실제로 그의 눈빛 속엔 어떤 살기 같은 것이 번득이고 있었다. 하지만 그 소리는 흡사 짐승의 울부짖음처럼 처절하게 들려서 채련은 오히려 조금도 서운한 마음이 들지 않았다.

5
장

Udumbara

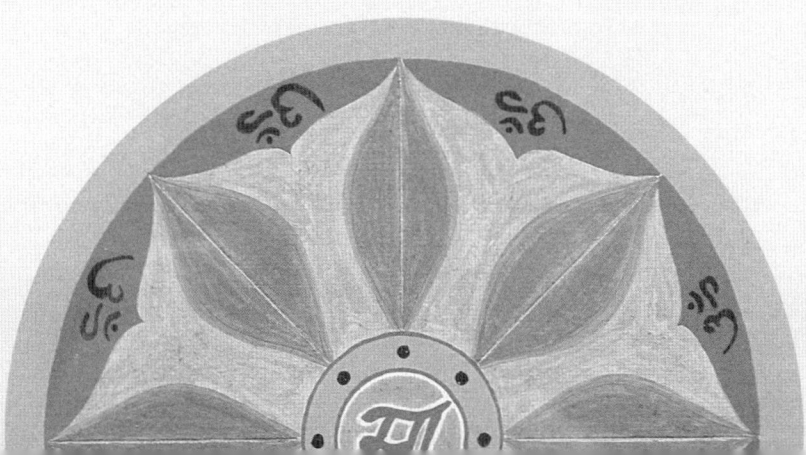

동화는 도서관 앞을 지나 비탈길을 내려왔다. 캠퍼스 안엔 서서히 어둠이 밀려왔고 도서관 창문마다 푸른 형광등이 환하게 켜져 있었다. 동화는 불이 켜져 있는 도서관을 착잡한 눈으로 바라보았다. 지금처럼 바깥 창문이 어두워짐과 비례해서 머리 위의 형광등이 푸른빛을 발하는 저녁 시간이 되면 동화는 원서를 앞에 놓고 그것과 씨름하는 자기 자신에 대해 무한한 희열을 느껴왔다. 친구들과 그룹 스터디를 할 때도 동화는 자신의 몫으로 돌아온 부분은 물론이고 원서 전체를 이해하고 있었으므로 그룹 리더로 손색이 없었다. 동화는 달콤한 추억에 잠기듯 공부에 열중했던 자신의 모습을 떠올려보았다. 그리고 그렇게 할 수 있었던 지난날에 향수 같은 걸 느꼈다. 동화는 도서관 언덕을 내려오다가 은행나무 밑에 있는 벤치에 가서 앉았다. 그의 머릿속에는 조금 전에 친구들과 토론했던 헨리 조지에 관한 이야기들이 바람에 날리는 파지 조각들처럼 어지럽게 울려왔다.

　내 창문 밑에는 코뚜레로 매어진 황소 한 마리가 서 있다. 그 황소는 풀을 뜯어 먹으면서 자신의 고삐를 기둥에 감아버리고 말았다. 그리하여 싱싱하게 자란 풀을 눈앞에 보고도 굶주림으로 괴로워해야 했고, 어깨에 앉은 파리를 쫓을 수조차 없어 그냥 우두커니 죄수처럼 서 있었다. 그는 자신이 감은 고삐에서 풀려나기 위해 여러 차례 시도를 했지만 번번이 실패하고 지금은 그냥 슬픈 울음을 삼키며 묵묵히 서 있을 뿐이다.

　"자신의 고삐를 말뚝에 감은 건 전적으로 황소의 무지야. 그러기 때문에 그 고삐를 풀어준다 해도 황소는 곧 다시 말뚝에다가 자신의 고삐를 감고 말게 돼. 이럴 때 황소의 고삐를 풀어준다는 게 과연 의미가 있을까?"
　종규가 침착하게 말했다.
　"물론 의미가 있지. 풀밭에 서 있는 황소한테는 어떻든

풀을 뜯어먹게 해야 해. 황소한테 풀을 뜯어 먹게 하는 건 체념에서 벗어나 적극적인 의지를 가지도록 훈련하는 거와 마찬가지야."

세혁이 안경 뒤의 눈을 번쩍이며 외치듯이 말했다.

"그런 훈련을 시킨다고 해서 황소가 행복해질까? 행복해지기는커녕 오히려 불행하다는 의식만 가중될걸."

"그렇다면 넌 어떤 행동을 취하겠어?"

"나라면 일시적으로 말뚝에 감긴 고삐를 풀어주는 일보다는 말뚝에 고삐를 감지 않도록 이성을 일깨워주겠어."

"황소한테 시급한 건 우선 한 입의 싱싱한 풀을 먹게 하는 거야."

"하지만 그것 가지곤 문제 해결이 안 돼. 황소는 다시 굶주림으로 시달리게 될 테니까."

그들은 고삐에 감긴 황소한테 진정으로 도움을 주는 것은 무엇인지에 대해 열띤 논쟁을 벌였다. 동화는 묵묵히 앉아 그들의 이야기를 들었다. 그들은 어떤 특정한 대상을 고삐에 감긴 황소라고 생각하고 있었지만, 그런 논쟁을 벌이는 친구들 또한 말뚝에 감긴 황소라는 생각이 들어서 괴로웠다. 넓은 초원은 황소의 것이었다. 그러나 말뚝과 고삐가 생김으로써 황소는 무지를 얻게 되었고, 그 결과 한 뼘의 풀밭도 자신의 것으로 만들지 못했다. 인간도 그런 것이 아닐까? 광활한 우주를 자신의 것으로 할 수 있음에도 불구하고 말뚝과 고삐에 연연해하다 결국 한 뼘의 자유도 누릴 수 없게 되었다. 삶이란 결국 자신 앞에 박힌 말뚝에 고삐를 감는 행위인지도 모른다. 그렇다면 말뚝에 감긴 황소를 풀어주고자 하는 친구들의 열정도 또 다른 말뚝에다 자신들의 고삐를 감는 행위는 아닐까?

동화는 머릿속이 혼미해져 옴을 느끼며 하늘을 올려다봤다. 불그스름하던 노을은 어느새 사라지고 별이 몇 개 돋아나 있었다. 벤치에서 일어난 그는 천천히 교문 밖으로 걸어 나왔다. 얼마쯤 걷던 그는 자꾸 허전해져서 걸음을 멈추고 다시 하늘을 올려다봤다. 그때 채련의 얼굴이 떠올랐다. 동화는 그녀와 이야기를 하고 싶다는 간절한 생각을 하며 버스 정류장 쪽으로 걸음을 옮겼다.

"선생님은 비둘기가 늑대보다 선량하다고 생각하세요?"

신대 앞에서 어깨를 만들고 있던 현지가 흙 묻은 손으로 이마 위에 흘러내린 머리카락을 쓸어 올리며 물었다.

"그야 선량하겠지."

채련은 현지의 작업 과정을 지켜보며 말했다.

"전 그렇게 생각하지 않아요. 비둘기한테는 선량하고자 하는 노력이 따르지 않았거든요."

"…응?"

"비둘기가 늑대보다 선량하다면 그건 그냥 본성일 뿐이에요. 그러기 때문에 비둘기가 선량하다고는 말할 수 없어요."

"노력에 의한 결과만 가치가 있다는 얘기군."

"네. 전 그렇게 생각해요."

"……."

"제가 가장 경멸하는 건 노력하지 않는 삶이에요. 그런 사람을 보고 있으면 혐오감마저 느껴져요."

현지는 조각칼로 어깨선을 다듬으며 말했다. 채련은 그런 현지를 보면서 이영의 얼굴을 떠올렸다. 현지는 이영에 대한 자신의 감정을 간접적으로 설명하고 있음이 분명했다.

"……."

채련이 아무 반응도 보이지 않자 현지는 자신이 지나친 말을 했다 싶었는지 채련의 눈치를 살폈다.

"선생님, 피곤하신가 봐요. 그만할까요?"

피곤하다는 말을 듣는 순간 채련은 정말로 피로가 느껴져서 현지를 바라보았다.

"그래, 그만할까?"

"선생님, 죄송해요. 저 때문에 많이 귀찮으시죠?"

"편하지는 않지."

채련이 솔직하게 대답하자 현지는 오히려 친근감을 느끼

는지 떼를 쓰는 투로 말했다.

"하지만 선생님, 끝날 때까지는 참아주셔야 해요."

"얘기만 잠깐 듣고도 작가의 상상력을 동원해서 조각가를 표현할 수 있다고 하더니 전신상을 다 제작해볼 참이야?"

"네. 그래야만 작품을 쓸 수 있을 것 같아요."

현지는 손에 묻은 흙을 털며 애교스럽게 웃었다. 그때 살구 댁이 들어왔다. 그녀는 실내를 두리번거리다가 물었다.

"아직도 멀었어요?"

"다 됐어요. 곧 나갈게요."

"아까부터 동화가 기다리고 있어서요. 손님이 있다고 해도 안 가는 걸 보니 사모님한테 할 얘기가 있는가 봐요."

"그럼 들여보내지 그러셨어요?"

"작업실엔 아무도 못 들여보내게 하시구선요."

살구 댁은 웃으며 나갔다.

"현지도 같이 가서 만나지."

"네."

현지는 상기된 얼굴로 머리를 끄덕였다. 채련은 그런 현지를 주의 깊게 살펴보며 밖으로 나왔다. 채련이 거실로 들어갔을 때 소파에 앉아 있던 동화가 일어나며 채련을 맞았다. 그러던 그는 채련 뒤에 선 사람이 현지임을 확인하자 몹시 당황하는 얼굴로 고개를 돌렸다.

"두 사람은 아는 사이라니까 인사는 안 시켜도 되겠지?"

채련은 웃으며 그들을 바라보았다.

"……."

"왜들 그렇게 마주서 있어? 서로 인사도 나누지 않고."

그러자 현지가 조금 앞으로 나오면서 머리를 까딱했다.

"안녕하세요?"

"……."

"동화 씨를 한번 만나고 싶었어요."

"……."

"동화는 여학생하고 이야기해 본 적이 한 번도 없어?"

채련은 동화를 보며 웃었다. 그러던 채련의 머릿속엔 순간적으로 이영의 얼굴이 떠올랐다. 그리고 동화를 유혹해보고 싶었다던 그녀의 말도 생각났다. 그 순간 채련은 당황하며 동화의 얼굴을 살폈다. 동화는 여전히 고개를 숙인 채 곤혹스럽게 서 있었다. 그 역시 현지를 본 순간 이영의 얼굴을 떠올렸음이 분명했다.

채련은 자신이 먼저 침착해져야겠다고 생각하며 화제를 돌렸다.

"나한테 할 얘기가 있어?"

"네. 그냥 우울해서 들렀어요."

동화는 고개를 들고 채련을 바라보았다.

"그럼 다음에 와. 오늘은 현지하고 얘기하고."

채련은 벽시계를 올려다보며 말했다. 남편이 귀가할 시간이 되었으므로 가능한 한 그들을 빨리 보내고 싶었다. 그는 외부 사람이 집 안에 있는 것을 몹시 싫어했으므로.

"네."

동화는 채련의 마음을 알고 있는 듯 서운한 기색 없이 그녀의 말을 받아들였다. 채련은 현관에 서서 그들을 배웅했다. 그러면서 현지가 어쩌면 동화를 만날 기회를 얻기 위해 그동안 자기한테 들렀는지도 모른다는 생각을 했다.

"어서 와."

최길성의 사무실에 앉아 있던 금자가 소파에서 일어나며 채련을 반겼다.

"네가 어떻게 여기 다 나와 있어?"

"오빠한테 들렀다가 네가 온다고 하기에 기다리고 있었어."

"최 선생님은 어디 가셨어?"

"노 교수님 강연이 있나 봐. 거기 모시고 갔어."

"……."

"너한테 저녁때 나오라고 전화하려는 걸 내가 못하게 했어. 나온 김에 널 보고 가려고."

"잘했어. 그런데 이렇게 나와 있어도 괜찮아?"

"애들 오기 전에만 가면 돼."

"여기 앉아서 기다리기도 그렇고 우리 다방으로 갈까?"

"거기 가면 돈 들잖아. 그냥 여기서 얘기해."

금자는 자신 앞에 놓인 주스를 한 모금 마시며 채련을 쳐다봤다.

"그럴래?"

채련도 그녀하고 다방에 가고 싶은 마음이 없었으므로 그냥 그녀 앞에 마주앉았다. 금자는 결혼할 무렵에 입었던 체크무늬 원피스를 입고 머리를 뒤로 꼭 묶고 있었다. 그런 그녀의 모습은 청교도 시대의 부인을 연상하게 했다.

"그동안 별일은 없었지?"

채련은 그녀 무릎 위에 놓인 지갑을 보며 물었다. 그 지갑은 그녀가 학교 다닐 때 만든 가죽지갑인데 한쪽 모서리가 닳아서 속까지 보일 정도로 해져 있었다.

"아직까진. 그런데 앞으로가 걱정이야."

"남편 진급이 어려울 것 같아?"

"응. 아무래도 제대를 해야 하려나 봐."

"……."

"난 왜 앞날에 대해서 이렇게 불안하니? 아이들 데리고 살 일을 생각하면 앞이 캄캄해."

금자는 입술이 타는지 주스를 한 모금 마셨다. 그런 그녀를 보고 있자니 채련까지 불안해졌다.

"성격이 팔자래. 조바심치는 네 성격부터 고쳐. 남편과 아이들 다 건강하고 열심히 자기 일하는데 뭐가 불안해?"

"너처럼 팔자 좋은 애는 한 가정 지키면서 사는 게 얼마나 힘든지 몰라서 그래."

'나도 한 가정 지키면서 사는 게 얼마나 힘든지 알고 있어.'

금자를 바라보는 채련의 얼굴은 쓸쓸해 보였다.

"너처럼 남편 잘 만나서 생활 어려움 모르고 사는 여자는 돈이라는 게 얼마나 고통을 주는 건지 몰라."

"넌 오천만 원이나 모으고서 뭘 그래?"

"태양물산에 간 그 돈이 내 전 재산이야. 그 돈 모으느라고 얼마나 뼈가 빠졌는데…. 계란 하나도 정말 마음 놓고 못 먹었어."

금자는 울먹이는 목소리로 말했다. 그런 금자를 보고 있자 '얘는 돈 얘기만 나오면 열을 치더라. 지가 무슨 훈장이라도 받아야 할 여자처럼.' 하며 비아냥거리던 이영의 얼굴이 떠올랐다.

금자는 주판알만큼이나 정확한 여자였다. 그녀는 자신이 만든 룰을 한 치의 오차 없이 지키는 것만이 가장 현명한 삶이라고 믿고 있었다. 한 달에 사과 다섯 알을 아이들한테 먹이기로 하였으면 그 다섯이라는 숫자는 절대가치가 되어서 거기에 가감이란 있을 수 없었다. 그렇기 때문에 계란 한 알도 마음 놓고 먹지 못했다는 말은 사실일 것이다. 그러나 그런 생활을 가리켜 근검절약이라고 말하고 싶지는 않았다. 금자의 인색은 이영의 낭비만큼이나 그녀를 즐겁게 해주는 일종의 도락이었다.

"미스 민은 어디 갔니? 최 선생님이 미스 민한테 탁본을 맡겨놨을지도 모르는데."

채련은 금자하고 마주앉아 있는 시간이 답답하게 느껴져서 이렇게 물었다.

"심부름 갔는데 이제 곧 올 거야. 그런데 탁본은 무슨 탁본이니?"

"종 표면에 있는 비천상 조각을 해야겠는데 영감이 떠오르지 않아서 그래."

"종 조각이라면 파라핀하고 알루미늄을 사용하는 거니?"

"전엔 그렇게 했는데 모양이 흐려서 요즈음은 규사에다 벤토나이트를 섞어서 조각해."

금자는 자신 앞에 놓인 주스 잔을 만지작거리면서 잠시 생각에 잠겨 있었다.

"난 오빠를 이해할 수 없어. 젊은 시절은 허송세월로 다 보내더니 이제 와서 뚱딴지같이 무슨 종이니? 그게 사업적으로 가능하기나 하겠어?"

채련은 잠자코 듣기만 했다. 그녀한테 자신이 이해하고

있는 최길성을 전달시킨다는 것은 완전히 불가능하게 느껴졌기 때문이다. 그러고 보면 관계란 그것이 지니고 있는 의미보다는 훨씬 더 허망한 것인지도 모른다. 부부 관계나 부모와 자식 간의 관계, 형제간의 관계는 절대적인 의미를 지니고 있지만 그 의미만큼 절대적으로 결속된 경우는 거의 없다.

"선생님 오셨어요?"

미스 민이 상기된 얼굴로 인사를 했다. 그녀는 몹시 더운 듯 손수건으로 연신 이마 위에 흐른 땀을 닦으며 그들 쪽으로 걸어왔다.

"더운데 어디 갔다 왔어?"

"동사무소에요."

미스 민은 들고 온 봉투를 금자한테 건네주며 사무적으로 말했다.

"여기 인감증명 들어 있어요."

"수고했어요."

금자는 봉투를 지갑 속에 넣고 일어섰다.

"가려고?"

"응. 아이들 올 시간 돼서 가봐야겠어."

"그래, 그럼 가봐."

채련은 자리에서 일어나 친구를 배웅했다.

"선생님, 주스 드세요."

미스 민은 채련 앞에 오렌지 주스 한 잔을 놓아주며 마주 앉았다.

"최 선생님은 노 교수님 모시고 강연장에 가셨다지?"

"네. 노 교수님이 사양하셨는데 억지로 모시고 가셨어요."

"담시도 같이?"

"네. 참, 선생님은 담시라는 분을 만나보신 적이 있으세요?"

"응."

"선생님 보시기엔 어떤 분 같았어요?"

"글쎄, 미스 민 눈에는 어떻게 보였지?"

"제가 보기엔 꼭 모자라는 분 같았어요. 말도 안 하고 가만히 앉아 있다가 슬며시 고개를 들고 웃기만 해요."

미스 민은 하얀 이를 드러내며 웃었다.

창문엔 불이 켜지고 어머니들은 어두워지는 골목에 나와서 놀고 있는 아이들을 불러들였다. 채련은 시어머니가 보내준 꿀병을 들고 노 교수 댁 골목으로 들어서다가 놀고 있는 아이들 쪽을 무심히 바라보았다. 그들은 말타기 놀이를 하고 있었는데 말이 되어 허리를 구부리고 있는 사람은 놀랍게도 담시였다. 그는 정말 말처럼 맨발로 두 다리를 쭉 뻗고 허리를 구부리고 있었고 그의 잔등에는 서너 명의 꼬마들이 올라타 있었다.

어머니들은 담시 잔등에 올라타 있는 아들 손을 잡아끌며 공부는 하지 않고 어두워질 때까지 놀고 있다고 야단을 쳤다. 잔등에 올라탔던 아이들이 하나둘 골목 안으로 사라지자 담시는 손을 털며 일어섰다. 그리고 벗어놓았던 샌들을 신고 아무 일도 없었던 사람처럼 무심한 얼굴로 걸어왔다. 그러던 그는 노 교수 댁 대문 앞에 서 있는 사람이 채련임을 확인하자 놀랐다.

"아, 채련."

채련은 자신의 이름을 서슴없이 부르는 그를 신기한 눈으로 바라보았다. 담시는 가만히 채련의 얼굴을 들여다보다가 한 옆으로 비켜서며 대문을 열어주었다. 그의 시선은 너무도 진실하게 느껴져서 마치 빛처럼 그녀 몸속으로 투영되어 들어오는 듯했다. 채련은 숨을 죽이며 그의 시선을 자신 속으로 받아들였다. 그러자 뜨거운 포옹을 한 후의 행복감 같은 게 온몸으로 느껴졌다. 채련은 짧은 순간에 느낀 기이한 감정에 스스로 놀라며 얼른 몸을 돌렸다. 그리고 어둠 속에 잠시 서 있다가 현관으로 들어갔다.

"선생님, 저 왔어요."

"오 군인가?"

노 교수가 문을 열고 나오며 반겼다. 채련은 신을 벗으며 뒤를 돌아다보았다. 그러나 담시 모습은 보이지 않았다.

"앉게."

채련은 노 교수가 밀어준 방석에 앉으며 물었다.

"식사는 하셨어요?"

"담시하고 국수를 해 먹었네."

노 교수는 미소를 지으며 채련을 쳐다봤다.

"선생님, 제가 두 분을 보살펴드릴 사람을 구해볼까요?"

채련은 노 교수의 표정을 살피며 조심스럽게 물었다.

"그럴 필요 없네."

"하지만 여러 가지로 불편하신 점이 많으시잖아요. 식사도 그렇고 빨래나 청소도 그렇고……."

"보살펴 줄 사람이 있어야 살 수 있다고 생각하는 것도 일종의 탐심일세. 남의 희생을 바라는 마음이지."

"탐심은 제 몫으로 할 테니까 선생님은 그냥 사람을 두세요."

"그건 더 큰 탐심이지."

노 교수가 처음 서울로 오던 날도 채련은 오늘과 비슷한 청을 드렸고 노 교수는 그날도 그녀의 청을 받아들이지 않았다.

"선생님, 꿀을 조금 갖고 왔어요. 토종꿀이라고 시어머니가 보내오신 거예요."

채련은 들고 온 꿀병을 노 교수 앞에 내놓았다.

"…고맙네."

물끄러미 꿀병을 바라보고 있던 노 교수의 안광이 한순간 빛났다. 채련은 당황하며 물기 어린 그의 눈을 보지 않으려고 고개를 돌렸다. 지금 이분은 단란했던 가정을 떠올리고 있다. 아내와 딸이 함께 살았던 그 가정을. 사모님은 가을철이면 남편을 위해 토종꿀을 구해왔을 것이며, 그리고 새벽이면 정성껏 꿀물을 타서 남편 머리맡에 놓아 주었을 것이다. 그들은 지금 어디로 간 것이며 그 가정 또한 어디로 간 것인가? 이렇게 백발이 된 조그만 노인을 홀로 남겨놓은 채.

"선생님, 제가 꿀물을 타올까요?"

"그러게."

채련은 주방으로 가서 물을 데워서 돌아왔다. 그러면서 다시 한번 담시의 모습을 찾았지만 그는 어디에도 보이지 않았다. 채련은 들고 온 물을 조그만 사기대접에 붓고 꿀을 덜어서 저었다.

"선생님, 드세요."

"고맙네."

노 교수는 사기대접을 들어 반 넘게 마셨다.

"요즈음 강연을 많이 하시나 봐요?"

"여러 군데서 오라곤 하지만 자의식들이 워낙 강한 사람들이라서…. 부처님이 우리를 가리켜서 아라야식을 좋아한다고 탄식하신 심정을 이해할 것 같네."

"아라야식을 좋아하다니요?"

"분별심을 즐긴다는 얘기지."

"선정에 들면 분별심에서 벗어날 수 있다지요?"

"아무리 유원광대한 듯이 보이는 선정에 들었다 해도 그것이 자아 관념에 뿌리박고 있는 한은 유루정(有漏定)에서 벗어날 수 없다네. 유루정이란 번뇌를 포함하고 있는 선정이지."

"……."

"대선정이란 자아 관념에서 벗어나 영원한 진리, 영원한 빛인 우주 그 자체의 삼매에 의지해서 그 속으로 동화돼 나가는 것을 말하네. 이것을 가리켜 해인삼매라고 하는데 바다 위에 그림자를 드리우며 노닌다는 뜻이야. 우리가 살아가는 하루하루의 생활이란 우주 그 자체 속에 그림자를 드리우고 있는 것과 마찬가질세."

"……."

"우주 자체는 진리 그것이므로 침묵만을 지킬 뿐 입을 뗄 수가 없어. 그러기 때문에 우리가 살아가는 하루하루의 생활이란 우주의 모습을 현실 속에 표현시키는 것과 같은 것이네. 이렇게 우리는 우주 속에 싸이면서 그 속에 그림자를 드리우는 반면 또 우주를 감싸면서 침묵하고 있는 진리를 표출시켜내는 역할을 동시에 하고 있지. 그러기 때문에 우리는 누구나 진리의 세계를 장엄하게 하는 본분을 자연히 가지게 되는 걸세. 이것이 바로 우리의 세계관이며 또한 인생관이 되어야 함은 말할 필요도 없지."

"······."

채련은 단정히 앉아서 노 교수의 얘기를 경청했다.

"다시 말하면 우리는 영원한 진리, 영원한 광명인 우주 그 자체 속에서 한 줄기 빛으로 파장되어 나왔다가 다시 우주 속으로 회귀되어 돌아가게 된다네. 그동안 아름다운 우주의 전당을 건설하는 데 각자 일익을 담당해야지. 이러한 사상을 바르게 이해하고 받아들일 때 비로소 우리는 유한한 존재자로서의 허무를 극복할 수 있다네."

"유한한 존재자로서의 허무를요?"

"그렇지. 오 군이 추구하는 예술 세계도 알고 보면 영원 회귀의 본능일 걸세."

"······."

채련은 무릎 밑에 놓인 꿀물을 한 모금 마셨다. 자신의 가슴속에서 타고 있는 갈망이 정말 영원 회귀의 본능일까? 그렇다면 어떤 방법으로 그 길에 도달할 수 있을까? 채련은 들고 있던 찻잔을 만지작거리며 이런 생각을 하고 있었다. 그때 목 뒤가 스멀거려서 한 손으로 목을 쓸어보았다. 그 순간, 손끝에 감지되는 물컹한 촉감과 함께 원색에 가까운 송충이 한 마리가 치마 위로 떨어졌다. 채련이 비명을 지르며 송충이를 떨어내려고 하는 순간, 들고 있던 꿀차가 쏟아지며 원피스 앞자락을 적셨다. 채련은 몸속으로 스며드는 끈적거림과 징그러운 송충이 때문에 거의 울상이 돼 있었다.

"웬 송충인가?"

노 교수도 놀라서 쳐다봤다.

"여기 올 때 나무에서 떨어졌나 봐요."

채련은 차에서 내렸을 때 가로수에 살충제를 뿌리던 일이 생각났다.

"어서 씻고 오게."

노 교수는 방바닥에 떨어진 송충이를 집어내며 말했다.

"네."

채련은 끈적끈적 감겨드는 원피스 자락을 손끝으로 잡고 욕실로 갔다. 욕실 문을 열고 안으로 들어서던 채련은 기겁을 해서 손으로 입을 가리며 뒤로 물러섰다. 목욕을 마친 담시는 오른팔을 들어 머리 뒤로 돌리고 몸에 묻은 물기를 닦고 있었다. 문 쪽에서 돌아서 있었기 때문에 그의 뒷모습밖에 볼 수 없었지만 오른팔을 뒤로 돌리고 몸을 약간 뒤튼 듯한 그의 모습은 완벽하게 아름다웠다.

황급히 문을 닫고 복도로 나온 채련은 얼굴이 달아오르는 부끄러움과 함께 표현할 수 없는 흥분으로 가슴이 떨렸다.

그것은 간절하게 찾고 있던 모델을 만났을 적에 느끼게 되는 전율과도 흡사한 것이었다. 영상처럼 한순간 스쳐본 그의 몸은 그녀에게 신비한 영감을 불어넣어 주었다. 그러면서 다시 작품을 할 수 있을 것 같은 확신이 가슴속에서 차올랐다. 채련은 자신의 몸속에 잠들어 있던 세포가 일시에 활개치며 깨어나는 듯한 희열에 젖어 들면서 잠시 복도에 서 있었다.

한태서는 안경을 벗으며 소파에 가 앉았다. 그의 눈에 번득이던 광기는 며칠 사이에 자취를 감췄고, 얼굴에는 약간의 혈색까지 돌았다.

"잘 다녀왔소?"

그는 부드러운 음성으로 물었다.

"네."

"교수님은 안녕하십디까?"

"네."

"담시라는 젊은 친구도 만나보았소?"

최길성이 노 교수와 처음 해후를 한 후 흥분한 얼굴로 집에 와서 노 교수와 담시 얘기를 한 것을 한태서는 아직 기억하고 있는 듯했다.

"네."

그의 얼굴을 떠올리는 순간 채련의 가슴이 세차게 뛰었다. 그의 영상은 숙명적인 암시를 주며 그녀에게로 다가왔다.

"듣던 대로 대단한 사람 같았소?"

"글쎄요."

채련은 남편의 물음에 대답을 피했다. 그것은 어쩌면 아름다운 보석을 감추고 싶어 하는 그런 마음인지도 모른다.

"대단해 봐야 우물 안 개구리겠지. 산속에서 일생을 산 친구가 알면 얼마나 알고 있겠소."

"당신이 이해하고 있지 않은 부분은 이야기하지 마세요."

채련의 음성은 스스로도 놀랄 만큼 단호했다.

"……."

한태서는 의아한 눈으로 아내를 바라보았다. 채련 역시 의아한 눈으로 자신을 돌아다보았다. 그녀는 자기를 이끌어가던 나침반이 자신도 모르는 새 방향을 바꿔 선회하고 있다는 생각이 들었다.

"미안해요. 당신 기분을 상하게 했다면 사과하겠어요."

채련은 조용히 남편 얼굴을 쳐다보며 말했다.

"당신의 사과를 받아들일 만큼 기분이 언짢은 건 아니니 안심하오."

한태서는 농담을 들은 사람처럼 너그럽게 웃었다.

'지금 농담을 하는 게 아니에요.'

채련은 남편을 바라보며 속으로 말했다. 그의 울병은 이제 완전히 꼬리를 감추고 어딘가로 떠나버린 듯했다. 마치 한바탕 소란을 피우다 사라져버린 망나니처럼. 하지만 울병이 가신 후 턱없이 행복해하는 남편의 얼굴은 채련을 더욱 섬뜩하게 했다. 그것은 전혀 뿌리가 없는 들뜸이었고, 머지않아 암울한 먹구름을 몰고 올 것을 예고하고 있는 것이기도 했다. 이런 모든 것보다 그녀를 더욱 허탈하게 하는 것은 그의 진실을 볼 수 없다는 사실이었다. 한태서는 주기적으로 찾아오는 조병과 울병 사이를 넘나들며 그것들이 입혀주는 옷을 번갈아 입으면서 살아가는 사람이었다. 그렇기 때문에 그가 어떤 옷을 입고 있든, 그것은 한 인간으로서의 그의 참모습일 수가 없었다.

"교수님 건강은 좋은 편입디까?"

"네."

"나도 한번 찾아뵙고 인사를 드려야 할 텐데…."

"……."

채련은 잠자코 그를 바라보았다. 노 교수가 처음 서울로 돌아왔을 때 함께 인사를 가자고 청했던 일을 남편은 잊고 있는 것 같았다.

"요즈음은 주로 무슨 일을 하고 계십디까?"

"강연을 하시고 시간이 있을 땐 원고도 쓰시는 것 같더군요."

"아무리 닥터 파우스트라곤 하지만 이십 년 가까운 세월을 산에서 참선이나 하며 보냈는데 이제 와서 학문을 계속하실 수 있을까?"

"참선은 허송세월을 하는 게 아니에요. 지혜를 찾는 빠른 길일 수도 있죠."

"교수님을 뵙고 오더니 참선 예찬자가 되었군. 그렇게 좋은 것이라면 당신도 한번 해 보구려. 작업에도 도움이 될지 모르니까."

작업이라는 말을 듣는 순간 채련의 가슴은 뛰기 시작했다. 그래. 작업을 시도해 보자. 이제부터는 나도 일을 할 수 있을지 모른다.

"미안하지만 아틀리에에 좀 갔다 오겠어요."

"일을 하려고?"

"네."

"일이야 맨날 하는데 오늘은 좀 쉬지 그래."

'매일 하다니요? 내가 일을 하지 못한 지가 언제부터인데요.'

채련은 남편을 보며 씁쓸하게 웃었다. 한집에 살면서도 전혀 부부일 수 없었던 세월이 빈 대롱처럼 덩그렇게 머리 위에 매달렸다.

"작품을 할 수 있을 것 같은 예감이 들어요. 잠깐 다녀오겠어요."

채련은 서둘러 작업실로 갔다. 작업실 문 앞에 서서 문을 여는 순간 그녀는 작업실이 자신을 거부하고 있음을 감지할 수 있었다. 아직은 안 돼. 작업실은 완강하게 그녀를 밀어냈다. 채련은 그의 거부에 도전하며 안으로 들어갔다. 그녀가 만든 조상들은 먼지를 뽀얗게 뒤집어쓴 채 전과 다름없이 분노하는 얼굴로, 슬픈 얼굴로, 그리고 고뇌하는 얼굴로 자신을 바라보고 있었다.

채련은 작업대에 앉아서 그녀가 조상하려던 얼굴을 떠올려보았다. 그러나 가슴속에 숨어든 얼굴은 구름 속에 갇힌 달처럼 좀처럼 형상을 드러내 주지 않았다. 일을 할 수 있다고 생각했던 자신이 무모하게 느껴져서 채련은 그만 부끄러워졌다. 채련은 두 팔을 깍지 끼고 그 위에 머리를 묻고 눈을 감았다. 그 순간 오른팔을 머리 뒤로 돌리고 등에 묻은 물기를 닦아대던 담시의 뒷모습이 떠올랐다. 담시…. 그의 알몸을 눈으로 확인해보고 싶은 강한 충동이 느껴졌다. 그렇게 되면 그가 자신에게 불어넣어 주던 알 수 없는 영감이 좀 더 실체를 드러내고 그녀의 손끝에 와 닿을 것만 같았다. 채련은 오랫동안 작업대에 앉아 있다가 문을 잠그고 밖으로 나왔다. 검붉은 장미는 어둠 속에서 선혈을 부어놓은 것처럼 무더기무더기 피어 있었다. 채련은 강렬하게 향기를 내뿜는 장미를 홀린 눈으로 바라보다가 안으로 들어갔다. 한태서는 소파에 비스듬히 몸을 기대고 앉아서 신문을 읽고 있었다. 그는 몸을 반쯤 누이고 있었음에도 불구하고 이상스럽게 반듯하게 앉아 있는 느낌을 주었다.

"작품을 하겠다더니 왜 벌써 왔소?"

"할 수가 없어서요."

"할 수가 없다니?"

"아직 작품 할 준비가 안 되었나 봐요."

"유명한 조각가인 당신이 작품을 할 준비가 안 되다니 그게 무슨 말이오?"

"저의 어떤 면이 유명한진 모르지만 아직 멀었어요."

"......?"

"제 자신에 대해서 철저하지 못했어요. 좀 더 제 자신 속으로 침잠해 들어가야겠어요."

채련은 남편이 자신의 말을 이해할 수 없다는 것을 잘 알고 있었다. 남편뿐 아니라 그 누구도.

"그건 무엇을 의미하는 거요?"

"나 자신과 맞서서 피투성이가 돼야겠다는 생각이에요."

채련은 남편에게가 아니라 자신에게 다짐하듯 말했다. 지금까지 살아오는 동안 고통은 늘 그녀 곁에 있었다. 그러나 고통을 이해하고만 있을 뿐 그것을 껴안고 뒹굴지는 못했다. 결혼하면서부터 얻은 부(富)와 조각가로서의 명성은 늘 그녀에게 화려한 의상을 입혀주었다. 그것은 일종의 보호막이 되어서 그녀를 편안하게 했다. 채련은 그것으로부터 자유로워져야겠다고 생각하면서도 막상 그것을 벗어던지지는 못했다.

채련은 지금 자신이 실천해야 할 첫 번째 과제는 바로 그것임을 잘 알고 있었다. 우선 나에게 입혀진 군더더기 옷부터 벗어 던지자. 그리고 알몸으로 서서 나를 향해 다가오는 모든 고통을 받아들이자. 주저함이나 두려움 없이, 당당하게. 그런 후에 나는 붉은 선혈이 흘러내리는 내 몸뚱이를 바라보며 '너는 아름답게 살았노라.' 하고 소리 높여 외치리라. 채련은 주술을 외듯 자신을 향해 나직이 속삭였다.

"연말쯤 영국으로 가게 될 것 같소."

한태서는 들고 있던 신문을 탁자 위에 내려놓으며 말했다.

"영국이라뇨?"

"연수를 떠나게 되었소. 당신도 그렇게 알고 있구려."

채련은 아무 대답도 하지 않았다. 말을 하고 싶지 않아서였다.

"주무세요."

"그러지."

한태서는 포갰던 발을 내리고 자리에서 일어났다. 슬리퍼를 신고 있는 하얀 발목이 섬뜩하도록 섬약하게 느껴졌다.

6장

Udambara

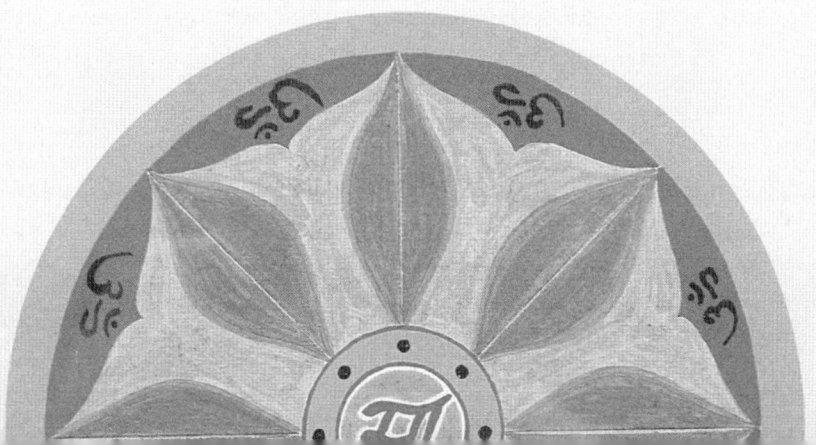

세혁과 헤어진 동화는 오랫동안 나무 밑에 앉아 있다가 교문 밖으로 나왔다. 외롭다는 감정이 온몸에 꾸역꾸역 차올라왔다. 외롭다. 견딜 수 없이 외롭다. 어딘가에 가서 박살이 나도록 부서지고 싶다. 동화는 교문 앞에 우두커니 서 있다가 버스에 올랐다. 차창 밖으로는 무수한 군상들이 흘러가고 있었다. 흐르는 군상 속에 현지의 얼굴이 떠올랐다.

"어렸을 때 엄마가 보고 싶으면 루즈를 발랐어요. 그래서 비 오는 날엔 늘 루즈를 바르고 학교에 갔죠. 지금도 외로울 땐 빨간 루즈를 발라요. 동화 씬 외로울 때 어떻게 하세요?"

동화는 떠내려가는 꽃송이를 잡듯 현지의 영상을 움켜잡았다. 그리고 깊게 한숨을 쉬었다.

"난 외로운 날엔 여기 와서 책을 읽어요. 늘 그랬어요. 책을 읽으면서 작가가 되고 싶다는 생각을 하죠. 작가는 혼자서도 말을 할 수 있으니까요."

버스에서 내린 동화는 현지와 함께 자주 드나들던 찻집으로 갔다. 예상했던 대로 현지는 창 밑에 앉아서 책을 읽고 있었다. 동화는 잠시 그녀를 바라보다가 그녀 옆으로 걸어갔다.

"현지."

동화의 목소리를 들은 현지는 책에서 눈을 떼고 천천히 고개를 들었다. 현지의 얼굴을 바라보던 동화는 한순간 오한 같은 걸 느꼈다. 그녀의 입술엔 빨간 루즈가 선혈처럼 붉게 칠해져 있었다.

"오늘 동화 씨를 만나고 싶었어요."

현지는 동화를 보며 웃었다. 하지만 그 얼굴은 어쩐지 울고 있는 것처럼 느껴졌다. 동화는 현지 앞에 마주앉았다. 그러면서 현지가 읽고 있는 책을 들여다보았다.

"동화 씬 절망감을 느껴본 적이 있어요?"

"가끔."

"보브노르그는 절망은 희망보다 더 기만적이라고 했는데, 동화 씬 이 말 이해돼요?"

현지는 책을 접으며 물었다.

"그 친군 낙천적인 사람이었던 모양이군요."

동화는 씁쓸하게 웃었다.

"희망을 믿다니, 바보같이 느껴지지 않아요?"

"그런데요."

동화는 현지의 말을 긍정한 자신에 스스로 놀랐다. 자신들이 지금 하는 일, 하고자 하는 일, 그것은 많은 사람이 행복해질 수 있다는 희망을 믿고 있는 것이다. 그런데 자신의 가슴 깊은 곳에서는 그 희망을 믿고 있지 않았다. 그렇다면 지금까지 자신이 치른 노력, 희생은 무엇을 위한 것이었던가?

"영옥은 백 사람 가운데 한 사람이 아흔아홉 사람을 지배할 때 그건 불공정이며 전제라고 했어요. 그리고 열 사람이 다른 아흔 사람을 지배할 때도 불공정하긴 마찬가지라고 했어요. 그 아이가 이상으로 생각하는 건 쉰한 사람이 마흔아홉 사람을 지배하는 사회라고 했어요."

"……"

"그래서 전 사람들이 세계를 구출하는 대신 자기 자신을 구출하기를, 인류를 해방시키는 대신 자기 자신을 해방시키기를 바란다면 그들은 세계를 구출하기 위해, 인류를 해방시키기 위해 많은 공헌을 하는 것이라고 했죠."

"……"

"영옥이와 전 이 문제를 가지고 하루 종일 싸웠어요. 그런 며칠 후부터 그 앤 학교에 나오지 않았어요. 영옥이가 학교에 계속 나왔다면 동화 씨를 만나게 해달라고 부탁했을 거예요. 그런 부탁은 자존심하곤 상관없는 것 아니에요?"

현지는 찻잔을 만지작거리며 동화 얼굴을 쳐다봤다.

"……."

"영옥이는 진리와 정의에 봉사하기를 바라는 인간은 고독 속에 혼자 남을 마음의 준비가 되어 있어야 한다고 말했어요. 그리고 자신은 그런 사람이 되기를 원한다고 했어요. 동화 씨도 그럴 준비가 돼 있어요?"

현지는 다시 동화 얼굴을 쳐다봤다. 동화는 현지의 시선을 받으며 자신을 돌아다보았다. 나는 그럴 준비가 되어 있는가?

"그러고 보니 난 나 자신에 대해서 알고 있는 게 별로 없는 것 같군요. 그러나 아니라고 하는 게 정직한 대답일 것 같은데요."

동화는 애매하게 웃었다.

"됐어요. 우리 악수해요."

현지는 찻잔을 잡고 있던 손을 동화 앞으로 내밀었다.

"이건 동화 씨와 제 마음이 같은 방향에 있다는 것을 확인한 첫 번째 의식이에요."

"……."

동화는 잠시 어리둥절한 표정으로 현지의 얼굴을 바라보다가 그녀의 작고 하얀 손을 마주 잡았다. 가슴속이 찌릿해지며 온몸으로 미열이 돌았다. 그는 여자의 손을 잡는 첫 번째 의식도 함께 치르고 있었던 것이다.

동미는 구멍가게에서 오이와 두부 한 모를 사 들고 나왔다. 그때 누군가가 자신의 앞을 막아섰다. 동미는 본능적으로 시선을 깔고 경계하는 태세를 취했다.
"실례합니다. 동화 누님이시죠?"
"네."
"동화는 지금 집에 와 있습니까?"
"…동화 친구신가요?"
"친구라기보다 잘 아는 사람입니다."
동미는 앞에 서 있는 사내의 정체를 알아내려고 고개를 갸웃했다. 초점 없는 그녀의 시선은 발아래서 맴돌았다.
"제가 부축해드릴까요?"
사내는 동미 팔을 잡았다.
"저 혼자 걸을 수 있어요."
동미는 냉정하게 사내의 팔을 뿌리쳤다. 그런 그녀의 얼굴은 오만하게까지 보였다. 사내는 무안을 당한 사람처럼 머쓱해하며 동미의 얼굴을 살펴보았다. 비록 시력은 잃었지만 그녀의 얼굴은 빼어나게 아름다웠다.

동미는 높고 긴 담 밑을 조심조심 걸어갔다. 사내는 동미의 뒷모습을 한참 동안 바라보다가 천천히 그 뒤를 따랐다. 동미는 그가 자기 뒤를 따라오고 있음을 알고 있는 듯 집까지 와서는 안으로 들어가지 않고 마당에 가만히 서 있었다. 마당에는 커다란 오동나무 한 그루가 서 있었는데, 그 오동나무는 까만 콜타르를 입힌 납작한 지붕을 반 넘게 덮고 있었다.

"저쪽에 앉아서 얘기 좀 할까요?"

사내는 동미 옆으로 다가가서 짐짓 친근한 투로 말했다. 오동나무 밑에는 수도가 있고 그 옆에는 세숫대야를 올려놓는 돌이 놓여있었다.

"무슨 말씀인지 여기서 하세요."

동미는 장소를 바꾸고 싶은 의사가 없다는 걸 분명히 밝히고 눈을 내리깔았다.

"동화는 요즈음 몇 시에 들어오옵니까? 통 볼 수가 없어서요."

사내는 자신이 동화와 친분이 두텁다는 것을 인식시키려는 듯 과장된 목소리로 말했다.

"……."

그러나 동미는 여전히 경계하는 얼굴로 가만히 서 있었다. 그리고 서 있는 그녀의 표정 속엔 만만치 않은 힘이 깃들여 있었다.

"요즈음은 어떤 친구들이 옵니까? 종규나 세혁이도 가끔 오겠지요?"

"종규, 세혁이가 누굽니까?"

동미는 조심스럽게 반문했다. 그녀의 목소리로 봐서 그들을 모르고 있음이 분명했다.

"분명히 여기에 왔었을 텐데…."

사내는 혼잣말처럼 입속으로 중얼거렸다.

"……?"

"누님은 가끔 집을 비우시는 모양이죠?"

"지압사에 손님이 많을 때는 저를 불러가기 때문에 집을 비울 때가 있어요."

"나가시는 지압사는 어딘데요?"

"……."

동미는 다시 경계하는 표정을 지었다.

"동화 누님이 지압을 하신다는 건 미처 몰랐습니다. 나도 몸이 불편하면 가끔 지압 받으러 와야겠군요."

사내는 실없이 너털웃음을 웃었다.

"……?"

동미는 왠지 불안해졌다. 그 불안은 다분히 감각적인 것으로, 먹구름이 몰려올 때 새나 곤충들이 촉각으로 느끼는 그런 불안감과 거의 비슷한 것이었다.

　신대에 새끼를 감아 머리 부분을 만들어놓고 채련은 그것을 물끄러미 바라보았다. 허수아비처럼 우스꽝스러운 모습으로 서 있는 신대는 그녀에게 생명을 불어넣어 주기를 호소하고 있었다. 지금까지 그녀의 손이 지나간 자리에는 눈이 생겨나고 코가 생겨나고 입이 생겨났다. 그러기 때문에 채련은 지금 당장이라도 그 호소를 받아들여 눈과 코와 입을 만들 수 있으며 그의 볼에 살이 오르게 할 수도 있다. 하지만 웬일인지 생명을 받고 싶어 안달하던 그들은 그녀로부터 생명을 받자마자 곧 고뇌하는 얼굴로, 슬픈 얼굴로 그녀를 바라보았다. 그러곤 자신들이 생명을 받고 태어난 것을 조금도 행복해하지 않았다.
　채련은 그들을 볼 때마다 불구를 낳은 산모처럼 암담한 절망감에 빠져들었고, 그들은 그들대로 모두 영욕의 한 생을 마치고 명멸하는 시간 속으로 사라져갔다. 그러나 사라져간 것은 형체뿐이었고 그들이 남긴 그림자는 그녀 가슴속에 고스란히 남아 있었다. 채련은 오랜 세월 동안 숱한 그림자를 품어왔으므로 그것들에 압도당해 자신의 본래 의사대로는 아무것도 해낼 수 없었다. 그녀가 흙을 빚어 작품을 만들려고 하면 가슴속에 숨어 있던 그림자는 은밀하게 고개를 쳐들고 새로 조상하려는 얼굴 속으로 숨어들었다. 결국 그녀는 과거의 그림자를 현재에 옮기는 일만 반복해온 셈이었다. 세월이 흐르면서 채련은 자신이 하고 있는 일에 깊은 회의를 느꼈다. 그녀가 한 일이란 결국 과거와 현재의 혼돈 속에서 그림자의 그림자를 옮기는 일에 불과했기 때문이다. 채련은 신대에 감았던 새끼를 풀어서 쓰레기통 속에 집어넣고 밖으로 나왔다. 8월의 태양은 눈부시게 쏟아지고 있었다. 그 빛은 살아 있는 황금빛으로 꿈틀댔다.

나는 살아 있다. 채련은 꿈틀대는 햇빛을 보며 나직이 소리쳤다. 그 순간 끈끈한 액체가 가슴속으로 괴어올랐다. 살아 있다는 생각은 감격 비슷한 희열을 안겨주었다. 채련은 정원에 서서 쏟아져 내리는 햇볕을 받으며 가만히 눈을 감았다. 담시의 얼굴이 떠올랐다. 고향을 떠나온 실향민 같은 사람, 고향을 찾아가는 나그네 같은 사람… 담시.

채련은 자신의 가슴속에 그리움이 일고 있음을 보았다. 그것은 생명의 물결이었고 감미로운 속삭임이었다. 그리고 엄청난 두려움이기도 했다.

"정원에 계셨군요."

살구 댁 목소리가 들려왔다. 채련은 꿈에서 깨어난 사람처럼 몽롱한 얼굴로 살구 댁을 바라보았다.

"최 선생님이 기다리고 계세요. 저는 작업실에 계신 줄 알고 말씀을 드리지 않았어요."

"알았어요."

채련은 핀을 뽑아 머리를 손질하고 안으로 들어갔다. 최길성은 온 지가 오래되었는지 소파에 깊숙이 몸을 묻고 눈을 감고 있었다.

"죄송해요. 오래 기다리셨나 봐요."

채련은 미안해하며 최길성의 맞은편에 앉았다.

"조금 됐습니다."

최길성은 몸을 고쳐 앉으며 약간 미소를 지었다.

"오셨으면 저한테 알리지 그러셨어요."

"작업실에 가셨다고 하기에 그냥 기다렸습니다."

"일을 할 수 있다는 예감이 가끔 들어요. 하지만 아직은 안 돼요."

"담시가 오 선생한테 변화를 주고 있는 모양이군요."

그는 거두절미하고 정곡을 찔렀다.

'그래요. 그 사람은 묘한 힘으로 제게 다가왔어요. 그 묘함을 설명하고 싶은데 저로서는 그것을 설명할 수가 없어요.'

채련은 최길성을 보며 속으로 말했다.

"그는 얼음과 불덩이를 동시에 품고 있는 사냅니다. 하늘만큼 초연하고 땅만큼 처절하다고 할까요? 그러나 가슴속에 품은 불덩어리를 태우지 못한다면 그는 영원히 이무기로 남고 말 겁니다."

"불덩어리를 태우다니요, 어떻게요?"

"글쎄요. 그를 보고 있으면 막연하게나마 그런 느낌이 들더군요."

그들은 서로 침묵한 채 앉아 있었다. 거의 같은 예감을 느끼며. 하지만 그 예감을 누구도 말하진 못했다. 그것이 하도 엄청나게 느껴졌으므로.

"담시를 만난 후부터 제 자신이 초라해져서 견딜 수가 없었습니다. 그는 집채만 한 바위로 보이는데 저 자신은 주먹만 한 돌멩이로밖에는 보이지 않는다고나 할까요? 저도 나름대로 열심히 살아왔는데 말입니다."

"……"

"사람은 다 평등하다고 하지만 그건 진리의 본체를 평등하게 지니고 있다는 얘기고, 거기까지 이르는 과정에는 수많은 단계의 격(格)이 실재해 있지요. 한 계단 한 계단을 한걸음에 오를 수 있는 사람도 있고 영겁의 세월을 두고도 영원히 오르지 못하는 사람도 있습니다."

"그 차이는 어디서 오는 걸까요?"

"지혜에 대한 개안이겠지요. 지혜를 얻지 못하면 영겁의 세월이 흐른다 해도 무엇이 달라질 게 있겠습니까? 이보다 더 비정한 리얼리티는 없을 겁니다."

"……"

"담시와 비교해서 괴로운 것은 바로 이런 연유에서입니다. 내가 서 있는 자리가 도대체 어디일까, 하는 반문을 해 보지 않을 수가 없더군요."

채련은 잠자코 듣기만 했다. 말을 한다는 것은 사족일 뿐이며 그의 고통은 이미 타인의 말로는 위로받을 수 없다는 것을 그녀는 잘 알고 있었기 때문이었다.

"포도 드세요."

"네."

최길성은 청포도 한 알을 따서 입에 넣었다.

"담시는 요즈음 어떻게 지내는가요?"

"가끔 노 교수님 강연장에 가서 사람들 구경을 하는 모양입니다만, 그가 무엇을 하고 다니는지는 노 교수님도 모르시는 것 같더군요."

"얼마 전에 보니까 아이들과 말타기 놀이를 하던데요."

채련은 잔등에 아이들을 태우고 있던 담시의 모습을 떠올리며 웃었다.

"나도 시장 입구에서 어떤 부인의 짐을 들어다 주고 있는 그를 본 적이 있습니다."

"부인의 짐을 들어다 주다니요?"

"아는 사이 같진 않고, 그냥 골목 어귀에 서 있다가 무거운 짐을 들고 나오는 사람이 있으면 쫓아가서 들어다 주는 것 같았습니다."

"……."

"엄 형은 길에서 싸움을 말리고 있는 담시를 보았다고 하더군요."

"싸움을요?"

"네. 법원 앞에서 두 젊은이가 사생결단하고 싸우고 있는데 사람들은 모두 겁이 나서 말리지 못했답니다. 그때 담시가 그들 옆으로 걸어가서 두 사람 어깨에 손을 얹고 뭐라고 하니까 한 사람이 슬그머니 돌아서더랍니다."

"그래서요?"

"그래서라니요? 혼자서 싸울 수 있습니까? 나머지 사람도 돌아섰겠지요."

최길성의 말을 듣고 채련은 웃었다.

"사모님, 저녁 차릴까요?"

살구 댁이 주방에서 나오며 물었다.

"여기서 저녁 잡숫고 그이 만나고 가세요."

"그러죠. 그 친구 본 지도 오래됐으니."

"그럼 나중에 차릴까요?"

"그렇게 하세요."

살구 댁은 탁자 위에 놓인 포도 껍질을 휴지에 싸서 들고 주방으로 들어갔다.

"조각 때문에 오셨지요?"

"급한 건 아닙니다만 궁금해서 들렀습니다."

"저도 머릿속으로는 계속 생각하고 있는데 좋은 영상이 떠오르지 않는군요. 그렇다고 비천상을 그대로 모방할 수도 없고요."

"생각을 더 해 보십시오. 아직 시간이 있으니까요."

"종장은 누구를 쓰기로 했나요?"

"담시가 가끔 찾아가서 함께 있다가 온다는 그 종장한테 부탁하려고 합니다. 나이는 이미 칠십이 넘었지만 가장 믿을 만한 사람이라고 생각되어서요."

"최 선생님이 직접 만나보셨는가요?"

"어저께 갔다 왔습니다. 제가 생각했던 이미지하고 거의 일치하더군요."

"잘되셨네요. 좋은 종장을 만나게 되어서요."

"저도 그렇게 생각하고 있습니다."

"그분은 담시 아버님하고 함께 일을 하였다지요?"

"그랬다고 하더군요."

"담시는 도다가에 가끔 가는 모양이죠?"

"해제 철엔 대개 거기 가 있다고 하더군요."

"스님도 아닌데 무슨 해제 철이 있어요?"

"스님은 아니지만 스님 이상으로 철저하게 계행을 지킨답니다."

"그럴 거면 차라리 스님이 되지…."

"스무 살까진 그도 승복을 입은 스님이었다고 하더군요."

"그런데요?"

"거기에 관한 얘기는 담시한테 직접 들어보십시오. 그 대답은 담시 외엔 아무도 할 사람이 없을 테니까요."

"……."

최길성은 주머니에서 담뱃갑을 꺼내 한 개비를 뽑아 입에 물고는 싱긋이 웃었다.

"담시 아버님도 상당히 괴짜였던 모양입니다."

"어떻게요?"

채련은 호기심을 느끼며 그를 쳐다봤다.

"예순둘인가에 담시를 낳았다고 하는데 담시 어머님이 누구인지는 끝내 밝히지 않았답니다."

"그게 어떻게 가능해요? 아버지가 누구인지 밝히지 않을 수는 있겠지만요."

채련은 그를 쳐다보며 웃었다.

"경우에 따라서는 가능할 수도 있겠지요."

최길성은 어깨를 펴며 담배 연기를 뿜었다. 그리고 생각하는 얼굴로 잠시 허공을 바라보았다.

"담시 아버님은 이삼 년 종적을 감추더니 어느 날 핏덩이 하나를 안고 나타났답니다."

"나타나다니요, 어디를요?"

"그들 나름대로의 어떤 세계가 있었던 모양입니다."

"……."

"그 후 주위 사람들은 아이를 낳은 여자가 소리패 중 한 사람이라고 하기도 하고, 명창 소리를 들을 만큼 이름 있는 국악인이었다고도 하고, 또 창을 잘하는 양갓집 처녀였다고도 했답니다."

"재미있군요. 그런데 세 사람의 여자가 어떻게 다 소리하고 연관돼 있지요?"

"그건 담시 아버님이 원체 소리를 잘했기 때문이라고 하더군요."

"……."

"그의 소리를 듣고 있노라면 산천초목까지 눈물을 흘렸다고 하니까요."

최길성은 자신의 말이 재미있는지 싱긋이 웃었다.

"영묘사에서 종 불사를 끝낸 일 년 후쯤 담시 아버님은 세상을 떠났고, 대신 해인 스님이 담시를 맡아서 기르셨답니다."

"……."

"담시에 대한 신화는 그때부터 생겨나기 시작했다더군요."

"신화라니요?"

"거기에 얽힌 이야기는 그냥 들려드리기 아까운데요."

최길성은 즐거운 얼굴로 농을 했다.

"그럼 어떻게 해야 하죠?"

채련은 웃으며 그를 쳐다봤다.

"값은 오 선생이 알아서 치르십시오."

"서론이 길면 실속이 없던데요."

"그래요? 그럼 본론으로 들어가죠."

두 사람은 함께 웃었다.

"노 교수님이 해인 스님을 찾아 영묘사로 갔을 때 담시는 열다섯 살 먹은 소년이었답니다. 그때 담시는 《화엄경》까지 다 공부해서 강사 스님도 더이상 가르칠 게 없었다고 하더군요."

"……."

"해인 스님은 머리뿐 아니라 용모까지 수려한 담시를 잘 키워서 포교사로 해외에 내보낼 생각을 하셨답니다."

"네."

"그럴 때 노 교수님이 내려가신 거죠. 해인 스님은 조그만 암자를 중수해서 교수님과 담시를 함께 기거하게 했답니다. 말하자면 담시한테 천하의 파우스트를 독선생으로 모시고 세속 공부를 하게 한 거죠. 두 사람은 자는 시간만 빼고 밤낮으로 공부를 했는데 오 년이 지나고 나니 이번엔 노 교수님이 더이상 가르칠 게 없더랍니다."

"……?"

"담시는 해면이 물을 빨아들이듯 지식을 흡수했는데 영어는 물론 독어와 불어도 노 교수만큼 하게 되었답니다. 특히 물리학이나 천문학을 가르칠 때는 노 교수님보다 앞서 있었다고 하더군요."

"과장이 좀 심하시군요."

"과장을 하였다면 노 교수님이 하셨겠죠. 저는 지금 노 교수님한테서 들은 얘기를 그대로 전하고 있을 뿐이니까요."

"계속해 보세요."

"그다음 이야기는 아주 흥미 있는 얘기라서…."

"값을 치러야 한다는 뜻이군요."

"그렇죠."

두 사람은 즐겁게 웃었다.

"만 오 년이 지난 어느 날, 노 교수님은 용무가 있어서 해인 스님이 기거하시는 큰절로 내려가 하룻밤 주무셨답니다. 그런데 이튿날 새벽 동이 틀 무렵에 행자 스님이 달려와서 암자에 불이 났다고 하더라는군요. 그래서 노 교수님과 해인 스님은 물론 다른 스님들도 암자로 달려갔는데 가서 보니…."

"가서 보니요?"

"암자는 현란한 꽃 덩어리처럼 타고 있는데 담시는 승복을 벗어서 불길 속에 던져버리고 알몸으로 서 있더랍니다."

"……."

"그러고 있는 그의 모습이 하도 장엄하게 느껴져서 모였던 사람들은 모두 숨을 죽이고 그를 바라보았다고 하더군요."

"……."

"그 후부터 담시는 일절 책을 잡지 않았을 뿐 아니라 승복도 입지 않았다고 합니다."

"그럼 뭐를 했대요?"

"오로지 참선만 했다더군요. 그런데 한 가지 재미있는 건 이때부터 노 교수와 담시의 위치가 바뀌었다는 사실입니다."

"위치가 바뀌다니요?"

"스승과 제자의 위치 말입니다."

"……?"

"그 후 두 사람은 함께 참선을 했는데 참선을 하면서부터는 담시가 노 교수님을 이끌어주었다고 하더군요."

"……."

"교수님은 오 년간 스승이 되었고, 담시는 십 년간 스승이 되었으니, 두 사람 관계는 담시를 스승으로 보는 편이 옳겠지요?"

최길성이 웃었다.

"두 분은 세세생생 함께 공부했던 인연이 있었던 모양이군요."

"그랬던 것 같습니다."

노 교수와 담시가 세세생생 함께 공부하는 도반으로서의 인연이 있었다면 나와 담시는 어떤 인연이 있었을까? 채련은 자기 생각에 잠기며 창밖을 내다보았다.

"참, 잊고 있었군요."

최길성은 몸을 고쳐 앉으며 말했다.

"……?"

채련은 의아해하며 최길성을 쳐다봤다.

"오 선생 만나면 바로 물어보려고 했는데, 근래에 동화를 만나보신 적이 있으십니까?"

"오래됐어요. 언젠가 저녁때 잠깐 다녀간 후론 소식이 없어요."

"동화 신변에 좀 심각한 일이 생긴 것 같던데요."

"심각한 일이라니요?"

채련은 불안한 얼굴로 최길성의 표정을 살폈다.

"여기 오다 보니 동화네 집 앞에 형사가 앉아 있더군요."

"네?"

"직감에 형사라는 생각이 들었습니다."

"그렇다면?"

"좀 깊숙이 빠져들어 간 모양입니다."

채련은 할 말을 잃고 가만히 앉아 있었다. 그런 그녀의 망막 속엔 정의동 교수와 그를 둘러싸고 있던 학생들의 얼굴이 오버랩되어 스쳐 갔다.

"정 교수는 요즈음 어떻게 지내는가요?"

채련은 고개를 들고 최길성을 쳐다봤다.

"저도 전날 교수님 댁에서 보고는 못 봤습니다."

최길성은 들고 있던 담배를 비벼 끄며 말했다.

"정 교수를 보고 있으면 벽 같은 게 느껴지더군요. 그건 정 교수가 자신이 정의라고 믿고 있는 것을 오십 퍼센트 선이라고 생각지 않고 백 퍼센트 선이라고 믿고 있기 때문일 거예요."

"……."

최길성은 아무 대답도 하지 않고 등을 소파에 기대며 자세를 고쳐 앉았다.

"저도 정 교수 생각을 부정하는 건 아니에요. 하지만 순수하게 학문을 지키는 사람도 인정해줘야죠. 그런 사람들이 없다면 상아탑은 어떻게 존속되겠어요?"

"……."

"정 교수는 늘 그런 사람을 못마땅해하고 용기 없는 비겁한 사람으로 치부하더군요. 그러나 냉정히 생각해 보면 그런 사람들이 취하는 행동도 용기라고 할 수 있죠. 주위의 상황에 침묵하고 묵묵히 자신의 길을 가는 것도 용기가 아니라고는 할 수 없잖아요?"

"사람의 속성이란 그런 논리에 만족해하지 않습니다. 특히 우리나라 사람들은 더 그렇고요."

"왜 그럴까요?"

"글쎄요. 지나친 결벽성 때문이라고 할까요. 완전하게 한 색깔이 아닌 건 어떤 경우에도 용납하지 못하니까요."

"그건 불가능하잖아요. 바람직한 것도 아니고요. 완전하게 한 색깔이라면 그건 이미 색깔일 수도 없죠."

"하지만 그렇지 않고는 직성이 풀리지 않는 데야 어떻게 합니까?"

채련은 잠시 입을 다물고 가만히 생각에 잠겨 있었다.

"정말 우려할 일은 이성적으로나 지성적으로 성숙하지 못한 젊은이를 작은 우물 속에 밀어 넣는 일이라고 생각해요. 순수한 열정은 아름다운 거죠. 하지만 그것이 편협한 자기 아성에 갇힌 거라면 결과적으로 많은 화만 불러오고 말 거예요."

"다들 자기 아성에 갇혀서 허우적거릴 뿐이죠. 기성세대나 젊은 세대나 할 것 없이. 그래서 화를 불러오고 또 화를 불러오고…. 그것이 지금 이 순간에도 반복되고 있는 우리의 역사 아닙니까?"

채련은 마음속으로 동화를 한번 만나봐야겠다고 생각하며 묵묵히 앉아 있었다. 그때 현관 옆에 붙어 있는 거울 속에 한태서의 모습이 비쳤다. 남편 모습을 보는 순간 그녀의 몸에선 힘이 빠지며 가슴이 답답해지기 시작했다. 그의 얼굴은 해저 밑바닥에 숨어 있는 유령처럼 음울했고, 푹 꺼진 눈에서는 기이한 광채가 번득이고 있었다.

"이제 오는가?"

최길성이 놀란 얼굴로 그의 표정을 살피며 물었다.

"……."

그는 최길성에게는 일별도 보내지 않고 방으로 들어갔다.

"오 선생, 왜 그러십니까?"

최길성은 한쪽 구석에 서서 숨을 쉬지 못해 안간힘을 쓰고 있는 채련을 보며 다시 한번 놀라 물었다.

"호흡곤란이 와서요."

"갑자기 호흡곤란이라니요?"

"가끔 그래요."

채련은 억지로 웃었다. 하지만 웃는 것은 얼굴뿐이었고 가슴속은 연기를 쐬었을 때처럼 답답했다. 채련은 손으로 가슴을 누르고 숨을 쉬기 위해 필사적으로 몸을 비틀었다. 그러나 가슴속에 가라앉은 공기는 좀처럼 토해지지 않았다.

그럴 때 침실 문이 열리고 한태서가 방에서 나왔다. 그는 거실에 있는 사람들은 쳐다보지도 않고 욕실로 들어가더니 샤워를 한 뒤 흰 와이셔츠를 깨끗하게 갈아입고 나왔다. 마치 자기를 찾아온 울병을 경건하게 맞이하는 의식을 치르기라도 하는 것처럼.

"그동안 별일 없었는가?"

최길성은 뭔가 말을 해야겠다 싶었는지 별 의미도 없는 말을 물었다. 그러나 한태서는 최길성의 말이 귀에 들어오지도 않는 듯 거실에 쳐진 커튼을 내리고 있었다. 창백한 그의 얼굴엔 푸른 힘줄만이 지렁이처럼 기다랗게 매달려 있었다.

'저 사람은 괴물이다. 사람일 수가 없다.'

채련은 남편의 얼굴을 보며 절망적으로 부르짖었다.

거실에 쳐진 커튼을 다 내린 한태서는 다시 이 방 저 방을 드나들며 창문을 잠그고 커튼을 내렸다. 그러는 그의 모습은 어둠 속을 배회하는 유령, 바로 그것이었다. 집 안의 모든 창문이 완전히 잠기자 그는 침실 문을 열고 안으로 들어갔다. 최길성은 도깨비한테 홀린 듯한 얼굴로 정신을 잃고 서 있었다.

"가세요."

채련은 최길성을 보고 말했다. 그러자 최길성은 몹시 착잡한 눈으로 채련을 바라보더니 물었다.

"저 친구 왜 저럽니까?"

묻고 있는 그의 음성엔 분노가 배어 있었다. 그 분노는 채련을 보호하고자 하는 애정임을 그녀는 알 수 있었다. 채련은 그에게서 친정 오빠 같은 감정을 다시 한번 확인하며 간단히 대답했다.

"울병이 온 거예요."

그러는 그녀의 눈엔 눈물이 가득 고였다. 채련은 자신의 비참한 일상을 누군가에게 들키고 말았다는 사실에 몹시 자존심이 상했다. 이런 경우도 자존심이라고 할 수 있을지는 모르지만.

"한심한 친구로군."

그는 다시 화난 목소리로 말했다.

"가세요."

채련은 한 손으로 가슴을 누르고 신음했다. 숨을 쉴 수 없다는 압박감은 거의 질식할 지경이었다. 최길성은 채련의 모습이 측은한 듯 발길을 돌리지 못하고 있었다.

"그렇게 비참한 눈으로 절 바라보지 마세요."

채련은 최길성을 향해 악을 썼다. 그는 한참 동안 채련을 바라보더니 아무 말 안 하고 돌아섰다. 그의 모습이 사라지자 채련은 무릎을 꿇고 마룻바닥에 주저앉았다. 집 안은 완전히 주둥이가 막힌 병처럼 진공 상태가 되었고 그녀의 호흡곤란은 더욱 심해져서 전혀 숨을 쉴 수 없을 지경이었다. 채련은 얼굴 위로 흘러내리는 땀을 닦지도 못하고 오로지 숨을 쉬기 위해서만 필사적으로 몸을 비틀었다.

그때 남편의 흰 와이셔츠 소매가 채련의 어깨를 낚아채서 침실로 끌고 들어갔다. 그러곤 옷을 벗기기 시작했다. 채련은 숨을 쉴 수 없다는 질식감과 함께 굴욕감으로 거의 살의를 느낄 지경이었다. 한태서는 잔인한 미소를 지으며 아내의 팔을 붙잡고 몸을 누르기 시작했다.

"비켜나요."

채련은 온 힘을 다해 침대에서 일어나려고 발버둥쳤다.

"당신은 날 시험해보고 싶어 했지?"

"시험해보다니요?"

채련은 이를 악물고 자신의 얼굴이 그의 얼굴에 닿지 않도록 고개를 비틀었다.

"피하는 이유가 뭐야?"

그는 냉랭하게 물었다.

"난 암캐나 암고양이가 아니에요. 날 짐승 취급하지 말아요!"

"그럼 위대한 조각가로 취급해줄까?"

그 말을 듣는 순간 채련은 암담한 절망감으로 온몸에서 힘이 빠져나갔다. 그래서 항거할 기력조차 잃은 채 탈진한 모습으로 누워 있었다. 그녀가 반항할 힘을 잃자 한태서도 역시 온몸의 기운이 빠져버린 듯 스르르 무너지더니 그녀 옆에 누웠다. 채련은 자리에서 일어나 밖으로 나가려고 침대 밑으로 내려섰다. 그 순간 한태서는 반사적으로 따라 일어나더니 다시 그녀의 팔을 낚아챘다.

"이거 놔요."

"……."

"이 팔 놔요."

"안 돼."

"두 사람 다 비참하게 만들지 말아요."

채련은 침착하게 말했다. 그러자 한태서는 불을 맞은 맹수처럼 길길이 날뛰었다. 비참이라는 단어가 그를 자극한 모양이었다. 채련은 한옆으로 물러서서 그의 흥분이 가라앉기를 기다렸다. 그때 하얀 소매가 바람처럼 목덜미를 스치면서 다시 그녀의 머리채를 낚아챘다.

채련은 이를 악물고 그의 가슴팍을 밀었다. 그러자 한태서는 수숫단 쓰러지듯 가볍게 쓰러졌다. 그런 그를 보는 순간 그녀의 눈에선 눈물이 주르르 흘러내렸다. 이 꼴이 뭐란 말인가? 채련은 무릎을 꿇고 주저앉으며 그의 가슴을 감싸 안았다. 그리고 남편의 얼굴에 자신의 얼굴을 묻으며 애원했다.

"여보, 우리 다시 한번 노력해 봐요. 아직은 희망이 있을 거예요."

한태서는 비웃는 듯한 얼굴로 아내를 노려보더니 방바닥에서 벌떡 일어났다. 그러곤 다시 그녀의 팔을 낚아챘다. 채련은 아무 반항도 하지 않은 채 그의 변태적인 행위를 받아들였다. 한태서는 그 자신의 절망에 도전했고, 채련은 자신의 절망에 체념하면서 둘은 꼬박 밤을 밝혔다. 절망할 수도 없었던 채련은 어쩌면 남편보다 더 비참했는지도 모른다. 새벽이 되자 한태서는 죽은 사람처럼 가라앉으며 깊은 잠 속으로 빠져들었다. 깡마른 그의 얼굴은 초췌하고 삭막했다. 그러면서도 한 가닥 맑은 빛을 간직하고 있었다. 그것은 아마도 그가 지니고 있는 선량함일 것이다.

채련은 침대에서 일어나 거실로 나왔다. 집 안은 여전히 꽉꽉 닫힌 채 진공 속같이 밀폐돼 있었다. 여긴 무덤 속이다. 미라나 귀신이 사는 무덤 속이다. 채련은 늘 자신이 사는 집을 무덤 속 같다고 생각하며 살아왔다. 무덤 속은 사람이 사는 공간일 수가 없다. 나는 살아 있다. 살아서 숨 쉬고 있다. 그러기에 숨 쉴 공기와 몸을 쬘 햇빛이 필요하다. 나는 그것을 찾아내야 한다.

채련은 자신을 향해 절규했다.

노 교수는 안경을 벗어놓고 침침해지는 눈을 손으로 비비며 벽시계를 쳐다보았다. 세 시가 지났다. 그는 네모진 책상을 밀어내며 몸을 일으켰다.

그는 손으로 오른쪽 어깨를 두드리며 바람이나 쐬고 들어와야겠다고 생각하면서 밖으로 나왔다. 풀벌레들은 꽃포기

어딘가에 몸을 숨긴 채 애달프게 울고 있었다. 노 교수는 현관 옆에 놓인 의자에 앉으며 어둠 속에 잠긴 마당을 바라보았다. 그러던 그는 놀란 표정을 지으며 다시 한번 어둠 속을 주시했다. 목백일홍에 몸을 비스듬히 기대고 앉아 있는 사람은 바로 담시였다.

"담시."

노 교수는 그의 이름을 부르며 몸을 일으켰다. 그러자 담시도 고개를 들고 노 교수를 쳐다보았다. 어둠 속이긴 하지만 그의 얼굴은 괴로워 보였다. 노 교수는 그런 그의 얼굴을 보며 고개를 갸웃했다. 산에 있을 때 노 교수는 가끔 담시와 밤을 새우며 관(觀)을 했다. 높은 바위 위에 결가부좌를 하고 앉은 담시는 허리를 펴고 두 손은 인(印)을 맺은 자세 그대로 새벽을 맞곤 했다. 그럴 때의 그의 모습은 활짝 핀 연꽃처럼 아름다웠다. 노 교수는 그와 함께 관을 할 때면 늘 그의 아름다움에 매료되었고, 그의 경지를 따를 수 없는 자신의 한계를 보아왔다. 하지만 그것은 절망이라기보다 오히려 희망이었고, 더 넓은 세계에 이를 수 있음을 시사해주는 가능성이었다.

"괴로워 보이는데 무슨 일이 있으셨소?"

노 교수는 담시와 나란히 앉으며 조심스럽게 물었다.

"……"

담시는 숙였던 고개를 천천히 들며 노 교수를 바라보았다.

그의 얼굴은 깊은 고뇌로 뒤덮여 있었다.

"무슨 일이 있으셨소?"

"……."

담시는 노 교수를 바라보던 시선을 거두고 다시 어둠 속을 응시했다. 그는 허공 속에서 채련을 보고 있었다. 그녀는 애절한 얼굴로 다가왔다가 어둠 속으로 사라지고, 다시 그런 얼굴로 다가왔다가 어둠 속으로 사라지곤 했다. 허공을 응시하고 있는 그의 눈엔 한없는 그리움이, 어떤 설렘이 깊게 배어 있었다.

노 교수는 심한 충격을 받으며 그의 손을 잡았다.

"담시."

15년 전 노 교수가 해인 스님을 찾아 영묘사로 내려간 어느 날, 해인 스님은 한 소년을 불러서 인사를 시켜주었다.

"이분은 내가 모시고 있는 이구지보살님일세."

해인 스님은 빙긋이 웃으며 말했지만 농담을 하고 있는 것 같지는 않았다.

"강원에서 대교과는 이미 마쳤고, 《화엄경》 강해는 강사 스님을 앞지르고 있으니 절 공부는 거의 끝나신 것 같네. 앞으로는 자네가 세상 공부를 좀 시켜드리게."

"……."

노 교수는 그의 말을 이해하지 못하고 어리둥절해했다.

"이 보살님은 앞으로 훌륭한 포교사가 되실 분일세. 그러려면 세상 공부도 하셔야 하지 않겠나?"

"……."

"자넨 학자니 성문지엔 이르렀겠구먼. 그래도 보살지보다 훨씬 아래 경지니 앞으로 이 보살님을 잘 공경하도록 하게나."

해인 스님은 어리둥절해하는 노 교수를 보며 유쾌하게 웃었다. 노 교수는 해인 스님의 유쾌한 웃음소리를 듣는 순간 마음이 가벼워져서 쳐다봤다.

"나는 그렇고 스님은 무슨 경진가?"

"나야 범부지에서 오락가락하지. 부처님 공밥 안 얻어먹으려고 노력한 값으로 한 발은 간신히 뺀 것 같네만 가슴속에 남아 있는 애욕 때문에 한 발은 꼼짝없이 잡혀 있네."

그러고는 큰 소리로 다시 핫핫핫 하고 웃었다. 노 교수는 민망해하며 해인 스님을 바라보았다. 40년 전 동경에서 대학을 다닐 때라면 능히 주고받을 수 있는 농담이지만 60이 넘은 이 나이에 그것도 40년 가까운 세월을 수도했다는 스님 입에서 그런 얘기를 듣는다는 것은 어쩐지 그 자신이 먼저 겸연쩍어졌다.

"이 보살님도 애욕 때문에 고통을 겪게 될 걸세. 애욕의 뿌리는 깊고 깊어 가지를 치고 줄기를 쳐도 다시 움을 틔우는 법이지. 나보다 자네가 오래 남아 있다면 이 보살님을 잘 보살펴드리게. 좋은 인연 맺어 선과(善果)를 얻도록."

해인 스님은 여전히 농을 하는 것처럼 웃으며 말했다. 그러나 그것은 어디까지나 외양이었고 그의 말속엔 간곡한 부탁의 뜻이 숨겨져 있었다. 그 친군 나보다 먼저 세상 떠날 것을 알고 있었단 말인가?

담시는 여전히 목백일홍에 몸을 기대고 조형물처럼 앉아 있었다. 일체의 상념을 털어버린 채 그리움 하나만을 붙잡고 밤을 밝히고 있는 그를 노 교수는 경이로운 눈으로 바라보았다.

그리움은 그대로 삼매(三昧)의 경지였다.

7
장

Udambara

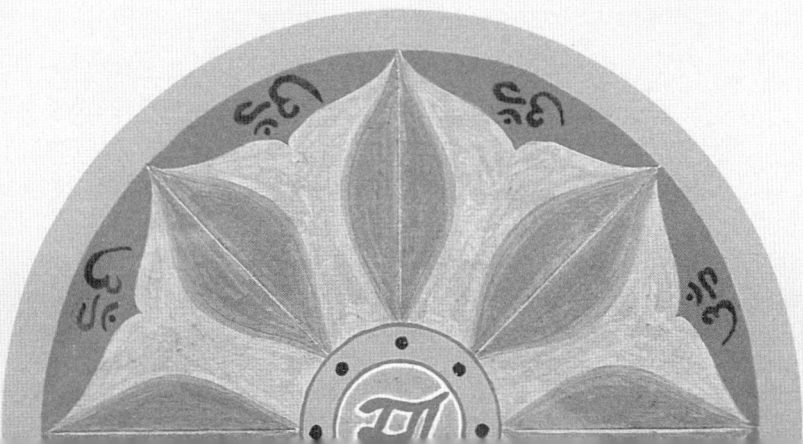

채련은 작업대 위에 앉아서 가만히 눈을 감았다. 무언가 알 수 없는 서운(瑞雲) 같은 것이 자신의 주위를 감돌고 있다는 느낌이 들었다. 서운이라는 말이 추상적이고 과장되었다면 고귀한 힘이라는 말로 바꾸어도 좋을 듯싶었다.

채련은 막연하면서도 강한 느낌으로 다가오는 힘의 실체를 파악해 보려고 안간힘을 썼다. 그 힘은 자신의 내면에서 솟아오르는 것 같기도 하고, 또 빛처럼 어디에선가 새어 들어오는 것 같기도 했다. 채련은 좋은 향을 사를 때처럼 그윽한 환열에 젖어 들며 두 손으로 턱을 괴고 가만히 앉아 있었다.

"사모님."

살구 댁이 문을 열고 조심스럽게 불렀다.

"……."

채련은 천천히 고개를 들어 살구 댁을 바라보았다.

"이거 동화네 갖다줘도 될까요?"

그녀는 복숭아를 담은 대소쿠리를 들고 서서 물었다. 동화라는 이름을 듣는 순간 채련은 자신의 의식이 현실로 돌아옴을 느끼며 말했다.

"동화네 집은 내가 갔다 올게요."

"선생님이요?"

살구 댁은 놀라는 표정을 짓더니 이내 환한 얼굴이 되면서 자기 일처럼 좋아했다.

"그러시면 동화도 좋아할 거예요."

음식이나 과일이 남아돌면 그것들을 싸 들고 동화네에 갖다주기를 좋아하는 살구 댁은 그들 남매에게 고모나 이모가 된 것 같은 정을 느끼고 있었다.

살구 댁이 나가자 채련은 손에 묻은 흙을 털어내며 동화의 얼굴을 떠올렸다. 그는 요 근래 소용돌이 한가운데서 휘둘리고 있다는 생각이 들었다. 소용돌이를 헤치고 나오기엔 그의 힘이 역부족이고, 역부족인 힘으로 물살 가운데 서 있는 그는 지치고 힘들어 보였다. 동화뿐 아니라 청년기를 지낸다는 것은 누구에게나 힘든 일이다. 사람들은 그때를 그리워하지만 그 세월을 되돌려주고 다시 한번 살라고 한다면 아마 대부분의 사람은 머리를 흔들고 사양할 것이다. 그때는 혼돈의 시기이므로 어쩔 수 없이 시행착오를 저지르게 되고, 시행착오로 받았던 상처는 암울한 기억으로 가슴속에 남아 있게 마련이다.

채련도 청춘이라는 짧지 않은 터널을 지나면서 수많은 상처를 받았고, 상처를 받을 때마다 누군가 자신의 손을 잡아주기를 간절히 기다렸었다. 채련은 그때의 목말랐던 기억을 회상하며 진심으로 동화한테 힘이 돼주고 싶었다. 채련이 작업실에서 나와 수돗가에 가 손을 씻고 있을 때 현지가 들어왔다.

"현지가 웬일이니? 어서 와."

"……."

현지는 침울한 얼굴로 걸어와 채련 옆에 섰다.

"석고 뜨려고?"

"아니에요. 선생님하고 얘기하고 싶어서 왔어요."

"현지 얼굴 보니까 중요한 얘기 같은데."

채련은 현지의 긴장을 풀어주고 싶은 마음에서 미소를 지었다.

"네, 좀 그래요. 선생님 시간 괜찮으세요?"

"동화네 가려던 참이었는데 현지가 왔으니까 나중에 가지."

"저도 동화 얘기하려고 왔어요. 선생님, 동화는 지금 집에 있을까요?"

"글쎄… 그건 가봐야 알겠는데."

"선생님은 동화 만나보신 지 얼마나 됐어요?"

"이십일 정도 된 것 같아. 저녁때 날 찾아왔다가 현지 만난다고 하면서 갔었어."

"그때 까만 바탕에 흰 줄이 있는 티셔츠를 입고 있었죠?"

"응, 그랬어."

채련은 동화의 모습을 떠올리며 머리를 끄덕였다.

"그럼 선생님도 저하고 같으시군요."

현지는 힘없는 목소리로 말했다.

"현지도 그날 만나고 못 만났어?"

"네. 그때 동화와 전 승가사 올라가는 계곡에서 자신을 보여주는 놀이를 했어요."

"자신을 보여주는 놀이라니?"

"자신을 투명한 병처럼 만들어서 상대편한테 보여주는 놀이예요."

"……?"

채련은 고개를 갸웃했다.

"얼굴이나 외모는 상대편이 눈으로 볼 수 있지만 감정이나 기분 그리고 의식 같은 것은 상대편이 볼 수 없잖아요. 지내온 과거도 마찬가지고요."

현지는 말을 마치고 채련의 얼굴을 쳐다봤다. 동의해주기를 기다리는 것처럼.

"그야 그렇지."

"그러니까 상대편이 볼 수 없는 가려진 부분을 가능한 한 투명하게 만들어서 상대편에게 속속들이 보여주는 놀이예요."

"놀이?"

"즐거운 게임이니까 놀이죠."

"요즈음 학생들은 그런 놀이를 해?"

"다른 애들은 모르겠어요. 이건 제가 생각해낸 거니까요. 전 오래전부터 누군가하고 그런 놀이를 하고 싶었거든요."

채련은 현지의 말을 생각해 보다가 물었다.

"동화하고 그런 놀이가 가능했어?"

"동화는 처음에 어색해했지만 제가 진실하게 말하니까 따라왔어요. 서로의 이야기가 점점 깊어졌을 때 우린 함께 울었어요."

"……."

채련은 무슨 이야기를 나누었는지 물어보고 싶었지만 그건 그들의 이야기이므로 입을 다물었다.

"이야기가 다 끝났을 때 우린 아름답게 순화돼 있음을 느꼈고, 그런 감정으로 뜨겁게 포옹을 했어요. 우리 머리 위엔 별이 떠 있었고 달맞이꽃도 피어 있었어요. 그건 동화와 제가 치른 두 번째 의식이었어요."

두 번째 의식? 채련은 그녀의 말을 속으로 반문해보며

현지를 쳐다봤다.

"그 후 동화는 제게 나타나지 않았어요. 약속한 장소에도 오지 않았고, 연락할 방법을 알려줬는데도 연락을 주지 않았어요."

"……."

"동화는 몹시 괴로워하고 있었어요. 그건 아마 집단에 대한 회의일 거예요."

"……?"

"집단이란 원래 그렇잖아요? 처음에는 뜻을 같이하는 사람들끼리 순수하게 만나지만 그것이 힘을 가지게 되면 개인 위에 군림하고 개인을 지배하려고 들죠. 그때부터 개인은 이미 죽어 있는 거예요. 제 친구 중에서도 그런 문제로 고민하는 애가 몇 있어요."

"……."

"전 동화를 보고 있으면 동화를 보호해주고 싶어요. 저보다 더 불쌍한 것 같거든요. 제가 불쌍하다고 느끼는 건 가난이나 환경이 아니에요. 동화 그 자체죠."

"동화 그 자체?"

채련은 이해가 안 간다는 표정을 지었다.

"주위 사람들이 동화를 아끼고 사랑하는 건 그가 가진 재능과 성실성이에요. 주위 사람들은 그것만 보고 그것만 사랑해

준 거예요. 선생님까지도. 하지만 동화는 자신이 가진 약함에 대해 누군가로부터 이해받고 위로받고 싶어 했어요. 전 동화의 그런 면을 알고 있어요."

"현진 동화를 깊이 사랑하고 있는 것 같군."

"그런가 봐요. 저도 그렇다는 확신이 들어요."

"다행이야. 현지같이 총명한 여학생이 동화 옆에 있게 돼서."

"전 지금 동화를 만나고 싶어요. 만나서 힘이 돼주고 싶어요. 그래서 선생님을 찾아왔어요."

"잘 왔어."

"선생님, 저도 동화집에 가고 싶어요. 괜찮겠죠?"

"그래. 같이 가."

두 사람은 어두워진 정원을 지나 대문 쪽으로 걸어 나왔다. 그때 잔디밭에 앉아 있던 살구 댁이 허리를 펴며 물었다.

"선생님, 지금 가시려고요?"

"네. 과일은 내일 아주머니가 갖다주세요."

"그러죠. 그럼 바깥 선생님 들어오시기 전에 일찍 오세요. 저 혼자선…."

자기 혼자서는 그를 감당해내기가 두렵다는 뒷말을 생략하고 있었다.

"알았어요. 금방 갔다 올게요."

채련은 현지의 등을 밀며 대문 밖으로 나왔다.

"동화네 집에 가본 적 있어?"

"네. 동화는 일부러 자신의 집을 제게 보여주려고 했던 것 같아요."

"그럼 동화 누나도 만났겠군."

"네. 눈만 아니면 상당히 미인이었을 텐데…. 열 살 때 열병을 앓다가 그렇게 됐다면서요?"

"글쎄, 난 거기까진 자세히 모르고 있는데."

채련은 그동안 동미가 실명한 원인을 의식적으로 물어보지 않았다.

"그때 동화 어머니는 벽돌 공장에 나가서 일을 했대요. 그래서 다섯 살짜리 동화가 앓고 있는 누나를 간호했나 봐요. 너무 가난했기 때문에 병원에는 가지 못했고, 동화가 물수건을 짜서 누나 이마 위에 얹어주는 게 고작이었대요."

"……."

채련은 그들 세 식구가 살았던 그때의 상황을 머릿속에 그려보며 잠자코 걸었다.

"동화는 누나에 대해서 병적인 애정을 가지고 있어요. 누나가 불쌍해서 그런가 봐요."

"그렇겠지."

현지는 동화 생각을 하고 있는지 더이상 말을 하지 않고 옆에서 묵묵히 걸었다. 어둠 속이긴 하지만 올리브색 원피스를 입고 있는 그녀의 표정은 도도하고 배타적으로 보였다. 하지만 그런 공격적인 표정은 후천적인 것인 듯, 가느다란 목과 어깨 위에서 물결치는 부드러운 머릿결은 오히려 그녀를 섬세하고 가냘프게까지 느끼게 했다.

"어머, 저 산 좀 보세요. 어둠 속에서 보니까 아주 근사해요."

현지는 원피스 주머니에 두 손을 넣은 채 고개를 들어 산을 쳐다봤다. 채련도 현지를 따라 산을 쳐다봤다. 집을 짓고 처음 이사를 왔을 때는 남편하고 가끔 뒷산을 산책하기도 했지만 그건 오래전 얘기고, 근래 몇 년 동안은 집 뒤에 산이 있다는 사실도 잊고 있었다. 자신의 감정은 몸속에 갇히고 몸은 성곽처럼 큰 이 집 속에 갇혀 있었다는 생각이 들어 채련은 쓸쓸하게 웃었다.

담을 끼고 조금 걷자 동화네 집이 나왔다. 콜타르를 입힌 조그만 지붕을 머리 위에 이고 높고 긴 그녀의 집 담에 의지해 있는 동화네 집은 마당이 그대로 뒷산으로 오르는 길목이었다. 채련은 현지를 데리고 마당 안으로 들어섰다. 새집 같은 조그만 집은 깊은 정적 속에 싸여 있었다.

"동화 있어?"

채련은 안을 기웃하며 동화를 불렀다. 그러자 오동나무

밑에서 동미가 모습을 나타냈다.

"어머, 선생님 아니세요?"

그녀는 처음 채련을 만났을 때처럼 채련이 서 있는 방향과는 조금 다른 쪽을 보며 말을 걸었다.

"밖에 있었군요. 동화는 어디 나갔는가요?"

채련은 동미의 얼굴을 살피며 물었다. 어둠 속이라 표정이 분명하지 않지만 그녀의 얼굴은 수심으로 가득 차 있었다.

"조금 전에 친구들하고 같이 나갔어요."

"어떤 친구들이 왔었는데요?"

"종규하고 세혁이가 왔다 갔어요."

동미는 나직이 한숨을 쉬었다.

"그 친구들은 자주 놀러 오는가요?"

"오늘까지 세 번 왔어요."

"와서 무슨 얘기를 하던가요?"

"동화가 이번 학기에 장학금을 못 받게 됐나 봐요."

동미는 내내 그 생각만 하고 있었던 듯 좀 엉뚱한 대답을 했다. 채련은 충격을 받으며 동미를 쳐다보았다. 동화 신변에 어떤 위협이 가해지는지 짐작이 되었기 때문이다.

"종규하고 세혁이는 학교에 휴학계를 내고 합판 공장에 취직을 했대요. 동화한테도 그렇게 하자고…."

"동화는 뭐라고 그러던가요?"

"한마디도 않고 그냥 앉아 있기만 했어요. 동화는 집에서 말을 안 한 지가 오래됐어요."

채련은 현지를 돌아다보았다. 현지는 입술을 꼭 깨물고 동미를 바라보고 있었다.

"선생님, 지금도 등록을 할 수 있을까요?"

동미는 선고를 기다리는 죄수처럼 불안한 얼굴로 채련 쪽을 봤다. 채련은 그런 동미가 가엾게 느껴져서 안심을 시켰다.

"아직은 가능할 거예요. 내일 학교에 가서 알아볼게요."

그러면서도 내심으로는 불안했다. 혹시 제적 같은 건 당하지 않았나 하고.

"선생님, 꼭 좀 부탁해요. 동화가 학교에 다니지 못한다는 건 상상도 못 하겠어요."

동미는 두려움에 몸을 움츠렸다.

"동화 오거든 내가 다녀갔다고 전하세요. 그리고 꼭 좀 만날 일이 있으니까 나한테 들르라고 하세요."

채련은 동화의 얼굴을 떠올리며 이렇게 당부했다.

"네."

"가자."

채련은 현지를 돌아다보며 눈으로 말했다.

"네."

현지도 눈으로 대답하며 채련 앞에 섰다. 그들이 막 돌아서려고 할 때 살구 댁이 구르다시피 하며 달려왔다.

"사모님, 큰일 났어요. 바깥 선생님이 목욕을 하고 나오시다가 넘어지셨어요."

"네?"

"강 박사님한테 전화를 드렸더니 벌써 퇴근을 하셨대요. 어떡하죠, 사모님?"

"집을 비워야 할지 모르니 아주머니도 빨리 오세요."

채련은 살구 댁을 채근하며 몸을 돌렸다.

"선생님, 제가 같이 갈까요?"

뒤에 섰던 동미가 그들을 향해 소리쳤다.

"아 참, 동미가 가면 되겠어요. 허리 다친 사람 여럿 고쳤대요."

살구 댁이 뭔가 납득을 시키고 싶은 얼굴로 말했다.

"그래요. 같이 가요."

채련은 반신반의하며 망설이다가 그녀의 동행을 허락했다. 집에 오자 한태서는 전혀 운신을 못하고 누워 있었다. 채련은 고통으로 일그러져 있는 창백한 남편의 얼굴을 보며 권했다.

"여보, 동화 누나예요. 지압부터 받아보세요."

"……"

한태서는 못마땅한 얼굴로 아내를 바라보더니 고개를 돌렸다.

"그러지 마시고 한번 받아보세요. 다친 사람 여럿 고쳤대요."

살구 댁도 옆에 서서 애원하듯 거들었다. 그러자 한태서는 찡그린 얼굴로 슬그머니 눈을 감았다. 그것은 승낙의 표현이었으므로 채련은 동미의 손을 끌어다가 남편 몸 위에 놓아주었다. 동미는 자세를 바로 하고 잠시 호흡을 조절하더니 가늘고 긴 손가락 끝에 온몸의 힘을 다 모으고 정성스럽게 지압을 하기 시작했다. 지압을 하는 그녀의 팔은 파르르 떨렸고, 도톰하게 튀어나온 이마 위로는 땀방울이 송골송골 배어 나왔다. 혼신의 힘을 다해 일하는 그녀의 모습은 아름다웠고 신성하게까지 느껴졌다. 한태서도 그녀 손끝에 자신의 몸을 맡기고 평온한 얼굴로 누워 있었다.

실습실에서 세 시간 연강을 하고 나온 채련은 몹시 허탈해졌다. 자신은 작품을 할 수 있는 길을 찾지 못하면서 학생들한테 조각의 이론과 실기를 가르친다는 것은 거짓 행위라는 생각이 들었다. 채련은 강단에 서 있는 자신의 허위성에 깊은 회의를 느끼며 연구실로 돌아왔다. 그때 하일도가 뒤미처 그녀를 따라왔다.

"오 선생, 못 본 척하고 문을 닫아버리시겁니까?"

"하 선생님이 웬일이세요?"

"옛날엔 문전박대를 많이 받았지만 지금까지 그러지 마십시오."

그는 싱글거리며 소파에 와 앉았다. 바싹 마른 체구가 선병질적인 느낌을 줌에도 불구하고 그는 이상하게 낙천적인 성격을 지니고 있었다. 채련은 들고 있던 교재를 책상 위에 놓고 그와 마주앉았다.

"저를 일부러 찾아오셨을 리는 없고 무슨 볼일로 여기까지 오셨어요?"

"그러지 마십시오. 제 용무는 오로지 오 선생뿐입니다."

그는 싱글거리며 방을 둘러보다가 씩 웃으며 말했다.

"꽃을 한 다발 사 올까 하다가 쑥스러워서 그만뒀습니다."

"여긴 아버지가 안 계셔서 괜찮으니까 사 오시지 그러셨어요."

채련의 말을 듣고 하일도는 파안대소했다. 연극부에 처음 들어갔을 때 하일도는 채련에게 꽤 열중해 있었다. 그런 어느 날 밤, 하일도는 꽃을 한 아름 안고 채련을 찾아왔다가 아버지한테 들켜서 대문 안에 들어서지도 못하고 쫓겨났었다.

"그때 꽃 대신 약주를 사 갔더라면 오 선생과 저의 운명이 달라졌을지도 모르는데 말입니다."

"그 경험을 잘 기억해두셨다가 아드님한테 일러주세요.

여자 친구 집을 찾아갈 때는 꽃 대신 술을 사가라고요."

"아들은 없으니까 딸한테 일러주지요. 너한테 꽃다발을 바치는 순정의 사나이가 있다면 이 아버지는 기꺼이 받아주겠다고요."

그들은 즐겁게 웃었다.

"저한테 농담하려고 오시지는 않았을 텐데 무슨 용무세요?"

"담배부터 피우고 말씀드리겠습니다."

그는 담배 한 대를 입에 물고는 말했다.

"연극을 하려고 하는데 오 선생이 주인공 역을 좀 맡아주십시오."

그는 좀 전의 표정은 거두고 진지하게 말했다.

"연극이라뇨?"

채련은 뜻밖의 제의에 어리둥절해하며 하일도를 쳐다보았다.

"오전부터 생각해오던 건데 노 교수님도 찬성하시고 해서 실천에 옮겨보려고 합니다."

"어떤 내용인데요?"

"원효대삽니다."

"원효대사라면 전에 하지 않았던가요?"

"그건 상관없습니다. 제 해석은 완전히 다르니까요."

"다르다니요? 어떻게요?"

"원효대사라면 요석공주와의 이야기를 뺄 수가 없는데, 지금까지는 원효대사가 대승적인 입장에서 요석공주를 제도했다고 해석하지만, 전 꼭 그렇게만은 보지 않습니다."

"그럼요?"

"반대로 요석공주가 보살 경지에서 원효대사를 제도했다고 생각할 수도 있지요."

"그런 해석이 가능할까요?"

"작가인 제 시선으로 해석하는 건데 누가 뭐라 하겠습니까?"

하일도는 담배 연기를 길게 내뿜었다.

"제 해석에도 틀림없이 일리가 있다고 생각합니다. 원효대사가 만약 요석공주를 만나지 못했다면 그의 그릇은 그렇게 커지지 못했을 겁니다."

"……."

"마지막 둑이라고 할까? 아무튼 그는 파계를 함으로써 거추장스럽게 남아 있던 마지막 둑을 무너뜨리고 그가 회향하고자 했던 중생과 비로소 평등하게 한 줄에 서게 되었지요."

"재미있는 해석이군요."

"글쎄요. 재미있는 해석인지는 모르지만 고정관념을 깨부술 수 있다는 건 작가의 특권이니까 이번 기회에 제게 주어진 특권을 한번 행사해보려고 합니다."

"그렇다면 요석공주의 해석도 능동적인 것이 되겠는데요?"

"물론이죠. 제가 그린 요석공주는 수동적인 여인상이 아니라 능동적인 보살상입니다."

"천삼백 년 동안 잠자던 요석공주가 하 선생님에 의해서 화려한 변신을 하는군요."

"그녀를 변신시킨 제 자신에 대해 무한한 희열을 느낍니다."

하일도는 자신의 작업이 즐거운 듯 기분 좋게 웃었다.

"그럼 제 역할이 요석공주라는 말씀인가요?"

"그렇습니다."

"그럼 저에 의해서 구원되는 원효대사는 누군가요?"

채련은 웃으며 그를 쳐다보았다.

"담십니다."

"담시?"

채련은 강한 충격을 받으며 가만히 앉아 있었다. 천삼백 년 동안 자고 있던 잠이 한순간에 깨는 듯했다.

"원효대사를 재해석하는 작품을 쓰고 싶다는 생각은 오래 전부터 해왔지요. 그러나 구체적으로 상이 떠오르지 않아 미뤄 뒀습니다. 그런데 담시를 보는 순간 제 가슴이 울렁거려지더군요. 바로 이 사람이다, 하는 생각 때문이었지요."

"……."

"담시는 제가 찾고 있던 이미지하고 아주 많이 일치해

있었습니다. 그럼에도 불구하고 그에게는 무엇인가 채워지지 않은 부분이 보이더군요. 그게 뭔지 알 수가 없단 말입니다."

하일도의 말을 들으며 채련은 언젠가 최길성한테 들은 말을 떠올렸다.

그는 얼음과 불덩이를 동시에 품고 있는 사냅니다. 하늘만큼 초연하고 땅만큼 처절하다고 할까요? 그러나 가슴속에 품은 불덩이를 태우지 못한다면 그는 영원히 이무기로 남고 말 겁니다.

"작품을 쓰다 보면 그 문제도 풀려나가겠지요. 머릿속에서는 애매하던 문제도 원고지 위에 옮기다 보면 선명해지는 경우가 많으니까요."

"연극을 하겠다는 말씀은 하 선생님 혼자의 구상인가요? 아니면 구체적으로 이야기가 된 건가요?"

"구체적으로 이야기가 된 겁니다. 회원들은 물론 노 교수님도 아주 좋아하시더군요."

"담시도 무대 위에 서겠다고 하던가요?"

"그는 미소만 짓더군요. 하지만 해낼 겁니다. 이제 오 선생만 승낙하시면 모든 배역은 끝나는 셈입니다."

채련은 가슴이 뛰었다. 무대에 대한 공포가 없는 것은 아니지만 담시와 함께 원효대사를 한다는 것은 그와 '환생 의식'을 치르는 작업처럼 느껴졌다. 채련이 자기 생각에 깊이 침잠해 있자 하일도는 연기에 대한 두려움 때문이라고 생각했는지 이렇게 말했다.

"우린 전문적인 극단이 아니니까 연기에 대해 너무 걱정하실 필요 없습니다. 노 교수님의 귀경을 축하하는 의미에서 옛날 제자들이 모여 추억의 자리를 만들어보려는 것뿐이라고 생각하면 되니까요."

"추억의 자리라는 말이 달콤하게 들리는데요."

채련은 마음의 평정을 찾으며 웃었다.

"오 선생은 저에 의해서 정말 완벽한 연애를 경험하게 될 겁니다."

"자유자재하시군요. 보살로도 만들어주고 완벽한 연애도 경험하게 해주고요."

"이 손이 말입니까?"

하일도는 자신의 오른손을 내보이며 즐겁게 말했다.

하일도가 돌아간 후 채련은 끝없는 흥분 속으로 잠겨 들었다. 천삼백 년이란 아득한 세월을 거슬러 올라가서 그녀 자신이 요석공주로 변신하는 것 같은 기분, 공주라는 신분보다 요석이라는 이름 속에 숨어 있는 원효대사와의 인연은 그녀를 한없이 설레게 했다. 거의 전설적인 인물로 세인의 추앙을 받고 있는 원효를 한 사나이로 받아들인 유일한 여인 요석. 그녀의 정열이 원효에 의해 제도 되었든 원효의 거추장스러운 둑이 그녀에 의해 무너졌든 그것은 후대 사람들의 관념적인 이야기이고, 그들은 오히려 짧았던 한순간의 만남을 통하여 지순하고도 아름다운 인간적 사랑을 경험했을지도 모른다.

창으로 비낀 석양빛을 바라보며 시작도 끝도 없는 생각에 잠겨 있을 때 동화가 불쑥 들어왔다. 가방을 옆구리에 끼고 서 있는 그는 몹시 지쳐 보였다.

"어서 와, 기다리고 있었어."

"……."

동화는 채련의 시선을 피하며 앞에 와서 앉았다.

"차도 다 떨어졌고, 우리 나가서 얘기할까?"

채련은 동화한테 복잡하고도 심각한 얘기를 할 수밖에 없었으므로 분위기부터 바꾸고 싶었다.

"……."

동화는 채련의 말에 동의한다는 뜻으로 아무 말 없이 자리에서 일어섰다.

"먼저 나가 있어. 가방 챙겨서 나갈게."

"네."

동화는 어깨를 움츠리며 나갔다. 그런 그의 뒷모습은 가뭄을 타는 나무처럼 느껴졌다. 채련은 실기 시간에 입었던 가운을 벗어서 옷걸이에 걸어놓고 동화의 등록금 영수증을 챙겼다. 그리고 커튼을 내리고 밖으로 나왔다.

창 쪽으로 몸을 돌리고 서 있던 동화는 채련을 보자 그녀 옆으로 걸어왔다.

"이반으로 갈까?"

채련은 담쟁이덩굴을 올려 중세기풍의 멋을 낸 레스토랑을 떠올리며 동화 얼굴을 쳐다봤다.

"네."

동화는 장소 같은 건 관심이 없는 듯 건성으로 대답했다. 긴 교정을 지나 교문 앞에 있는 레스토랑으로 들어갈 때까지 둘은 거의 말을 하지 않았다. 동화는 전날의 현지처럼 그녀 옆에서 한두 발짝 떨어진 거리를 유지하며 묵묵히 따라왔다.

"저쪽에 가서 앉지."

채련은 담쟁이덩굴이 보이는 창 쪽을 가리키며 말했다.

"……."

그들이 자리에 앉자 물컵을 담은 쟁반을 들고 오던 종업원이 동화의 어깨를 쳤다.

"박 형."

"……."

"왜 요즈음 안 나와? 박 형만 계속 빠지잖아."

여학생은 채련을 의식하곤 표정을 고치며 주문을 받았다.

"뭐 드시겠어요?"

채련은 직감적으로 운동권 학생이라고 생각하며 동화한테 물었다.

"난 딸기주스를 마시고 싶은데… 동화는?"

"……."

동화는 그녀의 말이 귀에 들어오지 않는 듯 미간만 약간 찡그린 자세로 앉아 있었다.

"그냥 딸기주스 두 잔 줘요. 그리고 우린 좀 비밀스러운 이야기를 해야 하니까 가능한 한 우리 쪽으로는 오지 말아요."

채련은 여학생을 보며 부탁했다.

"네."

여학생은 재빠르게 채련을 훑어보더니 돌아섰다.

"정 교수를 자주 만나?"

"네."

"종규하고 세혁은 휴학계를 내고 취직했다지?"

"네."

"동화도 취직할 생각이었어?"

"……."

"이제 한 학기 남았는데 휴학을 하면 어떻게 해?"

"학교를 다니는 것만이 최선이라는 생각엔 회의가 듭니다."

"동화는 이제 근로자가 될 수 없어. 그 대열에선 이미 벗어난 거야."

"동일한 조건 속에 놓이면 다시 같아지겠지요."

"같아지는 건 상황뿐이야."

"……."

"기회가 균등하지 않고 소유가 균등하지 않다는 건 분명히 모순이지. 하지만 이런 것도 한번 생각해 봐. 동화는 공부를 잘하기 때문에 학교를 다니고 있어. 그와는 반대로 다른 많은 젊은이가 공부를 잘하지 못한다는 그 이유 때문에 학교를 다니지 못하고 있어. 그렇다면 이것도 균등하게 기회가 주어진 건 아니잖아. 그런데 만약 누군가가 이런 모순을 지적하고 동화더러 공부를 잘할 수 있는 능력을 조금만 발휘해서 평범한 학생들의 수준만큼만 공부를 하라고 한다면 동화는 그 요구에 승복할 수 있겠어?"

"……."

"우리가 살아가는 이 세상은 너무도 다양해서 어느 한 면만 보고는 어떤 결론도 내릴 수 없어. 가시적인 현실뿐 아니라 눈에 보이지 않는 현실도 그만큼 넓은 거야."

그때 등 뒤에서 인기척이 느껴졌으므로 채련은 뒤를 돌아다보았다. 거기엔 아까 그 여학생이 주스가 담긴 쟁반을 들고 서 있었다. 그녀는 채련의 시선을 받자 움찔하고 놀라더니 이내 태연한 표정을 지으며 말했다.

"아주머니 얘기가 재미있어서 듣고 있었어요."

"우린 비밀스러운 얘기를 해야 해서 가까이 오지 말라고 부탁했는데."

"그런 건 하나도 비밀스러운 얘기가 아니잖아요?"

"……."

채련은 어이가 없어서 그녀를 쳐다봤다.

"저도 잠깐 앉겠어요."

여학생은 양해인지 통보인지 알 수 없는 말을 하며 동화 옆에 앉았다.

"근무 중에 이렇게 손님 자리에 와 앉아도 괜찮아?"

"괜찮아요. 이제 교대 시간이에요."

채련은 당돌하다 못해 무례하게까지 보이는 그 여학생을 붙잡고 야단을 칠까 하다가 어차피 동화한테 할 얘기라면 그녀가 듣는 것도 무방할 것 같아서 잠자코 있었다.

"아주머니, 얘기 계속해 보세요."

그녀는 주스 잔을 채련 앞에 놓아주며 말했다.

"아르바이트 학생이야?"

"네. 하지만 지금은 학생이 아니에요."

"졸업한 건 아닌 것 같고, 휴학했어?"

"아뇨. 관둬버렸어요."

"왜?"

"특별한 신분을 만드는 일에 끼고 싶지 않아서요."

채련은 그녀가 말한 특별한 신분이라는 말이 무엇을 의미하고 있는지 잘 알고 있었기 때문에 그냥 잠자코 있었다.

"아주머닌 혹시 직업을 가지고 계세요?"

그녀는 채련의 신분을 확인해보고 싶은지 빤히 쳐다봤다.

"난 선생이야."

선생이라는 말을 해놓고 보니 그 말이 너무도 무력하게 들려서 채련은 속으로 고소했다. 부모라는 말도 어느 한순간 이렇게 무력하게 느껴지겠지.

"아, 그래서 말씀이 설교 조시군요."

채련은 기가 막혔다.

"설교 조?"

"네. 억양도 그렇고 단어도 그래요."

"……."

그녀는 상대방의 기분 같은 건 전혀 개의치 않는 듯 채련을 빤히 쳐다보더니 실내를 둘러보았다.

"선생님은 이 안에 있는 사람들을 어떻게 생각하세요?"

"무얼 묻는 거지?"

"저기 스피커 밑에 있는 애는 음악을 들으며 발장난을 치고, 저쪽 여학생은 사전을 펴들고 영어 단어를 뒤적이고, 창가에 앉은 애는 몽유병자 같은 눈으로 시를 쓰고, 저쪽 구석에 앉은 애들은 아까부터 추상적이고 현학적인 철학 얘기만 하고, 또 저쪽 화분 밑에 앉은 사람들은 어깨를 감싸고 앉아서 연애를 하고 있어요."

"……?"

"선생님은 저 애들을 어떻게 생각하세요?"

"자연스럽잖아?"

"저렇게 태평스럽게 앉아 있는 애들이 선생님은 자연스럽게 보이세요?"

"태평스럽게 앉아 있는 애들?"

"지금 우리의 현실이 어떤데요? 수많은 사람이 괴로워하고 절규하고 몸부림치고 있어요. 그들의 고통을 덜어주기 위해 또 수많은 사람이 괴로워하고 있고요. 그런데도 선생님은 저렇게 태평스러운 애들이 자연스럽게 보이세요?"

채련은 잠자코 그녀의 얼굴을 바라보았다. 사람 살아가는 일에 가난만이 외로움이고 고통인 건 아니다. 에티오피아나 방글라데시 난민들의 고통을 북구의 알코올 중독자들의 고통과 비교한다는 것은 천벌을 받을 일이겠지만, 기아의 고통만 고통이고 고독의 고통은 고통이 아니라고 말할 수는 없다. 만약 인간이 구조적으로 기아의 고통만 느끼게 되어 있다면 인간의 이야기는 얼마나 단순하고 편해졌을까?

"저 친구들을 나쁘게만 생각하지 마. 몽유병자 같은 얼굴로 시를 쓰는 저 친구도 훗날 인류의 심금을 울려줄 감동의 명시를 남길지 모르고, 사변적인 철학 이야기만 하고 있는 저 친구들은 우리 민족의 나갈 지표를 제시해주는 위대한 철학가가 될지도 몰라. 그리고 어깨를 감싸고 사랑을 나누는 저 연인들은 선량한 이웃이 되어 우리와 함께 살아갈지도 모르고…. 그들은 그들대로 자신의 삶을 성숙시키기 위해 몸부림치고 있는 거야."

여학생은 경멸하는 얼굴로 채련을 바라보았다.

"선생님이야말로 강 건너 불 보듯 태평하시군요. 지금 이 순간, 수많은 사람이 환부에서 흐르는 피고름을 짜내기 위해 목숨까지 바치고 있어요."

"환부만이 몸은 아니야."

여학생은 채련의 말을 이해해보려는 듯 눈을 깜박였다.

"만약에 모든 기능과 능력을 환부 고치는 일에만 전념시킨다면 나머지 부위는 어떻게 되겠어?"

"……?"

"우리는 환부를 고치는 일에도 전념을 해야 하지만 건강한 힘을 지닌 다른 부위도 그 기능을 유지시켜 나가도록 힘을 기울여야 해."

"선생님은 우리 사회에 건강한 부위가 있다고 믿으세요?"

"물론이지. 어떤 경우에도 사회 전체가 완전하게 병드는 일은 없어. 많은 부분이 병들었다 해도 건강한 부분은 남아 있게 마련이야. 이 건강한 부위를 지켜나가는 것도 우리가 감당해야 할 중요한 부분이야."

"……?"

"학생이 하는 일을 부정하거나 과소평가하는 건 아니야. 그야말로 어떤 의미에선 살신성인하고 있는 거지. 그러나 그 일만이 유일한 길이라고는 생각하지 마. 사회 한 부분에서 묵묵히 자기 일을 하고 있는 사람들, 그들도 국가나 민족을 위해서 중요한 부분을 담당하고 있는 거야."

그 학생과의 이야기는 오래도록 계속되었다. 하지만 그 여학생은 채련의 얘기를 부정하고 반박하기 위한 만반의 태세를 갖추고 있었기 때문에 채련으로서는 그녀와 얘기를 한다는 것이 몹시 피곤하고 무의미하게 느껴졌다.

"우리 나갈까?"

채련은 가방을 들며 동화를 쳐다봤다. 동화는 그들의 대화에는 완전히 무관한 듯한 얼굴로 자기 생각에 잠겨 있었다.

"동화하고 얘기하고 싶어서 왔는데 동화하고는 한마디도

못 했네."

채련이 웃자 동화는 아무 말도 없이 따라 일어났다.

"우연히 만나서 재미있는 얘기 많이 했어."

"기회 있으면 다시 한번 얘기하고 싶어요."

여학생은 자기 생각과 일치하지 않는 채련에 대해 미진함을 느끼는 듯 말똥히 쳐다봤다. 밖으로 나오자 채련은 정말 동화한테 할 얘기는 하지 못했다는 생각이 들어 낭패해졌다.

"우리 기분 전환도 할 겸 한 정거장만 걸어갈까?"

"네."

동화는 가방을 옆구리에 끼며 채련의 옆에 섰다. 채련은 비탈진 가로수 길을 동화와 함께 내려오면서 무슨 얘기부터 꺼낼까 하고 망설였다. 그러던 채련은 어려운 얘기일수록 핵심을 바로 말하는 게 좋다는 생각이 들었다.

"동화는 혹시 의리를 지키겠다는 생각 때문에 친구들을 만나는 건 아니야?"

동화는 약간 놀라는 표정을 짓더니 반문했다.

"그런 건 왜 물으시죠?"

"현지가 와서 그런 걱정을 했어. 동화는 그동안 현지도 만나지 않았다면서?"

"네."

"왜?"

"제 고통이 현지한테까지 파급되는 걸 원하지 않아서요."

채련은 동화의 고통이 구체적으로 어떤 것인지 물어볼까 하다가 그냥 입을 다물고 말았다. 할 말을 찾지 못하고 한참 동안 걷던 채련은 동화한테 물었다.

"오늘 어디 갔다 왔어?"

"노 교수님 강연장에 갔다 왔습니다."

채련은 의외라는 생각을 하며 다시 물었다.

"가서 좋은 얘기 들었어?"

"네."

동화는 잠시 말을 끊었다가 이렇게 말했다.

"한 자루의 초가 다른 초에 불을 붙이고 몇천 자루의 초가 한 자루의 초로 타듯이, 하나의 마음은 다른 마음에 불을 붙이고 몇천의 마음도 하나의 마음에 의해서 탄다는 노 교수님의 말씀을 들었을 때 그 말이 무척 아름답게 느껴져서 조금 울었습니다."

"……"

"하나의 마음은 다른 마음에 불을 붙이고 몇천의 마음도 하나의 마음에 의해서 탄다는 말을 선생님한테 오면서도 몇 번 되뇌어봤습니다."

"……"

"삶의 진정한 아름다움은 타인의 마음에 불을 붙이고 그 마음을 타게 하는 게 아닐까요?"

"그렇겠지. 성직자나 철학자의 삶이 칭송되는 것도 바로 그런 연유에서일 테니까."

"……."

동화는 시선을 멀리 허공 쪽으로 보내고 묵묵히 입을 다물었다.

"동화는 자신에 대해서 괴로워하고 있는 것 같군."

"제 자신에 대해서 확신이 서지 않는 건 사실입니다."

"동화는 지금 근본적인 면에서 뭔가 잘못 생각하고 있는 것 같아."

"……."

"동화는 손에 책을 잡아야 할 사람이야. 책을 잡아야 할 사람은 손에 책을 쥐고 있는 게 최상의 선이야."

동화는 한참 동안 채련을 바라보다가 물었다.

"누나가 고열로 앓고 있을 때 어머니는 누나를 병원에 데려가지 못했습니다. 그 결과 누나는 시력을 잃었고 지금 지압 일을 하고 있습니다. 그렇다면 지압 일은 누나가 처음부터 해야 했던 최적의 일이었을까요?"

채련은 그의 물음에서 '선생님이 만약 누나의 입장이었다면 선생님은 지금 조각 대신 지압 일을 하고 계실 겁니다. 그렇다면 선생님이 하실 수 있는 최적의 일은 조각입니까? 아니면 지압입니까?'라는 말이 생략돼 있음을 알고 있었다.

　채련은 동화의 시선을 받기가 부끄러워졌다. 자신의 사고도 아까 그 여학생처럼 지나치게 편견에 젖어 있다는 생각이 들었다.

　"선생님한테 여쭤보고 싶은 게 있어서 왔습니다. 진실하게 대답해 주세요."

　"그래. 말해 봐."

　"선생님, 제가 학교를 마치는 일이 정말 옳은 일입니까?"

　"물론이지."

　채련은 그의 얼굴을 보며 자신 있게 말했다.

　"……."

　동화는 묵묵히 걸었다.

　"동화는 남다른 재능을 지니고 있으니까 앞날에 대해서 좀 더 구체적으로 계획을 세워봐. 그러다 보면 자신에 대해서도 어떤 확신이 생길 거야."

　"어떻게 말입니까?"

　"글쎄. 내 생각 같아서는 유학을 꿈꿔보는 것도 좋을 것 같은데. 지금으로선 막연하겠지만 방법을 찾아보면 전혀 불가능한 것도 아닐 거야."

　"……."

　"가서 몇 년만 공부하면 동화는 학위를 받고 돌아올 수 있어. 이제 방황은 그만하고 다시 학문에만 전념하도록 해."

채련은 간곡하게 당부했다.

"그것이 다 이루어졌다고 가정할 때 그다음엔 어떻게 되는 겁니까?"

"학교에 남거나 아니면 연구실에서 동화가 전공한 공부를 계속해 가겠지."

"결과는 선생님과 같이 되는 거군요."

동화의 말을 듣는 순간 채련은 강하게 머리를 맞은 것 같아 현기증이 났다. 선생이라는, 조각가라는 이름으로 치장된 자신의 모습이 마치 수반 위에 꽂힌 꽃처럼 생각되어서였다.

"선생님, 전 여기서 따로 가겠습니다."

동화는 걸음을 멈추고 말했다.

"집에는 안 갈 거야?"

"네, 약속이 있어서요."

"등록금 영수증이야. 남은 한 학기를 마저 마쳐."

채련은 동화를 물끄러미 바라보다가 가방에서 영수증을 꺼내 동화 손에 쥐여 주었다.

"……."

동화는 불그스름해진 눈으로 잠시 서 있다가 고개를 푹

숙였다.

"약속 있으면 가봐. 그리고 현지한테도 연락해줘. 현지는 동화를 만나고 싶어 했어."

채련은 우두커니 서 있는 동화를 남겨두고 돌아섰다. 그런 그녀의 가슴속은 착잡했다. 동화 곁에서 그의 보호자 같다고 생각하며 살아온 채련은 이제 다시 현지 보호자가 된 듯한 기분마저 들었다. 비록 그들이 대학생이라곤 하지만 혼자 서기엔 아직 역부족이고, 더욱이 청춘이라는 혼돈의 강을 다 건너기까지는 그들을 지켜봐 주는 한 사람의 어른이 있어야 한다.

채련은 한 사람의 어른 역할을 자신이 감당해야 할 것 같다는 생각을 하며 혼자 언덕길을 내려왔다.

8장

Udumbara

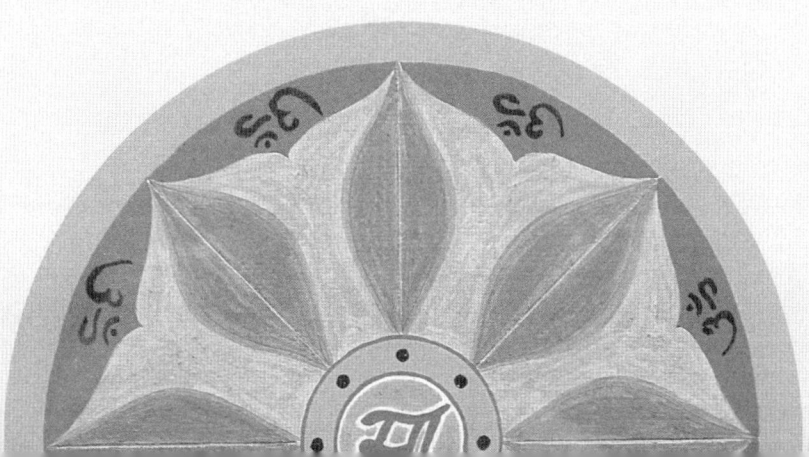

환상이란 스스로 만든 것이므로 무지개처럼 아름다울 수 있어. 청년기가 아니더라도 살아가노라면 가끔 환상의 마술에 걸리게 되지. 그건 달콤한 고통일 뿐 좋은 것도 나쁜 것도 아니야. 하지만 그 시기를 지나고 보면 그건 오로지 환상일 뿐이었다는 걸 알게 돼. 돌이켜보면 허망한 거지. 우리에게 중요한 것은 어떻게 하면 되도록 덜 상처받고 그 위험한 고비를 넘길 수 있는가 하는 거야.

채련은 한 달 전에 이영에게 한 말을 떠올렸다. 그러나 한 달이 지난 지금 채련은 자신의 그 말을 스스로 받아들일 수 없었다. 자신이 진실이라고 믿었던 것도 지나고 보면 환상이었음을 알게 된다. 그건 분명 고통스러운 자각이다. 그러나 환상으로 깨어날 고통이 두려워 현재의 진실을 포기한다면 그건 옳은 일일까?

우리는 자신의 생명이 전생과 연결 지어져 있음을 알고 내생으로 연결되어갈 것도 알고 있다. 그러나 엄밀히 말하면 전생과 내생은 나의 삶이 아니다. 지금 이 순간, 숨 쉬고 갈망하고 몸부림치고 있는 이생의 이 순간만이 나의 삶이다. 미래의 시간도 마찬가지다. 아직 내게 오지 않은, 그래서 내 것일 수 없는 미래의 시간에 두려움을 갖지 말자. 지금 진실이라고 믿고 있는 것이 그때 가서 환상이 된다고 하더라도 무엇이 두려울 게 있는가. 중요한 것은 진실이라고 믿고 있는 내 감정을 진실하게 받아들일 수 있는 현재의 내 정직성이다. 이보다 더 중요한 것이 무엇이 있을 수 있겠는가.

채련은 거울 속에 비친 자신의 얼굴을 보며 속삭였다. 나는 왜 이런 생각을 하고 있는 건가? 채련은 자신이 두려워졌다. 피할 수 없는 운명의 물결이 이미 자신의 주위로 몰려와 있다는 생각이 들어서였다.

"사모님, 친구분 오셨어요."

살구 댁의 목소리가 들려왔다. 채련은 거울 앞에서 몸을 돌려 거실로 나갔다.

이영이 현관 층계 위로 올라오고 있었다.

"어서 와."

채련은 현관으로 내려서며 그녀의 손을 잡았다.

"나 물 좀 줘."

이영은 몹시 피곤한 듯 손으로 이마를 누르며 말했다.

"그래. 앉아 있어."

채련은 얼른 주방으로 가서 보리차 한 컵을 따라 들고나왔다. 이영은 두 다리를 쭉 뻗고 소파에 등을 기댄 채 지친 얼굴로 앉아 있었다.

"물 여기 있어."

채련은 들고 온 컵을 그녀 손에 쥐여 주며 소파에 마주앉았다.

"인생살이 참 요상하지?"

이영은 물 한 컵을 다 마신 후 채련을 바라보았다.

"……."

"내 운명을 끌고 가는 자가 누군지 얼굴 한번 봤으면 좋겠어."

이영은 담뱃갑을 꺼내며 쓸쓸하게 말했다.

"이영아."

"훈계하지 마. 너 시키는 대로 다 할게."

"……."

"자살은 세 번씩이나 시도해봤으니까 또 해 보긴 싫고, 살고 싶은 사람 있으면 내 목숨 가져다가 몽땅 살라고 했으면 좋겠어."

이영은 허공을 쳐다보며 담배 연기를 훅 뿜었다. 채련은 그런 이영을 한참 동안 바라보다가 물었다.

"너 박동민 씨 한번 만나볼래?"

그 말은 그녀가 오래전부터 생각해오던 말인지, 아니면 지금 이 순간 친구를 위로해주고 싶다는 단순한 마음에서 한 말인지 채련 자신으로서도 알 수 없었다.

"……."

이영은 어리둥절한 얼굴로 채련을 바라봤다.

"만나고 싶으면 내가 주선해줄게."

"내가 너무 초라하잖아?"

이영은 자신 없이 말했다.

"넌 여전히 젊고 예뻐. 초라할 것 없어."

"하지만 보여줄 게 있어야지. 행복하게 사는 꼴이라도 보여줄 수 있다면 몰라도."

"그럼 그만둘래?"

"……."

이영은 눈을 내리깔고 곰곰이 생각하더니 애원하듯 말했다.

"만나게 해줘. 한 번만."

그런 이영을 보고 있자니 그녀가 너무 일방적으로 순정을 바치고 있는 것 같아 채련은 억울해졌다.

"그래 만나봐. 너를 위해서도 한 번쯤 만나보는 게 좋을 것 같아."

"……."

"언제 만날래? 생각난 김에 오늘 만날까?"

"그럴 수 있겠어?"

"내가 연락해 볼게."

채련은 수첩을 찾아들고 박동민 씨 집으로 전화를 걸었다.

"안녕하세요? 오채련이에요."

"오 선생님이 웬일이십니까?"

박동민이 반가운 목소리로 물었다.

"제가 친구하고 선생님 댁을 방문하고 싶은데 괜찮으시겠어요?"

"좋습니다. 그런데 친구분은?"

"박 선생님이 몹시 그리워하던 사람이에요."

채련은 의식적으로 그립다는 단어를 썼다.

"하하하, 좋습니다. 오 선생님 덕에 그리운 사람 한번 만나보죠."

박동민은 다분히 농담조로 받아들였다.

"세 시간 후쯤 선생님 댁으로 가겠어요."

"알겠습니다. 기다리고 있겠습니다."

채련은 전화를 끊고 이영을 보았다. 그녀의 얼굴은 금방 울기라도 할 것처럼 빨갛게 상기돼 있었다. 전화기를 통해서 그의 실체를 가깝게 느꼈기 때문인지, 아니면 그리운 사람이라는 표현에 감상적인 기분이 되어서인지는 모르지만.

"빨리 가서 예쁘게 단장하고 와."

채련은 이영이 최소한 박동민 씨 부인보다는 예쁘게 보이기를 빌며 이렇게 말했다.

"알았어."

이영은 제정신이 아닌 듯 서둘러 자리에서 일어났다.

"세 시간 후에 산울림으로 와."

"응."

이영은 신발을 신으려다가 물었다.

"일요일인데 남편 괜찮아?"

"골프 치러 갔으니까 늦게 올 거야."

이영은 인사도 잊고 부리나케 현관 층계를 뛰어 내려갔다. 채련은 그런 이영의 뒷모습을 물끄러미 바라보다가 몸을 돌렸다. 누가 감히 그녀에게서 방황할 권리마저 빼앗을 수 있겠는가?

외출 준비를 하고 집을 나선 채련은 금자네 집으로 갔다. 남편이 제대했다는 소식을 며칠 전에 들었기 때문에 한번 찾아가 봐야겠다는 생각을 해왔기 때문이다. 금자네 대문 앞에 서서 벨을 눌러도 안에선 아무런 인기척이 없었다. 채련은 잠시 망설이다가 대문 틈으로 안을 들여다봤다. 집 안은 쥐 죽은 듯 조용했다. 외출을 했나? 채련은 그냥 돌아설까 하다가 다시 한 번 벨을 눌러 보았다. 그러자 금자 목소리가 들렸다.

"누구세요?"

"나야. 채련이."

"네가 웬일이니?"

금자는 건성으로 인사를 하며 문을 열어주었다.

"걱정이 돼서 왔어. 뭐 하고 있었어? 인기척이 없던데."

채련은 들고 온 케이크 상자를 건네주며 말했다.

"그냥 있었어. 어서 들어가."

금자는 대문을 닫아걸며 채련의 등을 밀었다. 마루로 올라선 채련은 집 안을 둘러보았다. 온종일 걸레를 들고 다니는 주부가 사는 집답게 집 안엔 먼지 한 톨 없이 깨끗했다. 채련은 그런 집 안을 둘러보며 '먼지도 있어야 복도 붙는 거야. 요렇게 싹싹 쓸어버리면 복이 어디에 와서 붙니?' 하던 이영의 말을 생각했다.

방 안에는 그녀가 시집올 때 해 온 티크 장롱만 덩그렇게 놓여있을 뿐 세간은 십 년 전이나 별로 달라진 게 없었다. 그런데 그 세간에는 이상하게 건조함이 감돌았다. 세간들뿐 아니라 집 안에 흐르고 있는 공기, 금자의 얼굴에서조차 그런 걸 느낄 수 있었다. 불길한 예감이었다.

"나 죽을 것 같아."

금자는 바싹 마른 입술로 채련을 쳐다봤다.

"남편 제대하셨다는 소식은 들었어."

"태양물산이 부도가 날 것 같아."

"뭐라고?"

"한 달 전부터 그런 정보가 들려왔는데 이젠 오늘내일하는가 봐."

사실이라면 큰일이다. 더욱이 금자한테는 상상도 할 수 없는 일이었다.

"남편은 무슨 계획이 있으셔?"

"계획은 무슨. 퇴직금 받아서 몽땅 태양물산에 넣고 나니 열흘도 안 돼서 부도 소리가 들리는 거야."

"퇴직금까지 왜 거기다 줬니?"

"마땅한 일거리가 없어서 걱정하고 있는데 그쪽에서 퇴직금만 더 투자하면 영업 상무 자리를 준다고 하잖아. 그래서…."

"계획적이었구나. 부도 직전에 있는 회사에서 영업 상무는 무슨 영업 상무니?"

"저녁에 부도가 날망정 아침까지 큰소리치며 남의 돈 끌어들이는 게 그 작자들 생리래."

"남편은 지금 어디 계셔?"

"새벽부터 거기 갔어. 난 지금 남편 전화 올까 봐 숨도 못

쉴 지경이야."

"그래도 정신 차리고 침착해. 어려운 때일수록 네가 침착해야 남편이나 아이들이 견디지."

"남의 일이라고 태평스럽게 말하지 마. 숨넘어가는 사람한테 와서 침착하게 굴라는 훈계가 말이나 되니?"

금자는 소매라도 걷어붙이고 달려들 것 같은 기세로 험악하게 말했다. 채련은 머쓱해서 그녀를 바라보았다. 자신이 여기 와 있다는 게 금자한테 전혀 위안이 되지 않을 뿐 아니라 오히려 신경만 더 자극할 뿐이라는 생각이 들었다.

"나 갈게."

채련은 자리에서 일어섰다. 그러나 금자는 꼼짝도 하지 않고 그대로 앉아 있었다. 채련은 인사도 변변히 나누지 못한 채 금자네 집을 나오고 말았다. 거리로 나온 채련은 시계를 들여다보았다. 이영과의 약속 시간은 아직도 한 시간 반이나 남아 있었다. 채련은 어떻게 할까 망설이다 최길성의 사무실에나 들러야겠다고 생각하며 택시를 잡았다. 금자한테서 받은 불길한 예감을 그에게 전해주고 싶었다. 문을 열고 들어서자 사무실 안에는 최길성 혼자 앉아 있었다.

"웬일이십니까? 일요일에."

최길성은 몸을 일으키며 채련을 반겼다.

"시간이 남아서 들렀어요."

"어디 갈 데가 있으십니까?"

"옛날 애인을 잊지 못하는 친구가 있어서 그 애인을 만나게 해주려고요."

"그런 얼빠진 친구가 있다면 필히 만나게 해주십시오. 그래야 정신이 번쩍 들지요."

그들은 웃었다. 가슴속으로는 서글픔을 느끼며.

"금자 소식은 들으셨어요?"

"며칠 전에 연락은 받았습니다."

"어려운 일이 많이 겹치는가 봐요."

"성격 때문이죠. 성격이 화를 불러온다고나 할까요."

그는 냉담하게 말했다. 최길성과 이런저런 이야기를 나누다가 채련은 이영과 약속한 다방으로 갔다. 그녀가 다방에 들어섰을 때 이영은 반쯤 일어난 자세로 채련을 기다리고 있었다.

"왜 이렇게 늦었어?"

이영은 옷매무새를 고치며 일어섰다. 그녀는 무도회에 나가는 귀부인처럼 성장했고 몸에선 진한 향수 냄새가 풍겼다.

"일이 생겨서."

채련은 간단하게 대답했다. 들떠 있는 그녀에게 금자 얘기를 하고 싶지 않아서였다.

"여기서 머니?"

"조금만 가면 돼."

밖으로 나온 그들은 언덕길을 올라갔다. 자신의 감정에 취해 있는 이영은 가슴이 부푼 듯 채련에게 말을 걸지 않았다. 채련 역시 말을 하고 싶은 기분이 아니어서 그들은 잠자코 앞만 보며 걸었다. 한참 동안 그렇게 언덕길을 오르던 채련은 커다란 감나무가 있는 집 앞에 서서 이영을 돌아다봤다.

"이 집이야."

이영은 자못 상기된 얼굴로 대문 위에 달린 문패를 올려다보고 있었다.

'박동민.'

그녀는 자기 가슴속에 새겨진 이름 석 자가 터무니없이 남의 집 대문 위에 매달려 있는 것에 배신감을 느끼는 것 같았다. 채련은 이영의 얼굴을 살피며 대문 위에 달린 벨을 눌렀다.

"누구세요?"

상냥한 여자의 음성이 들려왔다.

"오채련이에요."

"오, 오 선생님."

부인은 반갑게 대문을 열어주었다. 넓은 정원은 아니지만 돌과 나무가 잘 조화를 이룬 정원은 세련된 분위기를 자아냈다. 특히 돌 위에 덮인 파란 이끼는 돌의 위치를 안정시켜줌과 동시에 가정의 평화를 암시해주고 있었다. 볼륨이 큰 분홍색 드레스를 입은 부인은 잘록한 허리를 가볍게 흔들며 앞에서 걸었다.

"여보, 오 선생님 오셨어요."

부인은 안을 향해 소리쳤다. 그녀의 음성은 하도 명랑하게 들려서 그야말로 종달새 노래 같다는 생각이 들었다. 현관문이 열리고 박동민이 모습을 나타냈다. 검은색 체크무늬 바지에 하늘색 와이셔츠를 입은 그의 모습은 나이에 어울리게 중후했다.

"어서 오십시오."

한 손으로 현관문을 밀며 손님을 맞이하던 박동민은 채련의 뒤에 선 여인이 젊은 날의 연인이었던 이영임을 알고는 몹시 당황했다. 그러나 곧 침착함을 되찾고는 미소를 지었다.

"귀한 손님이 오셨군요."

그들이 소파에 가서 앉자 박동민은 이영을 쳐다봤다.

"오래간만입니다."

그의 시선은 떨리고 있었다.

"네, 오래간만이군요."

이영 역시 같은 시선으로 그를 바라보았다.

"전 초면인데 제게도 인사를 시켜주셔야죠."

부인은 어리광 피우듯 남편한테 말했다.

"그러지. 이분은 옛날 내 친구였소. 그리고 이 사람은 내 처요."

그는 힘들게 인사를 시켰다.

"어머, 반가운 손님이시군요. 저는 나혜순이라고 해요."

그녀는 보조개를 지으며 살짝 웃었다.

"……."

이영은 금방 울기라도 할 것 같은 얼굴로 앉아 있었다.

"마실 거나 좀 가져오지."

박동민은 어색한 자리에서 아내를 피하게 하려는 듯 이렇게 말했다.

"차 드릴까요?"

"차보다 칵테일을 한 잔씩 만들어오구려."

"네, 그렇게 할게요."

부인은 안으로 들어갔다. 그녀의 걸음걸이는 왈츠라도 추는 것처럼 경쾌했다.

"그동안 어떻게 지냈소?"

박동민은 그윽한 눈으로 이영을 바라보았다. 자기 때문에 세 번씩이나 자살을 기도했던 여인. 하지만 세 번의 자살극에도 불구하고 그들의 사랑은 결실을 맺지 못했었다.

"이렇게 살아 있었죠."

이영은 자조하듯 말했다. 그 순간 박동민은 이영이 행복하지 못하다는 것을 감지하고 있는 것 같았다.

"아이는 몇이나 되오?"

"딸 하나예요. 박 선생님은요?"

"나는 남매요."

목숨을 걸고 사랑했던 연인이었건만 십 년이란 세월은 엉뚱하게도 이들에게 다른 남자의 아이를, 다른 여자의 아이를 갖게 했다. 인간사의 아이러니가 아닐 수 없다. 그들은 탁자 위에 시선을 고정하고 묵묵히 앉아 있었다. 그때 부인이 크리스털 컵에 칵테일을 담아 들고 왔다. 컵 안에는 초록색 젤리가 하나씩 가라앉아 있었다.

"드세요. 제대로 됐는지 모르겠어요."

부인은 뽀얀 손으로 크리스털 컵을 들어 그들 앞에 놓아주었다. 컵 안에는 꽃분홍색 맨하탄이 화사한 빛을 뽐내며 담겨 있었다.

"어때요?"

부인은 생글거리며 남편을 쳐다보았다.

"아주 좋아."

"그럼 됐어요."

부인은 자신 앞에 놓인 잔을 들어 한 모금 마시더니 채련을 쳐다봤다. 쌍꺼풀진 눈이 귀엽게 보였다.

"오 선생님은 요즈음 무슨 작품을 하세요?"

"쉬고 있어요."

"설마요. 오 선생님처럼 욕심 많은 분이 쉬고 계실 리가 있나요?"

"제가 욕심이 많은가요?"

"작품 욕심은 오 선생님 따라갈 분이 없다고들 그러던데요."

그녀는 애교스럽게 웃었다. 애교스러움은 그녀의 천성인 듯 몸에 잘 맞는 옷처럼 자연스러웠다.

"참, 손님도 조각을 하시는가요?"

그녀는 이영을 보며 물었다. 주인으로서 손님에게 화제를 돌려주려는 배려일 것이다.

"아니에요."

이영은 힘들게 말했다. 실제로 그녀는 몹시 힘이 드는 듯 얼굴에 진땀이 조금씩 배어 나왔다. 화려한 성장은 빌려 입은 야회복처럼 그녀의 몸에서 겉돌았다. 자신 없는 위치가 그녀를 비참하게 만들고 있었다.

"당신 오늘 우리 엄마한테 전화했어요?"

부인은 잊었던 일이 갑자기 생각난 것처럼 얼굴에 생기를 띠며 남편을 쳐다봤다.

"아, 깜박 잊었군. 나중에 하지."

"아이, 뭐예요. 하루 종일 기다리셨을 텐데."

그녀는 귀엽게 몸을 흔들며 눈을 흘겼다.

"당신이 전화해서 장모님더러 오시라고 하구려."

"그러지 말고 내일 퇴근길에 들러서 당신이 모시고 오세요."

"알았소. 그렇게 하리다."

채련과 이영은 객석에 앉아 있는 관객처럼 그들 부부를 멍청히 바라보았다. 이영의 얼굴 위로는 진땀이 거의 방울져 배어 나오고 있었다.

"아빠, 손님 오셨어요?"

긴 머리를 초록색 리본으로 묶은 계집애가 장난감 바이올린을 들고 뛰어오며 물었다.

"그래. 너도 여기 와서 인사하렴."

"알았어요, 아빠."

계집애는 무희처럼 한 발을 살짝 앞으로 내밀며 허리를 굽혔다. 그러곤 나비가 날아오르듯 아빠 무릎에 안겼다.

"안녕하세요?"

이영의 숨소리는 옆 사람에게도 들릴 만큼 거칠어져 있었다. 그때 이층에서 남자애가 마라톤 선수처럼 뛰어 내려왔다.

"우리 홍이 기운도 세라."

부인은 아들을 껴안으며 그의 볼에 입술을 댔다.

"홍이 볼에선 맛있는 냄새가 나네."

"무슨 냄새?"

"아빠한테 뽀뽀해 드려. 그럼 아빠가 가르쳐주실 거야."

남자애는 누이가 앉은 무릎을 비집고 들어앉았다.

"요것이."

계집애는 남동생 팔꿈치를 꼬집어 비틀었다.

"아야."

남자애가 비명을 지르자 박동민은 딸의 귀에 대고 속삭였다.

"수경인 엄마한테 가면 되잖아."

"싫어, 싫어."

계집애는 몸을 흔들며 더욱 아빠 품으로 파고들었다. 두 부부는 얼굴에 웃음을 가득 담고 마주 바라보았다. 한 줄에 꿰인 네 개의 구슬, 누가 감히 이 구슬 중 한 개를 탐낼 수 있을까? 그들은 피로 연결된 생명의 고리인 것을.

이영은 가방에서 손수건을 꺼내 얼굴에 흐르는 땀을 닦았다. 그녀의 옷은 한없이 부풀어 보이고 평소의 그녀답지 않게 엉성해 보였다.

"손님들 오셨으니까 너희들은 이층에 가서 놀렴."

박동민은 아들과 딸의 어깨에 팔을 두르며 말했다.

"그래, 아빠 말씀 들어야지."

"싫어."

계집애는 다시 몸을 흔들며 아빠 가슴속으로 파고들었다.

"당신이 데려다주고 오구려."

"그래야겠네요."

부인은 양손에 아이들 손을 하나씩 잡고 이층으로 올라갔다. 그녀의 뒷모습은 행복감으로 충만해 있었다.

"가자."

이영이 먼저 자리를 털고 일어났다.

"좀 더 노시다 가시죠."

"놀다가 가라고요?"

이영의 반문은 차라리 절규로 들렸다. 한순간 착잡한 눈으로 이영을 바라보던 박동민은 이영의 감정을 짐작한 듯 더이상 붙잡지 않았다. 지금 그의 가슴속에 이영의 그림자가 남아 있다 해도 그건 퇴색한 한 조각 비단일 뿐이다. 빛바랜 비단 조각이 무슨 가치가 있겠는가? 박동민을 만난다는 사실에 신부처럼 들떠 있던 이영이 오늘 여기 와서 얻은 것은 아무것도 없다. 불행한 자신의 모습을 그에게 보여주고, 행복한 그의 모습을 확인하고 돌아가는 것밖에는.

채련으로서는 이미 예측한 일이었지만, 사실 어떤 의미에선 이런 효과를 노려 그녀를 여기까지 데려왔지만, 그러나 막상 옆에서 초라하게 허물어져 가는 친구의 모습을 지켜본다는 것은 그녀로서도 고통스러운 일이었다. 그러나 이영은 이런 아픔을 극복해야 한다. 될 수 있는 대로 빨리. 그렇지 않다면 그녀는 영원히 스스로가 만든 환상에 유린당하고 말 것이다. 대문 앞에 나와 배웅하던 박동민의 모습이 다시 대문 안으로 사라지자 이영은 담벼락에 기대어 오열하기 시작했다. 성장한 그녀의 화려한 옷은 구겨진 휴지처럼 남루하게 어둠 속으로 가라앉았다.

한태서는 퇴근하자 곧바로 온 듯 여섯 시가 조금 지나서 집에 왔다. 그의 얼굴은 여전히 해저 유령처럼 음울했는데 유독 눈만 광기 어린 빛으로 번득이고 있었다. 그의 얼굴을 보는 순간 채련은 다시 호흡곤란이 왔다. 아무리 깊게 숨을 들이마셔도 공기는 명치 끝 어딘가에서 막혀버린 듯 답답하고 또 답답했다. 채련은 손바닥으로 가슴을 꽉 누르며 다시 한번 깊게 숨을 들이마셨지만 숨을 쉬는 것은 도저히 불가능했다.

채련은 지쳐서 소파 모서리에 주저앉았다. 몸에선 진땀이 배어 나왔다.

"저녁 좀 차려주구려."

샤워를 끝낸 한태서는 깨끗한 와이셔츠를 단정하게 입고 있었다. 채련은 잠자코 주방으로 가서 가스 불 위에 찌개 냄비를 올려놓고 식탁 위에 놓인 반찬 그릇 뚜껑을 열었다.

"식사 준비됐어요."

한태서는 한 손에 신문을 들고 식탁으로 왔다. 자리에 앉은 그는 건성으로 제목을 훑어보며 찌개를 한 숟가락 떠 입에 넣었다. 그러던 그는 양미간을 잔뜩 찡그리며 아내를 돌아다봤다.

"찌개 맛이 왜 이렇게 쓰지?"

"……."

"약이라도 넣었나?"

채련은 대답하기가 싫어서 입을 다문 채 가만히 앉아 있었다.

"왜 대답이 없소?"

"대답할 필요성을 느끼지 않아서요."

한태서는 숟가락을 팽개치며 자리에서 일어났다.

"내가 터무니없는 시비라도 걸고 있다는 얼굴이군."

"……."

채련은 속으로 놀랐다. 그의 표현이 정확했기 때문이다. 그럼 이 사람은 멀쩡한 정신으로 시비를 걸고 있단 말인가? 왜? 왜? 채련은 자신의 머리를 움켜쥐며 울부짖었다. 주방에서 나간 남편은 곧바로 침실로 들어갔다. 채련은 거실에 우두커니 서 있다가 침실 쪽으로 가 침실 문의 손잡이를 잡고 옆으로 비틀었다. 하지만 문은 굳게 잠겨 있을 뿐 꼼짝도 하지 않았다.

"문 좀 여세요. 당신한테 하고 싶은 얘기가 있어요."

채련은 문을 두드렸다.

"……."

우린 지금 얘기를 해야 해요. 당신이나 나를 위해서 얘기를 해야 해요."

"……."

 그녀의 몸에서 스르르 힘이 빠졌다. 채련은 문에 몸을 기대고 한참 동안 서 있다가 소파에 가 앉았다. 마지막 진실마저 거부당했다는 서글픔이 그녀를 더욱 허탈하게 했다. 그날 밤, 채련은 소파에 기댄 채 꼬박 뜬눈으로 밤을 새웠다.

 이튿날 아침이 되자 남편은 평소와 다름없이 정확한 시간에 일어나서 밖으로 나왔다. 그의 얼굴은 더욱 음울하고 창백해 보였다. 채련은 소파에 앉아서 남편을 쳐다보았다. 욕실로 들어가던 한태서도 돌아서서 아내를 바라보았다. 그들의 시선은 허공에서 오랫동안 맞물려 있었으며 그 시선은 서로의 가슴을 꿰뚫어 보고 있었다.

 한참 동안 그렇게 서 있던 한태서는 냉소를 지으며 욕실로 들어갔다. 남편이 욕실로 들어가자 채련의 가슴은 냉담하게 식어갔다. 아무것도 시도해 볼 수 없다는 절망감이, 시도해 볼 게 없을 뿐 아니라 그럴 필요도 없다는 냉담함이 오히려 그녀를 침착하게 만들었다. 채련은 식탁에 앉아서 남편이 오기를 기다렸다. 그러나 한태서는 서둘러 출근 준비를 하더니 한마디의 말도 건네지 않고 그대로 나가버렸다. 혼자 남은 채련은 우두커니 서 있다가 출근 준비를 하고 집을 나왔다. 살구 댁은 불안한 얼굴로 그녀의 뒷모습을 지켜보고 있었다. 학교에 와서도 채련은 온갖 생각으로 시달렸다. 하지만 아무리 생각해봐도 머리만 혼미하게 어지러울 뿐 어떤 해결의 실마리도 잡히지 않았다.

　채련은 열흘 가까이 그런 상태로 보냈다. 한태서는 어두워지면 마치 바람처럼 스며들었다가 이튿날 아침 해가 뜨면 다시 바람처럼 집에서 빠져나갔다. 그들은 팽팽히 맞선 줄의 양끝에 서서 누군가가 먼저 줄을 흔들어주기를 기다리며 하루하루를 보냈다. 그러나 그들 중 어느 누구도 그 줄을 먼저 흔들어줄 애정을 가지고 있지 않았다. 채련은 남편이 나가면 오늘 밤에는 무엇인가 결론을 내리자, 이제는 서로 자신이 설 땅을 찾을 때가 되었다는 생각을 하다가도 저녁에 남편의 얼굴을 보면 아무 말도 못 하고 말았다. 그는 마치 벽처럼 일체의 대화를 거부하고 있었다. 그러면 채련은 다시 밤새도록 혼자 괴로워하며 아침이 오기를 기다렸지만 아침이 와도 말을 할 수 없기는 마찬가지였다.

　그런 어느 날, 채련은 넋 나간 사람처럼 앉아 있다가 한 가지 묘안을 생각해냈다. 그것은 남편 직장 부근으로 가서 남편을 만나는 일이었다. 우리가 공유하고 있는 이 무덤 속 같은 집만 벗어난다면 남편과 나는 적어도 정상의 남녀가 될 수 있을지도 모른다. 그 생각은 채련에게 신선한 활력을 불어넣어 주었다. 채련은 강의를 끝내고 퇴근 시간 전에 남편 직장 부근으로 갔다. 퇴근 시간이 되려면 적어도 40분 정도는 기다려야 했다. 채련은 찻집에서 전화를 할까 하다가 곧바로 남편 사무실로 갔다. 그가 어떤 모습으로 직장 생활을 하고 있는지 궁금했기 때문이었다.

수위실을 통과해서 남편의 방을 찾아갔을 때 마침 문이 반쯤 열려 있었다. 채련은 열린 문틈으로 무심히 안을 들여다보았다. 남편은 감색 양복에 흰 와이셔츠를 단정하게 입고 앉아서 결재 서류를 들고 온 사람을 바라보며 미소를 짓고 있었다. 그런 그의 모습은 너무도 중후해서 그가 밤마다 변신하는 해저의 유령이라고는 도저히 믿어지지 않았다. 그는 결재 서류에 도장을 찍으면서 앞에 선 사람에게 무엇인가 농담까지 하고 있었다. 잠시 후엔 앞에 선 사람과 남편이 동시에 파안대소했다. 그들의 유쾌한 웃음소리를 듣는 순간 채련은 너무 놀라서 한 손으로 머리를 짚으며 벽에 기대어 섰다.

이럴 수는 없다. 도저히 이럴 수는 없다. 그는 멀쩡한 사람이 아닌가? 채련은 배신감으로 거의 살의를 느낄 지경이었다. 그때 한 무리의 사람들이 복도를 지나가다가 흘끔흘끔 돌아다보았다. 채련은 분노와 수치심으로 이를 악물고 밖으로 뛰쳐나왔다. 그리고 나무 밑에 있는 벤치로 가 주저앉았다. 삭막한 법원 뜰이긴 했지만 거기도 가을 햇살은 눈부시게 쏟아지고 있었다. 저녁 늦게 한태서는 돌아왔다. 채련의 마음은 이제 냉담해져 있었으므로 그를 바라보는 그녀의 시선에도 냉기가 돌았다.

'이젠 탈을 벗고 가면극 놀이 같은 것은 집어치우시죠. 나는 당신을 보조하는 배우도 아니고, 당신 연기에 흥미를 느끼는 관객도 아니니까요.' 채련은 남편을 향해 속으로 소리쳤다.

그날 밤, 한태서는 집 안을 빙빙 돌다가 자정이 넘어서 잠자리에 들었다. 그는 침실로 들어가기 전에 아내에게 다가와 무언가 이야기를 하고 싶어 하는 눈치였다. 하지만 몇 번 망설이던 그는 끝내 이야기를 하지 못하고 어깨를 축 늘어뜨린 채 침실로 들어갔다. 남편이 문을 닫고 모습을 감추자 채련은 두 손으로 머리를 감쌌다. 외롭다. 외로움이 무섭다. 나는 이제 외로움이라는 괴물을 감당해 낼 자신이 없다.

'당신을 내 고통에서 놓아주고 싶소. 그리고 당신을 괴롭혔던 내 행동도 당신을 아끼는 애정이었음을 이해해주기 바라오.' 한태서는 편지를 들여다보다가 다시 구겨서 던졌다. 탁자 위에는 그렇게 구겨진 편지가 대여섯 장 어지럽게 놓여있었다. 한태서는 탁자 위에 널려 있는 편지들을 모아서 한 손에 움켜쥐고 카페를 나왔다. 차 앞문을 열어놓은 채 반쯤 누워 있던 기사는 한태서를 보자 기겁을 하고 일어났다.

"먼저 들어가게."

한태서는 간단하게 명령하고 몸을 돌렸다. 그는 어두워진 가로수 밑을 걸으며 깊은 생각에 빠져들었다. 자신의 생이 마치 한쪽은 푸른 가지를 드리우고 한쪽은 고사목처럼 죽어 있는 기이한 나무 같다는 생각이 들었다. 결국 고사목에 연결된 사람은 어쩔 수 없이 죽어갈 수밖에 없었다. 채련도 마찬가지였다. 한태서는 어둠 속에서 아내의 얼굴을 떠올렸다. 그녀는 감성적인 만큼 이성적이었고, 이성적인 만큼 감성적인 여학생이었다. 그런 그녀는 연극반 학생들 사이에서 가장 인기 있는 여학생이었다.

한태서가 제대를 하고 돌아와 보니 채련은 학교에 없었다. 그는 가끔 채련이 보고 싶었지만 그 자신이 워낙 음울한 절망 속에 빠져 있었기 때문에 그녀에 대한 생각은 자신을 사로잡지 못했다. 그럴 즈음 졸업 시험을 사흘 앞둔 어느 날, 한태서는 불현듯 채련이 보고 싶어 견딜 수가 없었다. 보고 싶다는 감정은 모든 것에 우선했고, 그 감정을 해결하지 않고는 아무것도 해낼 수 없을 것 같았다. 한태서는 채련이 있다는 강원도 벽촌 중학교를 찾아 길을 떠났다. 해가 완전히 지고 추수를 끝낸 빈 들판이 어둠 속에 잠기었을 때, 한태서는 채련이 머물고 있는 하숙집 마당에 들어섰다. 한태서를 바라보는 채련의 시선도 떨렸다. 그녀는 한참 동안 서서 한태서를 바라보다가 한옆으로 비켜서며 그가 방으로 들어오기를 허락했다.

그날 밤, 한태서는 처음으로 여자 손을 잡았고, 그녀의 부드러운 뺨에 얼굴을 묻고 키스를 했다. 그녀의 몸은 따뜻하고 편안했다. 그는 비로소 자신도 여자의 몸을 안을 수 있다는 확신을 얻었고 안고 싶다는 갈망도 느꼈다. 그러나 결혼이라는 의식은 달랐다. 신혼여행을 가서 바다가 보이는 호텔 방에 들었을 때 그는 아내의 시선 앞에서 투명하게 드러나는 자신의 몸뚱이를 보았다. 그 몸뚱이 속에는 저주받은 생명이 꿈틀거리고 있었다. 한태서는 자신의 운명에 전율하며 병 주둥이를 틀어막듯 자신의 성욕을 죽여 갔다. 이제 그의 몸은 마개가 잘 막힌 병처럼 진공 상태가 되어서 반란을 일으킬 힘을 완전히 잃어버리고 말았다.

가로수 밑을 걷고 있던 한태서는 지나가던 택시를 세웠다.

"불광동으로."

기사는 뒤를 돌아다보며 방향을 다시 확인하려다가 그의 표정을 보고는 입을 다물었다. 차가 독립문을 지나고 무악재 고개를 넘어 불광동 사거리를 지날 때까지 뒤에 앉은 손님은 눈을 감고 미동도 하지 않았다.

"손님, 불광동 어디쯤입니까?"

기사가 조심스럽게 물었다.

"여기서 내려주시오."

한태서는 몸을 일으키며 눈을 떴다. 택시에서 내린 한태서는 한 정거장을 더 걸어서 자기 집이 있는 골목으로 들어섰다. 그는 시장 입구 쪽으로 지날까 하다가 복잡하게 느껴져서 뒷산을 넘어가기로 하고 사잇골목으로 들어섰다. 문방구 앞을 지나고 약국 앞을 지나서 비탈진 언덕길을 오르자 자신의 집과 연결된 뒷산이 나왔다. 한태서는 바위 위에 걸터앉아 명멸하는 시가지의 불빛을 바라보았다. 모두 밝은 빛 쪽에서 살고 있는데 자신만이 칠흑 같은 어둠 속에 갇혀 있다는 생각이 들었다. 멀리 산 아래를 보고 있던 한태서는 깊게 한숨을 쉬며 담배한 개비를 뽑아서 입에 물었다. 그의 망막 속엔 괴로워하는 채련의 얼굴이 떠올랐다. 떠나보내자. 한태서는 독백하듯 허공을 쳐다보며 중얼거렸다. 그러자 그의 가슴속은 동굴처럼 움푹 파이는 것 같았다.

한태서는 입술이 조여든다고 생각하며 몇 번 침을 발랐다. 그러나 입속까지 말라서 입을 다실 수도 없었다. 한태서는 어둠 속에 앉아 담배 한 대를 다 피우고, 그리고도 한참 동안 더 앉아 있다가 산을 내려왔다. 산기슭을 내려온 그는 동화네 집 앞을 지나려다가 발을 멈췄다. 오동나무 밑에 앉아 있는 동미의 모습이 보였다. 그녀의 모습은 마치 쓸쓸한 야경(夜景) 속의 이름 없는 풀 같았다. 동미를 보는 순간, 한태서는 전날 그녀에게서 지압을 받았던 일이 생각났다. 안락하게까지 느껴졌던 편안한 기분, 한태서는 피곤한 몸뚱이를 누군가에게 맡기고 싶어졌다.

"오늘도 지압을 할 수 있소?"

한태서는 동미를 보며 물었다.

"네?"

생각에 잠겨 있던 동미는 소스라치게 놀라며 자리에서 일어났다. 그녀의 표정으로 봐서 상대가 누구인지는 알고 있는 것 같았다.

"가능하다면 좀 받고 싶은데."

"댁으로 갈까요?"

"글쎄, 그것도 번거롭고…."

"판사님만 괜찮으시다면 저희 집에서 받으시죠. 와서 받는 사람도 가끔 있어요."

한태서는 잠시 망설이다가 그녀 뒤를 따라 안으로 들어갔다. 부엌에는 깨끗하게 정돈된 작은 찬장이 놓여있고, 찬장 위에는 들꽃을 한 아름 꽂은 유리병 하나가 얹혀 있었다. 한태서는 유리병 속에 꽂힌 들꽃을 잠시 바라보다가 신을 벗고 안으로 들어갔다.

"여기 누우세요."

동미는 개어 놓았던 스펀지 요를 펴며 눕기를 권했다. 한태서는 겸연쩍다고 생각하면서 요 위에 누웠다. 그러자 동미는 단정히 무릎을 꿇고 앉아서 호흡을 조절하더니 온몸의 힘을 손끝으로 모으며 지압을 시작했다. 한태서의 몸을 누르고 있는 가느다란 팔은 전날처럼 파르르 떨렸고, 도톰한 이마 위로는 땀방울이 송골송골 배어 나왔다. 동미한테 몸을 맡기고 누워 있던 한태서는 그녀가 가엾다는 생각이 들어서 그녀의 손목을 잡고 일어나 앉았다.

"그만."

그 순간 한태서는 자신의 혈관 속으로 알 수 없는 힘이 꿈틀거리며 돌고 있음을 느꼈다. 그 힘은 점점 부풀어 올랐고, 그의 몸은 자신도 놀랄 만큼 삽시간에 뜨거워졌다. 한태서는 괴이한 변화에 현기증을 느끼며 잠시 숨을 죽이고 있다가 와락 동미의 몸을 끌어안았다. 그날 밤 한태서는 동미를 통해 난생처음으로 남자구실을 할 수 있었다. 한태서는 자리에서 일어나 동미를 돌아다보았다. 그녀는 한쪽 구석에 쪼그리고 앉아서 울고 있었다. 그런 그녀를 바라보던 한태서는 자책감과 연민으로 가슴이 떨려왔다. 그러면서도 가슴 한편에선 함성이라도 지르고 싶은 희열이 온몸을 휩싸며 솟구쳐 올랐다.

9
장

Udambara

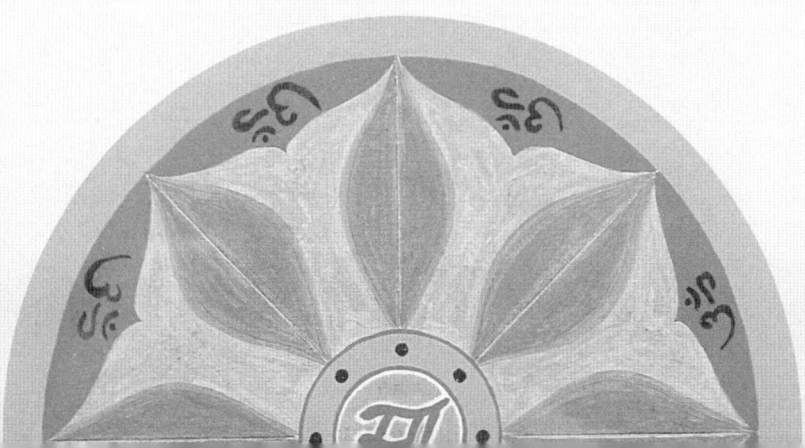

막이 오르고 무대 한쪽이 서서히 밝아진다.

물이 흐르는 바위 밑에 앉아서 참선하는 원효. 짐승이 포효하는 소리가 반복해서 들려온다. 원효, 목이 타는 듯 두 손으로 물을 퍼서 마신다.

조명이 서서히 꺼지고 원효 어둠 속으로 사라진다.

* 요석궁 (밤)

요석공주, 촛불 앞에 단정히 앉아 있다. 그때 무열왕, 요석궁 뜰을 거닐다가 창문에 비친 불빛을 보고 안으로 들어간다.

공주 : (일어나서 반기며) 야심한 밤에 어인 일이십니까?

왕 : (연민에 찬 눈으로 공주를 바라보다가) 후원을 거닐다가 불빛을 보고 들어왔도다.

공주, 왕 맞은편에 단정하게 앉는다.

왕 : 밤이 늦도록 공주는 무슨 생각을 하고 있는가?

공주 : 검은 구름이 머리 위에 떠 있으면 구름에 가려서 푸른 하늘은 볼 수 없다는 생각을 했습니다.

왕 : 구름이 가려 있으면 하늘을 볼 수 없는 것은 정한 이치지.

공주 : 구름이 비가 되어 내리면 그 비는 마른 대지를 적시어서 생명을 소생시켜 줍니다. 그러나 구름으로 떠 있으면 공연히 햇빛만 가리어서 세상을 어둡게 할 뿐입니다.

왕, 깊이 생각하는 표정 지으며 천천히 머리를 끄덕인다.

* 길 1

노파, 웅덩이 앞에 앉아 옷 뒤적이며 이를 잡아내고 있다.

그때 원효가 삿갓을 눌러쓰고 고뇌에 찬 얼굴로 걸어온다. 노파가 곁눈질해 원효를 바라보고, 원효는 발 헛디뎌 웅덩이에 빠진다.

원효가 허위적 거리다가 나온다. 승복이 진흙으로 흠뻑 젖어 있다.

이를 잡던 노파 파안대소.

　　노파 : 스님, 눈은 뜨셨는데 왜 앞은 보지 못하십니까? (자신의 이 잡던 옷 가리키며) 이 옷으로라도 바꾸어 입고 가시지요.

　　원효, 화난 표정으로 노파를 노려본다.

　　노파 : (조롱하듯) 그런 모습으로야 어찌 궁궐로 들어가실 수 있겠습니까?

　　원효 : (노여움 나타내며) 나는 궁궐로 가는 사람이 아니오. 그리고 사문의 몸에 노파의 누더기를 걸치라니 무례하오.

　　노파 : (파안대소하며) 사문의 몸에 진흙 승복이라, 세인의 웃음거리가 될까 봐 염려스럽소.

　　원효, 고통스러운 얼굴로 자신의 모습을 내려다보다가 돌아선다. 웃음소리가 계속 들리고 원효의 뒷모습이 점점 작아진다.

* 길 2

　　아이들, 시정잡배, 원효를 둘러싸고 빙글빙글 돌며 골려준다.

　　그때 궁리, 오다가 걸음을 멈추고 서서 그들 뒷모습을 바라본다.

　　궁리 : (깜짝 놀라며) 스님은 원효 스님이 아니십니까?

원효, 여전히 눈감고 괴로운 얼굴로 서 있다.

궁리 : 어쩌시다가 이런 모습으로…. (아이들과 잡배 쫓으며) 원효 스님이시다. 너희들 같은 조무래기들이 감히 원효 스님을 놀리다니… 어서들 가거라.

아이들과 시정잡배 깔깔거리며 흩어지고, 웃음소리만 공허하게 남는다.

궁리 : 이런 모습으로 어찌 거리로 나가시겠습니까? (원효 쳐다보며) 스님, 저하고 궁궐로 가시지요. 어서 저를 따라오십시오.

궁리가 원효의 옷소매 잡아당기고, 두 사람 어둠 속으로 서서히 사라진다.

* 궁 (밤)

왕, 의자에 앉아 생각에 잠겨 있을 때 궁리가 원효와 함께 들어온다.

궁리 : 원효 스님을 모셔왔습니다.

왕 : (몸 일으키며) 원효 스님을 모셔오다니… 아니 스님, 어찌하시다가 모습이 그리되셨습니까?

원효 : 망상이 앞을 가리어서 잠시 발을 헛디뎠습니다.

왕의 머릿속에 공주의 음성이 들려온다.

공주 : 검은 구름이 머리 위에 떠 있으면 푸른 하늘은 보이지 않습니다.

왕 : (천천히 머리 끄덕이며) 스님을 요석궁으로 모셔드려라. 공주가 스님이 갈아입으실 법의(法衣)를 준비해 두었느니라.

궁리 : (의아해하며) 네?

왕 : 공주는 법석(法席)을 차리시는 스님을 위해 법의를 준비해 두지 않느냐?

궁리 : 알겠습니다. (원효를 돌아다보며) 스님, 저를 따라오십시오.

원효, 묵묵히 서 있다가 궁리 따라 나가고, 왕은 무엇인가 느껴지는 게 있는 듯 천천히 머리를 끄덕인다.

음악 깔리고 두 사람이 반월교(半月矯)를 건너간다.

* 요석궁

향로에 향이 타오르고 있다.

촛불이 켜져 있고 공주가 화병에 꽃을 꽂는다.

궁리 : 공주님, 원효 스님을 모셔왔습니다.

공주 : (일어서서 문 열어주며) 아까부터 향 피워놓고 스님을 기다리고 있었습니다.

원효, 의아한 표정.

궁리, 두 사람 표정 살피다가 나간다.

공주 : (미소 지으며) 저를 찾아오셨으면 방으로 들어오십시오.

원효 : (화난 표정으로) 나는 공주를 찾아오지 않았소.

공주 : 하지만 스님은 지금 제 방 앞에 계시지 않습니까?

원효 : …….

공주 : 저는 스님을 기다리고 있었습니다. 여기까지 오셨으면 들어오십시오.

원효, 고통스러운 얼굴로 들어간다.

공주 : 목욕부터 하고 옷을 갈아입으셔야겠습니다.

원효 : …….

공주 : 마침 제가 한 목욕물을 버리지 않고 남겨놓았으니 어서 가셔서 목욕부터 하십시오.

원효 : (천천히 공주를 쳐다보며) 내 행색이 비록 남루하나 비구의 몸인데 어찌 공주가 목욕한 물에 몸을 담글 수 있겠소?

공주 : (빙그레 웃으며) 그건 스님이 제가 목욕을 한 후에 오셨기 때문입니다.

원효 : …….

공주 : 불구부정(不垢不淨)은 스님이 일러주신 법문이 아닙니까?

원효, 말없이 천천히 머리 끄덕인다.

김 오르는 무대 속으로 원효 걸어가고 무대 조명이 서서히 꺼진다.

* 공주 방

주위는 깜깜한데 방 한가운데 촛불이 켜져 있고, 공주가 방 한가운데 가만히 앉아 있다.
그때 문이 열리고 원효가 흰 천으로 몸을 가리고 들어온다.
공주 : 제게는 더할 수 없이 귀한 손님이오니 제가 스님 몸에 향유를 발라 드리겠습니다.
공주, 향유병 들고 원효 앞으로 걸어간다.
원효 : (한 발 뒤로 물러서며) 나는 사문이오.
공주 : 저는 오래전부터 스님이 오실 것을 믿으며 이 향유를 준비해 두었습니다. 향유로 스님의 몸을 닦아드릴 수 있도록 허락해 주십시오.
원효 : 하지만 비구의 몸에 어찌 여인의 손을 닿게 할 수 있겠소?
공주 : 꽃의 향기를 알려면 꽃 가까이 가서 꽃의 향기를 맡아보셔야 합니다. (원효 허리에 두 팔을 두르며) 여인의 몸을 품어보시지 않고 어찌 여인의 몸이 독이 됨을 알겠습니까?
원효, 고통스러운 표정.

공주 : (원효 가슴에 얼굴을 묻으며) 스님, 황룡사 법석에서 스님을 뵌 후 한 번도 스님을 잊은 일이 없사옵니다.

원효 : (공주를 와락 껴안으며) 나도 그러하오. 공주가 지금 하신 말씀은 내 말을 대신하신 것이오.

음악과 함께 조명 서서히 꺼지고 두 사람의 모습이 실루엣으로 남는다.

* 공주 방 (아침)

새소리가 아름답게 들린다.

공주 : (원효 앞에 승복을 내놓으며) 스님이 오실 것을 믿고 오래전부터 마련해 두었던 법복(法服)입니다. 받으시옵소서.

원효 : (공주를 물끄러미 바라보며) 이 법복을 부끄럼 없이 받을 수 있도록 도와준 공주에게 감사드리오.

공주 : 발이 크면 작은 신은 벗어버려야 합니다. 작은 신발에 스님의 큰 발을 억지로 맞추려고 하지 마옵소서.

원효 : …….

공주 : (원효의 허리 감싸 안으며) 스님이 보고 싶을 땐 어찌하여야 합니까?

원효 : (괴롭게) 그건 내가 공주에게 묻고 싶은 말이오.

공주 : (원효를 가만히 쳐다보다가 소매 속에서 피리 하나 건네

주며) 제가 보고 싶을 땐 이 피리를 불며 서라벌 거리를 도시옵소서. 그리하면 제 가까이 스님이 계심을 느끼겠나이다.

원효 : 그리하리다, 공주.

두 사람 뜨겁게 포옹.

* 거리 1

외나무다리.
원효, 천천히 건너온다.
노파, 전날 모습 그대로 앉아서 이를 잡고 있다.
원효, 걸음을 멈추고 서서 노파의 하는 짓을 물끄러미 내려다본다.

원효 : 그만하고 우리 서로 옷을 바꾸어 입읍시다.

노파 : (여전히 이를 잡으며) 노파의 몸에 승복을 걸치다니 아니 되옵니다.

원효 : (빙긋이 웃으며) 전날 내가 한 말에 노여움을 산 모양이구려. 이 옷은 승복이라고 생각지 말고 그냥 새 옷이라고만 생각하시오.

노파, 천천히 원효를 바라본다.

원효 : 보아하니 노인의 몸엔 중생이 많이 들끓고 있는 듯한데 중생을 배불리 먹이기엔 노인의 몸보다 내 몸이 더 낫지

않겠소?

원효, 호탕하게 웃는다.

노파 : (옷 벗어주며) 내게 있던 중생을 나누어드리니, 가엾게 여기시고 잘 거두어주시오.

두 사람 서로 유쾌하게 웃으며 옷 바꿔 입는다.

"잠깐, 담배 한 대 피우고 하세."

진행을 맡은 엄 변호사가 한 손을 번쩍 쳐들며 말했다. 연습을 하던 사람들이 자리에 와서 앉았다.

"어떻습니까? 요석공주부터 소감을 말해주십시오."

하일도가 긴장한 얼굴로 말했다.

"……"

채련은 붉게 상기된 얼굴로 고개를 숙이고 있었다. 그녀의 가슴속에선 쿵쿵 심장 뛰는 소리가 계속 들려왔다. 채련은 담시와 시선을 교환하며 호흡을 일치시키는 연기에서 마치 그와 실제로 성애를 나누는 것 같은 미묘한 감정을 느꼈다. 하지만 그것은 음욕이 아니었다. 오히려 자신 속에 숨어 있던 음욕마저도 거두어지는 것 같은 미묘한 기분이었다.

"오 선생이 아무래도 요석공주한테 완전히 혼을 빼앗긴 거 같은데요."

유준이 채련을 보며 싱글거렸다. 그 순간 사람들은 웃고, 웃음소리에 놀란 채련은 환상에서 깨어나며 장내를 살펴보았다. 자신의 감정을 들킨 것 같아 부끄러워졌다.

"요석공주부터 작품 평을 하라는 작가의 부탁입니다."

엄 변호사가 보충 설명을 했다.

"그리워하던 스님을 만나 하룻밤 함께 지내게 해주셔서 저는 아무 여한도 없는데요."

채련은 침착한 표정을 되찾으며 밝게 웃었다. 그러자 담시가 슬며시 고개를 들어 채련을 바라보았다. 그와 시선이 마주치는 순간, 채련은 얼른 고개를 숙였다. 자신의 심장 뛰는 소리가 그에게까지 들릴 것 같아 채련은 한 손으로 가슴을 눌렀다.

"요석공주는 됐고, 이번에는 원효 스님이 소감을 좀 말씀해 주십시오."

담시는 빙긋이 미소를 짓다가 말했다.

"그 사람은 그리움을 부끄러워하고 있었습니다."

담시의 말을 듣고 모두 어리둥절해서 서로 얼굴을 쳐다볼 때 최길성이 천천히 머리를 끄덕이며 미소를 지었다.

"이 사람, 염화시중 같은 미소만 짓지 말고 자네가 풀이를 좀 해 보게."

유준이 채근했다.

"부끄러움은 분별심이 아닌가?"

"……."

"그건 완전한 그리움이 아니지."

"그렇군. 바로 그걸세."

하일도는 무릎이라도 칠 것 같은 얼굴로 최길성의 말에 동의했다.

"분별심을 떠나 있다면 그리움도 도의 경지가 되겠지. 그런 경지에 이르러보지 않고 어찌 사랑을 이야기할 수 있겠나?"

"그런 사랑을 표현하려면 우선 자네가 그런 사랑을 경험해봐야 하지 않겠나?"

"그게 바로 내 함정일세."

"그렇다면 이 대본은 연습할 가치도 없겠구먼. 어서 나가서 완벽한 사랑부터 실천에 옮겨보고 오게."

엄 변호사가 대본을 접으며 말했다.

"이 사람, 거리로 내쫓으려거든 자네 마누라라도 빌려주고 내쫓게."

엄 변호사는 하일도를 바라보았다.

"우리 마누라 좋지. 지금쯤 김칫거리 다듬고 있을 테니 찾아가 보게."

그 말을 듣고 모여 있는 사람들이 유쾌하게 웃었다.

"한 가지 묻고 싶은 게 있는데, 그 노파는 누군가?"

엄 변호사가 물었다.

"노파라니? 보살을 보고."

최길성이 웃으며 다시 대화 속으로 끼어들었다.

"역시 자네밖에 없어. 내 진의를 알아주는 사람은."

하일도는 만족스러운 표정을 지었다.

"그런 건 대본을 읽어가다 보면 자연히 알게 되겠고… 나도 한 가지만 질문을 하겠네."

유준이 말했다.

"……?"

"요석공주가 준 피리가 극 중에서 중요한 역할을 할 것 같은데."

"그것도 대본을 읽다 보면 자연히 알게 되겠지."

"내 말은 그게 아니고, 원효 스님이 피리를 불 수 있는지 그게 궁금하다는 말일세."

유준이 담시를 보며 말했다.

"실은 담시의 피리 소리를 들려주기 위해 이 연극을 구상하게 되었다네."

옆에서 미소만 짓던 노 교수가 의미 있게 말했다. 모여 있던 사람들은 어리둥절해서 노 교수를 쳐다보았다. 그의 말뜻을 이해할 수는 없었지만 그들은 다 같이 담시의 피리에 대해 어떤 신비함을 느끼고 있었다.

"다시 연습에 들어가지."

엄 변호사의 말이 채 끝나기도 전에 정의동 교수가 들어왔다. 모여 있던 사람들은 정 교수를 반겼다. 그러나 정 교수는 자신을 반기는 친구들한테 인사도 변변히 나누지 않은 채 노 교수를 쳐다보았다.

"오늘 신문에 쓰신 선생님 글을 읽고 몇 가지 말씀드리고 싶은 게 있어서 왔습니다."

"무슨 말인가? 어서 해 보게."

노 교수의 얼굴이 순간적으로 긴장했다.

"동물적 인간에게는 자유에 대해 운위할 자격이 없다. 그러한 인간은 모든 것에 의해 구속당하고 있기 때문이다. 그러나 인간이 만약 자기 자신을 정신적 존재로서 의식한다면 그에게는 부자유에 대해 운위할 필요가 없다. 모든 것은 그의 정신력에 의해 이미 자유로워지기 때문이다. 선생님은 글에서 이런 말씀을 하셨는데, 세상에 있는 모든 사람이 다 정신적 존재로서만 자유로워질 수 있다고 생각하십니까?"

"군이 하고자 하는 말을 계속해 보게."

"저는 이 세상에 사는 많은 사람에겐 정신적 자유 운운하는 말이 해당하지 않는다는 것을 알고 있습니다. 일차적으로 육체적 자유마저 해결하지 못한 사람에게 정신적 자유를 주입시킨다는 것은 아픈 환자에게 약을 주지 않고 명상을 하라고 강요하는 것만큼이나 공소합니다."

"하지만 그 사람들에게도 깨우쳐줘야 할 마지막 말은 정신적 자유일세."

"선생님은 지금 현실을 직시하지 못하고 계십니다. 현실은 선생님이 생각하시는 것처럼 그렇게 낭만적인 게임으로는 해결되지 않습니다. 악의 뿌리를 뽑지 않고 어떻게 악의 종식을 기대할 수 있겠습니까?"

"어떻게 악의 뿌리만 뽑히나? 악의 뿌리를 뽑으려면 자네가 선이라고 믿고 있는 것까지 그 뿌리가 뽑혀야지."

"그건 무슨 말씀입니까?"

"악과 선은 표리를 이루고 있는데 어떻게 악만 없앨 수 있겠는가?"

"악이 있는 한 선은 선으로서의 기능을 발휘할 수 없습니다. 선을 지키기 위해서는 악을 없앨 수밖에 없습니다."

"……."

"그런 의미에서 선생님이 주장하시는 화쟁사상은 이 세상을 구원할 힘이 없습니다. 화합이 불가능한 현실에서 어떻게 화합의 원리로 문제를 푸시려고 합니까?"

"자네가 화쟁사상을 잘못 이해하고 있는 것 같네. 화쟁은 화합을 의미하지만 선하고 부드럽고 아름다운 것만을 의미하는 것은 아닐세. 선하고 아름다운 이면에는 악하고 추한 것도 있게 마련이지.

원효 스님의 화쟁사상은 악하고 추한 것까지 받아들여서 서로 조화를 이루고자 하는 데 그 뜻이 있네. 만약 이 세상에 선하고 아름다운 사람만 살아야 한다면 악하고 추한 사람은 어디로 가야 하나? 그리고 이 세상에 사람만 살아야 한다면 짐승이나 새나 벌레는 어디로 가야 하나? 추하고 악한 사람을 배제시키고 선하고 아름다운 사람만 살 수 없듯이 짐승이나 새나 벌레를 배제시키고 인간만 살 수는 없지 않은가? 만약 그렇게 한다면 생태계가 파괴되어서 결국은 사람까지도 살 수 없게 된다는 것은 자네가 더 잘 알고 있지 않은가? 원효 스님의 화쟁사상은 좁은 의미에선 화합을 뜻하지만 넓은 의미에선 공존을 가르치는 것이라네."

　"제가 성취하고자 하는 것도 바로 공존의 논립니다. 그러나 제도의 뒷받침 없이 이론으로 그것을 성취한다는 것은 불가능하다고 생각합니다."

　"좋은 제도가 뒷받침되어 있다 해도 공존의 원리에 대해 이해하지 못하고 있다면 평화는 누려지지 않네."

　"선생님의 말씀을 못 알아듣는 것은 아닙니다. 하지만 그 말씀이 적용되는 사람은 소수이고, 그 소수의 사람은 선생님의 배려 없이도 이미 행복한 사람들입니다."

　"……"

　"그렇기 때문에 선생님이 하시고자 하는 일은 무의미합

니다."

정 교수는 노 교수가 하고자 하는 일체의 일을 부정하고 나섰다. 노 교수는 제자가 하는 말을 곰곰이 생각해 보더니

"우리의 이야기는 여기서 줄이세."

하고 입을 다물었다. 그런 노 교수를 지켜보는 채련은 가슴이 아팠다. 그것은 마치 육친이 수모를 당하고 있는 현장을 지켜보고 있는 것 같은 기분이었다.

"세상은 끝도 없이 선과 악의 싸움으로 이어지는군."

엄 변호사가 말했다.

"그게 어디 선과 악의 싸움인가? 자신을 선이라고 믿고 타인을 악이라고 믿고 있는 사람들의 싸움이지."

"듣고 보니 그렇군."

"이 문제에 대해선 원효 스님이 가장 잘 알고 계실 것 같은데… 원효 스님은 선과 악에 대해서 어떻게 생각하고 계십니까?"

하일도가 싱글거리며 담시를 쳐다봤다.

"그건 하납니다."

담시는 명쾌하게 대답했다.

모여 있던 사람들이 담시의 말뜻을 알아듣지 못하고 어리둥절해 있을 때 노 교수가 큰 소리로 웃었다.

"부끄럽소, 담시."

노 교수는 마치 사과라도 하듯 담시를 쳐다봤다.

"정 군은 하나를 알고, 나는 둘을 알고 있는데 담시는 셋을 알고 있구려."

"……."

"선과 악에 대해서 하나를 알고 있는 정 군은 싸울 것을 주장했고, 둘을 알고 있는 나는 화합을 주장했소. 그러나 알고 보면 그건 원래 하난데 따로 화합해야 할 일이 뭐가 있겠소."

노 교수는 다시 큰 소리로 웃었다. 그러나 그 소리는 전혀 웃음소리처럼 들리지 않았다. 담시는 슬며시 고개를 들어 노 교수를 쳐다보았다. 그의 시선을 지켜보던 채련은 지금 여기서 노 교수의 좌절을 가장 가슴 아파하는 사람은 바로 담시라는 것을 알았다. 그는 진실 그 자체처럼 아픔까지도 그대로 투영시키는 신묘한 힘을 지니고 있었다.

채련은 들고 있던 가방을 어깨에 메고 교문을 나왔다. 그때 현지가 뛰어와서 옆에 섰다. 그녀는 급히 달려온 듯 얼굴이 빨갛게 상기되어 있었다.

"동화 만나려고 왔어?"

"아니에요. 선생님 뵈려고 왔어요."

"그렇다면 꼭 맞게 왔군. 하마터면 못 만날 뻔했잖아."

"저도 선생님 못 만나면 어쩌나 하고 막 뛰어왔어요."

현지는 친근하게 웃으며 채련을 쳐다봤다.

"어디 들어갈까?"

"전 이렇게 걸으면서 얘기하고 싶어요. 선생님만 괜찮으시면요."

"응, 나도 좋아."

그들은 나란히 서서 가로수가 늘어서 있는 비탈길을 내려왔다.

"전엔 동화하고 이 길을 걸으면서 현지 얘기를 했는데, 오늘은 현지하고 이 길을 걸으면서 동화 얘기를 하게 됐네."

채련은 옆에서 걷고 있는 현지를 돌아다보며 웃었다.

"저하고 동화 얘기할 거라는 걸 어떻게 아셨어요?"

"현지가 날 찾아온 건 동화 얘기를 하고 싶어서가 아니야?"

"네, 맞아요."

현지는 채련의 어깨에 머리를 살짝 기대며 웃었다.

"행복해 보이는데, 요즈음 동화 자주 만나?"

"네. 지금도 동화하고 헤어져 오는 길이에요."

"동화는 어디 가고 현지 혼자만 날 찾아왔지?"

"친구 만나러 갔어요."

"친구도 좋지만 애인을 이렇게 팽개쳐놓고 혼자 가는 사람이 어디 있어?"

"친구들한테 제 얘기를 하려나 봐요. 동화는 좀 이상해요.

친구들이 승낙해주지 않으면 결혼도 못 할 사람처럼 보여요."

"남자들 세계라서 그렇겠지."

채련은 애매하게 말했지만 속으로 불안해졌다. 동화가 만나러 간 친구가 종규와 세혁일 거라는 생각이 들어서였다.

"아버지가 다음 주에 오시는데, 오시면 약혼식을 할래요."

"동화한테도 얘기했어?"

"아직 안 했어요."

"왜?"

"사실은 오늘 그 얘기를 하려고 했는데 동화가 누나 때문에 우울해했어요. 누나가 많이 아픈가 봐요."

"그래?"

"다음에 하죠 뭐."

현지는 동화와의 관계에서 서로 사랑을 확인하고 있으므로 그런 절차 같은 것은 이미 묵계가 돼 있다는 어조로 말했다.

"이번에 약혼식을 하라는 건 아버님이 하신 말씀이야?"

"네. 제가 편지로 동화 얘기를 했더니 아버님도 좋아하셨어요. 아마 우리 유학을 주선하려고 그러시는가 봐요."

"그래…."

채련은 천천히 머리를 끄덕였다. 그러면서도 어쩐지 그 일이 성사될 것 같지 않은 예감이 들었다.

"선생님, 약혼식 준비는 어떻게 해야 하는 거예요?"

현지는 어깨 위로 흘러내린 머리를 뒤로 쓸어 넘기면서 물었다. 채련은 행복해하는 현지 얼굴을 물끄러미 내려다보았다.

"그런 건 나보다 엄마가 더 잘 아는데 엄마하고 상의하지 그래."

"엄마보다 선생님이 더 편해서 그래요."

현지는 아무 말 않고 몇 발짝 걷다가 이렇게 말했다. 하지만 전처럼 새엄마라고 정정하지는 않았다.

"약혼은 결혼할 것을 서로 약속하는 거니까 보통 반지 같은 것으로 언약의 징표로 삼더군."

"반지는 어떤 게 좋은데요?"

"그건 두 사람이 서로 마음에 드는 걸로 정해야겠지. 참, 나한테 반지가 있는데 그걸 줄까?"

"어떤 반진데요?"

현지는 눈을 반짝이며 물었다.

"은으로 된 쌍가락진데 오래전에 내가 만든 거야."

"어머 선생님, 그걸 정말 제게 주실 거예요?"

"줄 수도 있지. 나는 두 사람의 약혼을 가장 축하해주는 사람 가운데 하나잖아."

"선생님, 정말 고마워요. 선생님은 제게 많은 힘이 돼주셨어요."

"그러면 내가 부끄러워지잖아. 현지를 위해서 아무것도

해준 게 없는데."

"아니에요. 동화 얘기를 마음 놓고 할 수 있는 것만으로도 저는 많은 위로를 받았어요."

채련은 웃으며 현지를 돌아다봤다. 나도 이렇게 행복했던 적이 있었던가? 하지만 자신은 약혼이나 결혼을 앞두고 한 번도 설레어본 기억이 없다는 생각이 들었다.

"현지는 동화를 만나지 못했더라면 어떻게 할 뻔했지?"

"저도 그런 생각을 해봤어요. 동화를 만날 수 있었던 건 행운 같아요. 진실하고 감정도 있고 머리도 좋고 진지하게 노력할 줄도 알고요. 제가 처음 동화한테 관심을 가진 건 외모였어요. 그런데 나중에 보니까 외모보다 더 좋은 걸 너무 많이 가지고 있었어요."

"……."

"전 선생님한테 이런 말을 다 할 수 있어서 좋아요. 이상하게 선생님한테만 이런 게 가능해요."

"고맙군."

"이건 선생님이 진심으로 동화와 절 염려해주시기 때문일 거예요."

채련은 현지의 말을 들으며 속으로 미소를 지었다. 작은 진실이나마 서로 전해질 수 있었다는 게 기뻤다.

"두 사람 결혼식 땐 내가 정말 좋은 걸 선물할게."

"뭔데요?"

"소년 시절의 동화 모습. 동화를 모델로 한 조각품이 세 개 정도 있을 거야. 그중에서 제일 좋은 걸로 선물할게."

채련은 현지를 보며 웃었다.

"고마워요, 선생님. 그걸 주시면 제일 좋은 곳에 세워놓고 선생님 생각을 하겠어요."

"그래. 나는 두 사람이 행복하게 살기를 비는 사람이니까, 어려울 때가 있으면 나를 생각하면서 고비를 넘겨."

"네, 선생님. 꼭 그렇게 하겠어요."

현지는 채련의 팔을 끼며 채련의 어깨에 자신의 머리를 살며시 기댔다.

채련은 어두워진 후에야 집으로 돌아왔다. 그녀가 정원에 들어섰을 때 자귀나무 밑에 한태서가 서 있었다.

"일찍 오셨군요."

채련은 남편 앞으로 다가가며 말을 걸었다. 그러자 한태서는 당황한 빛을 숨기지 못하며 채련의 시선을 피했다.

"저녁 잡수셨어요?"

"아직 안 먹었소."

"살구 댁은 안에 있나요?"

한태서는 우물쭈물하다가 얼버무렸다.

"조금 전에 나갔소. 볼일이 있는지…."

"늦은 시간에 저녁도 안 차리고 나가다니요?"

"내가 그러라고 했소."

"……."

채련은 의아한 얼굴로 남편을 쳐다보았다.

"산책 좀 하고 오리다."

한태서는 아내의 시선을 피하며 얼른 몸을 돌렸다. 채련은 어둠 속으로 사라지는 남편의 뒷모습을 물끄러미 바라보았다. 그는 근래 거의 다른 사람으로 변해 가고 있었다. 이제 그의 얼굴에는 유령 같은 괴기한 그림자는 사라지고 오히려 무력하게 느껴질 정도의 평온함이 감돌았다. 그가 무력하게 보이는 것은 광기의 그림자가 사라졌기 때문이었다. 그러나 실제로는 새로운 생명력 같은 것이 그의 몸에서 꿈틀거리고 있었다. 채련은 그런 남편을 볼 때마다 그가 완전히 타인처럼 느껴졌다. 그동안 부부로서의 결속을 느낀 건 아니었지만 그래도 자신은 한태서의 아내라는 생각을 하며 살아왔다. 그러나 이젠 그런 감정마저도 어쩐지 들지 않았다. 채련은 허탈해지는 마음으로 잠시 정원에 서 있다가 안으로 들어갔다.

그때 살구 댁이 뒤미처 따라 들어오며 신을 벗었다.

"사모님 오셨군요."

"집을 비워놓고 어딜 다녀오셨어요?"

채련은 살구 댁마저 생소하게 느껴져서 짜증스러운 목소리로 말했다.

"선생님한테 말씀드리고 나갔어요. 동미가 앓고 있다기에 거기 좀 들여다보고 오느라고요."

"……"

채련은 더이상 말하기가 싫어서 그냥 방으로 들어갔다. 이상하게 가구도 방도 생소하게 느껴졌다. 채련은 자신의 것이라고 믿고 있던 일체의 것들에게 갑자기 배신을 당한 것 같아서 묘한 기분이 되었다.

"사모님, 저녁 차려놨어요. 어서 오세요."

"저녁 먹었어요."

"그럼 차라도 끓여드릴까요?"

"그렇게 하세요."

채련은 거실로 나와 소파에 앉으며 탁자 위에 놓인 석간신문을 들여다봤다. 그때 최길성이 불쑥 들어왔다.

"최 선생님이 웬일이세요?"

"그냥 들렀습니다. 한 군은 안에 있습니까?"

그는 거실로 올라오며 물었다.

"그인 조금 전에 나갔어요."

"나가다니요? 오라고 하고선."

최길성은 채련의 맞은편에 앉으며 의아스러운 표정을 지었다.

"그이하고 약속을 하셨어요?"

"터미널에서 전화를 했더니 한 군이 받더군요."

그렇다면 남편은 의식적으로 최길성을 피한 것인가?

"어디 다녀오시는 길인데요?"

채련은 화제를 돌렸다.

"도다가에 갔다가 오는 길입니다."

"거기엔 왜요?"

"송 노인이 돌아가셔서요. 담시하고 같이 갔다가 담시는 남고 저 혼자 왔습니다."

담시 이름을 듣는 순간 채련의 눈앞엔 그의 얼굴이 떠올랐다. 그리고 애틋한 그리움 같은 것이 일었다.

"송 노인이 돌아가셨다면 종은 어떻게 하죠?"

"오 선생도 나처럼 종 걱정부터 먼저 하시는군요."

"송 노인하고 연결된 부분은 종밖에 없어서 그런가 보죠. 그러나저러나 큰일이군요. 송 노인이 없어서."

"난감하긴 합니다만 어떻게 하겠습니까. 죽은 사람을 놓고…."

최길성은 이미 체념한 듯 담담하게 말했다.

"……."

"이번에 도다가에 갔다 오면서 송 노인에 대해 새로운 인식을 했습니다."

"어떻게요?"

"그의 집 정원은 극락세계를 연상하게 하더군요. 갖가지 꽃과 과일나무와 크고 작은 돌들이 서로 조화를 이루며 자신들의 모습을 가장 아름답게 드러내고 있었습니다. 꽃 옆에 있는 풀은 꽃에 의해 위축되지 않고, 작은 나무도 큰 나무로 인해 그늘을 받지 않더군요. 모든 생명은 있는 그대로의 모습을 가장 존귀하게 표출하였고, 그 존귀함을 지켜주고 찬양해주기 위해 서로 마음을 쓰고 있는 듯했습니다."

"……."

"그런 것들을 지켜보면서 저는 비로소 송 노인이 지닌 어떤 격을 알게 되었습니다. 그는 생명의 소리 하나하나에 귀를 열 줄 알았고, 그래서 좋은 종을 만들 수 있었던 것입니다."

"도다가엔 송 노인 말고도 또 다른 사람이 살고 있는가요?"

"호수를 중심으로 해서 한쪽엔 종을 만드는 송 노인이 살고 있고, 또 한쪽엔 청자를 굽는 배 노인이 살고 있다 하더군요."

"어쩐지 전설 속에 나오는 마을 같군요."

"제가 보기에도 이 세상 같지 않았습니다. 여자는 한 사람도 눈에 띄지 않고 촌로들만 여남은 명 모여 있었는데, 그들은 자신들의 생 안에서 많은 죽음을 경험한 듯 죽음 자체에 아주

친숙한 표정들이었습니다. 그리고 송 노인의 죽음에 대해서도 별로 슬퍼하는 기색이 보이지 않더군요."

최길성의 말을 듣고 난 채련은 꿈같고 환상 같은 알 수 없는 감정에 젖어들며 물었다.

"도다가는 독특한 지명인데 무슨 뜻인가요?"

"나도 이번에 가서 처음으로 알았는데 기쁜 소리란 뜻이더군요."

"그것 참 묘하네요. 누군가 그 마을에 유명한 종 터가 들어설 걸 미리 예견하고 지은 모양이죠?"

"글쎄요…."

최길성은 앞에 놓인 찻잔을 들어 한 모금 마신 후 말을 이었다.

"인연이란 말은 사람에게만 해당하는 것이 아닌 것 같습니다. 전에 어떤 고가(古家)를 방문한 적이 있었는데 살림집임에도 불구하고 기둥마다 연꽃무늬를 장식했고 문설주 위에는 만(卍)자를 일렬로 배열해 놓았더군요. 그런데 얼마 후 다시 가 보니 그 집은 절이 되어 있었습니다. 집을 지은 지 백 년이 되었다니까 그 집은 백 년 전에 이미 절이 될 인연을 기다리고 있었던 거죠."

"정말 신기하군요."

채련은 최길성을 쳐다봤다.

"신기하죠. 그런데 이 친구는 빨리 안 올 모양이군요. 피곤해서 그만 가봐야겠습니다."

최길성은 현관 쪽을 바라보더니 자리에서 일어났다.

"최 선생님 말씀을 듣다 보니 꿈을 꾸다 깨어난 것 같은 기분인데요."

채련도 따라 일어나며 웃었다.

"나야말로 며칠 꿈을 꾸다가 깨어난 것 같습니다."

최길성은 현관으로 내려서며 신을 신었다.

"담시는 언제 온다던가요?"

"이삼일 후면 오겠지요. 송 노인과 담시는 각별한 사이였던 것 같습니다."

"어떻게요?"

"담시가 온다고 한 날이면 송 노인은 아무 일도 안 하고 호숫가에 나가서 담시를 기다렸답니다. 이마 위에 한 손을 얹고 동구 밖을 바라보면서요."

"……."

"송 노인에게 있어 담시는 일종의 혼 같은 존재였는지도 모르죠."

최길성이 현관을 나서며 말했다.

"아름답게 들리는군요."

"저도 그렇게 느꼈습니다."

최길성은 채련을 돌아다보며 미소를 지었다.

"한 군 오거든 저한테 연락 한번 하라고 전해주십시오."

"그러죠."

채련도 신발을 신고 그의 뒤를 따랐다.

"어디 가시려고요?"

"최 선생님 배웅도 할 겸 좀 나가 보려고요."

최길성은 채련이 남편 마중을 나간다고 생각했는지 잠자코 앞장서 걸었다. 그들이 막 대문 밖으로 나가려고 할 때 대문 앞에서 한태서의 음성이 들려왔다. 채련은 긴장하며 말소리에 귀를 기울였다. 그러나 무슨 말인지 정확하게 알아들을 수가 없었다.

채련은 얼른 대문을 열고 밖으로 나갔다. 그 순간 밖에 있던 한태서가 소스라치게 놀라며 채련을 돌아다보았다. 그러는 그의 얼굴이 종잇장처럼 핼쑥했다. 채련은 남편과 마주서 있는 사람이 강 박사임을 확인하고는 깜짝 놀랐다.

"강 박사님 아니세요. 이렇게 늦게 웬일이세요?"

"환자가 있어서 왕진을 왔습니다."

그의 손에는 왕진 가방이 들려 있었다.

"여기까지 오셨는데 잠깐 들어갔다 가시죠."

채련은 뭔가 이상한 느낌을 받으며 강 박사를 쳐다봤다.

"아닙니다. 다음에 또 오죠."

강 박사는 사양하고 돌아섰다. 그의 모습이 골목 끝으로 사라지자 한태서는 더욱 당황했다.

"자네 가려고?"

"응."

"그럼 또 만나세."

그는 최길성이 미처 대답도 하기 전에 도망치듯 대문 안으로 들어갔다.

"……?"

최길성은 이해할 수 없다는 표정을 지으며 한태서가 들어간 대문 쪽을 바라보았다.

"가세요, 최 선생님."

"네. 안녕히 계십시오."

최길성의 모습이 사라지자 채련은 대문을 열고 안으로 들어갔다. 남편이 있는 침실엔 어느새 불이 꺼져 있었다. 채련은 어둠 속에 서서 침실 쪽을 물끄러미 바라보다가 등나무 밑으로 갔다. 무엇인지는 모르지만 생각을 정리해 봐야 할 것 같았다.

10장

Udambara

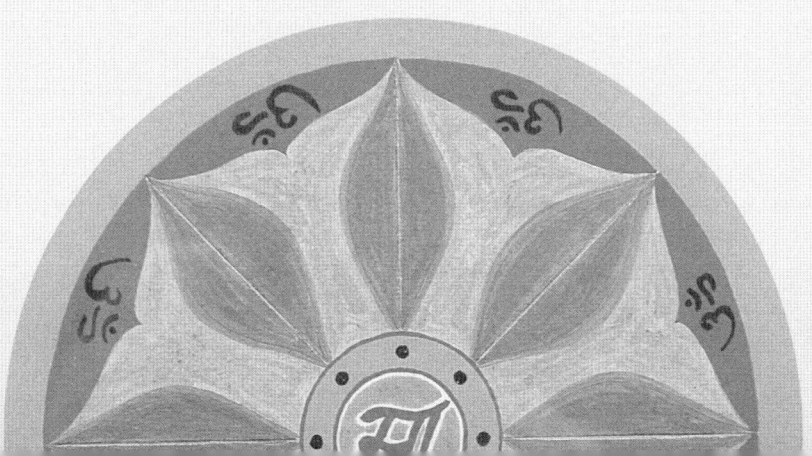

채련은 창가에 서서 하늘을 바라보고 있었다. 며칠 새 하늘은 완연하게 높아졌고 푸르러 보였다. 그런 가을 하늘은 이상하게 저승길을 연상시켰다. 그것은 어쩌면 적막함과 쓸쓸함 때문인지도 모른다.

"사모님, 큰일 났어요. 빨리 좀 나와 보세요."

"왜 그러세요?"

"동화가… 그냥 뒀다간 누이를 죽이겠어요."

"네?"

"빨리 좀 가보세요. 사모님이 말리셔야 그칠 것 같아요."

살구 댁은 자신으로서는 어떻게 해 볼 수 없다는 얼굴로 조바심을 쳤다. 채련은 급히 현관으로 내려와 신을 신고 정원으로 나갔다. 그러자 살구 댁도 그녀 뒤를 따랐다.

"아주머닌 집에 계셔야죠. 집이 비었잖아요."

"그래도…."

살구 댁은 같이 가고 싶은 마음을 포기할 수 없는 듯 야속한 얼굴로 채련을 쳐다봤다.

"제가 갔다 올 동안 집에 계세요."

"알았어요. 어서 가보세요."

살구 댁은 서둘렀다. 채련의 마음도 그녀의 서두름에 편승해서 바빠져 뛰다시피 동화네 집으로 달려갔다. 동화네 집에 들어섰을 때 살구 댁의 말과는 달리 집 안은 죽은 듯이 고요했다. 채련은 더욱 불안한 생각이 들어 안을 들여다보며 불렀다.

"동화 있어?"

그러나 안에선 아무런 인기척도 들리지 않았다. 채련은 잠시 망설이다가 방문을 열고 안으로 들어갔다. 방 안에는 옷가지며 이불들이 어지럽게 널려 있었고, 동미 혼자 무릎을 꿇고 허리를 구부린 자세로 엎드려 있었다.

"동미."

채련은 동미의 어깨를 흔들었다. 그러나 동미는 채련이 왔음을 알면서도 꼼짝도 안 하고 그대로 엎드려 있었다.

"나 좀 봐요. 아픈 사람이 이렇게 구부리고 있으면 더 힘들잖아요."

채련은 동미의 어깨를 바로 펴주며 말했다. 그러자 동미는 방바닥에서 머리를 들며 허리를 폈다. 그러던 그녀는 한 손으로 입을 가리며 헛구역질을 했다.

"……?"

채련은 고개를 갸웃하며 동미를 쳐다봤다.

'물 한 모금도 넘기지 못하고 헛구역질만 하는 게 꼭 임신한 사람 같아요.'

살구 댁의 목소리가 울려왔다.

"동미, 어디가 아픈지 진찰해 봤어요?"

"……."

동미는 다시 입을 틀어막으며 구역질을 했다. 그녀의 물음에 대답이라도 하는 것처럼. 채련은 그런 동미를 물끄러미 바라보았다. 그녀의 눈앞엔 남편의 얼굴이 떠올랐다. 그리고 왕진 가방을 들고 서 있던 강 박사 얼굴도 떠올랐다. 모든 상황은 마치 사생화라도 들여다보는 것처럼 질서정연하게 설명되었다. 채련은 잠시 넋 나간 사람처럼 멍하니 앉아 있었다. 정신이 아득해지며 가슴이 떨려서 도저히 어떤 생각도 해낼 수 없었다.

"선생님."

동미가 채련 쪽으로 몸을 돌렸다.

"……?"

"선생님, 우리 동화 좀 찾아주세요. 일 저지르기 전에 제발요."

동미는 채련 쪽을 보며 애원했다.

"전 죽어도 괜찮아요. 동화한테 알리지 않고 그냥 죽으려고 했어요."

동미는 얼굴을 감싸며 흐느꼈다.

"선생님, 제발 부탁이에요. 동화 좀 찾아주세요."

그녀의 머릿속엔 '으윽' 하는 괴성을 지르며 자신의 머리를 쥐어뜯다가 방문을 박차고 뛰쳐나가던 동화의 모습밖에는 없었다.

"……."

채련은 무슨 말을 해야 할지 몰라서 그냥 우두커니 앉아 있었다. 한참 동안 그렇게 앉아 있던 채련은 정신을 가다듬고 동미 앞으로 다가앉으며 다그쳐 물었다.

"동미, 나한테 솔직히 얘기해요. 동미는 한태서 씨의 아이를 임신한 거죠? 그렇죠?"

"……."

"어떻게 그이를 만났어요?"

"… 지압 받으러 오셔서. 그냥 지나던 길이었던 것 같아요."

"……."

"선생님, 전 살고 싶지 않아요. 전 어떻게 하면 좋아요?"

채련은 할 말을 찾지 못하고 그냥 동미를 멍하니 바라보기만 했다. 임신을 한 동미 앞에 앉아 있는 자신이 자꾸 왜소해지는 느낌이 들었다. 그리고 하찮은 무기질처럼 느껴졌다.

그렇게 얼마간 앉아 있던 채련은 자리에서 일어섰다.

"살구 댁을 보낼 테니까 부탁할 거 있으면 해요."

동화 집을 나온 채련은 자신이 저승길을 배회하는 영매처럼 느껴져서 전혀 현실 속에 살아 있다는 생각이 들지 않았다. 자정이 가까워져서야 한태서는 집으로 돌아왔다. 그는 소파에 앉아 있는 아내를 보자 움찔 놀란 눈치더니 아무 말 없이 침실로 들어갔다. 채련은 잠시 남편의 뒷모습을 바라보다가 침실로 들어갔다.

"늦은 시간이긴 하지만 우리 얘기 좀 해요."

"……?"

"밖에서 기다리겠어요. 옷 갈아입고 나오세요."

채련은 대답을 기다리지 않고 거실로 나왔다. 그리고 우두커니 서서 자신의 생각 속으로 잠겼다. 작별의 시간이 왔다. 이젠 모든 것과 작별을 하고 돌아설 때가 되었다. 애정이나 갈등, 증오와 절망까지도. 그리고 자신의 것이라고 믿었던 집과 가구, 정원이나 아틀리에마저도. 채련은 자신 앞의 막이 서서히 내려짐을 보았다. 무대 위에서 연기를 하던 배우가 내려지는 막을 보면서 느끼는 감정은 어떤 것일까? 모르긴 해도 그건 아마 절망일 것이다. 내려진 막은 배우에게 더이상 어떤 연기도 허용하지 않으니까. 옷을 갈아입은 한태서가 문을 열고 나왔다. 그는 아내 얼굴을 한 번 쳐다보더니 아무 말 없이 소파에 가 앉았다. 채련도 남편과 마주앉으며 그의 얼굴을 바라보았다.

"무슨 일이오, 밤늦게?"

한태서는 아내의 시선을 피하며 물었다.

"오늘 동미를 만났어요."

채련은 침착하게 말했다.

"……."

한태서의 얼굴은 순간적으로 창백해졌다.

"여기 도장 있어요. 도장 외에 무엇이 더 필요한지는 모르지만 그건 그때 알려주세요."

한태서는 묵묵히 고개를 숙이고 있다가 채련을 쳐다보며 말했다.

"당신은 마치 헤어지는 걸 기다려온 사람 같구려."

"그랬다면 오래전에 당신 곁을 떠나갔겠지요. 전 이혼 같은 건 하면 안 된다고 생각하면서 살아왔어요."

두 사람의 시선은 아프게 부딪쳤다. 그건 어쩌면 부부로서 그들이 미처 의식하지 못했던 애정 같은 것이었는지도 몰랐다.

"나를 떠나서 행복할 수 있다면 떠나가시오."

한동안 고개를 숙이고 있던 한태서는 아내의 얼굴을 물끄러미 바라보면서 말했다.

"……."

"나는 내 운명을 지배하지 못했소. 당신을 사랑하지 못했던 건 그 때문이었소."

한태서의 음성은 떨렸다. 채련은 비로소 남편의 진실한 목소리를 듣고 있다는 생각이 들었다.

"그동안 미안했소. 내 운명 속으로 당신을 끌어들인 건 나의 실수였소. 당신의 불행한 모습을 볼 때마다 나는 내 실수를 후회하며 살아왔소."

채련은 눈을 감았다. 가슴으로 통증 같은 게 느껴져 왔다.

"우린 왜 진작 이런 얘기를 한 번도 나누지 못했을까요? 육 년이라는 긴 세월을 함께 살아왔는데도…."

"……."

"헤어져야 하는 마지막 순간에 가슴속의 얘기를 처음으로 하고 있으니 우스운 일이군요."

"나는 내 인생이 유령들의 유희에 걸려들었다고 생각하면서 살아왔소. 가끔은 그 괴로움을 당신한테 얘기하고 이해를 얻고 싶은 마음도 들었소. 그러나 나는 그렇게 할 수 없었소."

"왜요? 왜 할 수 없으셨어요?"

"이야기를 하고 나면 나는 당신을 떠나보내야만 한다고 생각했소. 내 운명은 아내와 동행할 수 있는 그런 것이 아니기 때문이오."

"……."

"당신 남편이었던 사람으로서 당신한테 무엇인가를 해주고 싶소. 당신을 위해서 내가 할 수 있는 일이 무엇이 있겠소?"

"그런 건 없어요."

채련은 자리에서 일어났다. 그러자 한태서는 고개를 들고 아내를 쳐다보았다. 채련은 남편의 쓸쓸한 얼굴을 보면서 옛날 강원도 산골 마을로 자기를 찾아왔던 젊은 날의 한태서 얼굴을 떠올렸다. 그날 밤, 그의 서툰 포옹을 받아들이면서 채련은 자신이 그의 애인이 되었음을 확인했었다.

나는 지금 이 이별의 순간에 왜 그때를 회상하고 있는 것인가?

"아가야, 제발 내 곁을 떠나지 말아다오."

이 씨는 바싹 마른 입술로 채련의 두 손을 꼭 쥐며 간곡하게 말했다.

"……."

채련은 시어머니의 시선을 받는 것이 괴로워서 고개를 돌렸다.

"우리 다시 한번 생각해 보자. 그러면 묘책도 나올 게 아니냐?"

"제가 떠나는 것이 가장 좋은 묘책이에요."

"왜? 어째서 그렇다는 거야?"

이 씨는 야속한 얼굴로 며느리를 바라보았다.

"……."

저는 아이를 낳지 못했어요. 채련은 속으로 대답하며 시어머니를 쳐다봤다.

"삼신할머니도 야속하구나. 무엇이 괘씸해서 이런 벌을 준단 말이냐?"

이 씨는 치맛자락을 끌어 올려 눈물을 닦았다. 그 순간 채련도 시어머니 앞에서 눈물을 보이고 말 것 같아서 얼른 고개를 돌렸다.

"모든 건 다 내 잘못이다. 그때 너희들 말을 듣고 그들 남매를 이사시키는 건데… 내가 미련해서 이런 화를 불러들였구나."

"어머닌 왜 그걸 화라고 생각하세요? 어머니가 원하시던 손주를 보게 되었는데 경사지요."

채련은 진심으로 말했다. 이 씨는 며느리 말은 건성으로 듣는 듯 혼자 생각에 잠겨 있더니

"아가야, 떠나는 길 말고는 정말 다른 방법이 없겠느냐?"

하고 물었다.

"없어요. 그 길만이 모든 사람을 편하게 해주는 가장 좋은 길이에요."

"내 생전에 기어이 이런 일을 당하고 말았구나."

이 씨는 깊이 한숨을 내쉬었다.

"제가 어머니를 뵙지 못한다 해도 어머니를 잊지는 않을 거예요."

채련은 시어머니의 손을 잡으며 말했다. 그 순간 목이 메면서 눈물이 핑 돌았다.

"고맙다."

이 씨도 목이 메는지 다시 치맛자락을 끌어 올리며 눈물을 닦았다.

"가겠어요, 어머니. 어머니 앞에서 짐을 들고 떠나는 제 마음도 괴로워요."

채련은 떠나기 전에 시어머니에게 마지막으로 절을 하고 싶다는 생각을 하며 자리에서 일어섰다. 그러자 이 씨는 얼른 그녀의 손을 잡으며 다시 채련을 자리에 앉혔다.

"아가야, 나 좀 보자. 이렇게 하는 게 어떻겠냐?"

"… 네?"

"떠나지 말고 네가 이 집에서 눌러살아라. 내가 너를 위해서 이 집을 지었다는 건 너도 잘 알고 있지 않으냐?"

"……"

"여기 살면서 네가 하고 싶은 일을 해라. 그러면 나는 네가 내 옆에 있겠거니 생각하고, 그러다 정 보고 싶으면 한 번씩

올라와서 네 얼굴을 보고 가마."

채련은 고개를 숙이고 한참 동안 앉아 있었다. 목 안이 자꾸 아려왔다.

"살다가 견딜 수 없이 괴로워지면 저도 어머니를 찾아갈게요."

이 씨는 물끄러미 며느리를 바라보다가 와락 그녀의 손을 잡았다. 그러고는 깡마른 어깨를 들먹이며 흐느껴 울었다. 채련의 두 손은 시어머니가 흘린 눈물로 축축이 젖어 있었다. 채련은 너무도 괴로워서 입술을 깨물었다. 비록 꽃과 잎은 피우지 못했다 해도 6년이란 긴 세월 동안 다져진 땅 위에 서 있던 나무인데, 그 나무의 뿌리를 뽑는 일이 어찌 쉬울 리 있겠는가?

채련은 다방 안으로 들어가서 최길성을 찾았다. 그는 팔짱을 끼고 구석 자리에 앉아 있었다.

"오신 지 오래됐어요?"

채련은 그의 맞은편 자리에 앉으며 물었다.

"약속 시간에 왔습니다."

그는 팔짱을 풀며 자세를 바로 했다. 그리고 주머니에서 아파트 열쇠를 꺼내 탁자 위에 놓았다.

"열쇳입니다."

"수고하셨어요."

"짐은 한 군 어머니가 내려가신 후에 옮기도록 하지요."

"네, 그러죠."

채련은 고개를 끄덕였다.

"혼자 가실 수 있겠습니까?"

"술 좀 사주세요. 이렇게 맹숭맹숭 살아 있는 제 자신이 싫어요."

최길성은 엽차 잔을 쥐고 한참 동안 앉아 있다가 자리에서 먼저 일어섰다.

"그러죠. 나갑시다."

최길성과 채련은 어두워진 거리로 나왔다. 그들에게 술을 먹여줄 집을 찾아서. 아니, 채련의 의식과 감정과 몸의 세포까지 서서히 죽게 해줄 집을 찾아서.

"타십시오."

최길성은 차 앞문을 열고 그녀가 타기를 기다렸다. 채련은 차 안으로 들어가 의자에 등을 기대고 눈을 감았다. 어디로 가는지 알고 싶지도 않았고, 어디로 가느냐고 물어보고 싶지도 않았다. 최길성은 그런 그녀의 마음을 헤아리고 있는지 잠자코 차를 몰았다. 얼마간 달리던 차는 고갯길을 조금 오르다가 멈춰 섰다.

"다 왔습니다."

"……."

채련은 문을 열고 밖으로 나왔다. 세검정 계곡인 듯 어둠 속에 북한산 봉우리가 우뚝하게 보였다.

"엄 형하고 몇 번 와봤습니다. 들어가시죠."

최길성이 앞장을 섰다. 채련은 코트 깃을 세우고 최길성을 따라 안으로 들어갔다. 현관 앞에 서 있던 종업원이 달려 나와서 그들을 안내했다. 붉은 양탄자가 깔린 긴 복도를 지나 안으로 들어가던 종업원이 어느 방문을 열어주었다.

"이 방이 어떻겠습니까?"

두 사람은 방으로 들어갔다. 엷은 주황색 천으로 꾸며진 전등갓과 테이블클로스가 묘하게 환상적인 분위기를 자아냈다. 최길성은 자신의 코트와 채련의 코트를 받아서 옷걸이에 걸고 종업원에게 술을 주문했다. 종업원이 나가자 그들은 테이블을 가운데 두고 마주앉았다.

"이렇게 앉아서 최 선생님을 뵈니 옛날 생각이 나는데요."

"……?"

"어렸을 때 금자하고 싸운 후면 저는 최 선생님을 찾아가서 금자가 잘못했다고 일러바쳤죠. 제 마음속엔 최 선생님이 동생인 금자보다 제 편을 들 거라는 확신이 있었던 거예요. 그러고 보면 제가 일생 제 편일 거라는 일관된 확신을 가졌던 사람은 최 선생님밖에 없었던 것 같군요."

"……."

최길성은 아무 말 없이 묵묵히 창 쪽을 바라보았다.

"동미는 어떻게 한다던가요?"

그는 담배 한 개비를 뽑아 입에 물며 물었다.

"글쎄요. 어머님이 시골로 데려가시겠죠."

그때 노크 소리가 들리고 종업원이 술을 들고 왔다.

"칵테일을 만들어드릴까요?"

"아니에요. 그냥 마시겠어요."

"독할 텐데요."

"취하고 싶어요."

최길성은 컵에 얼음 조각을 넣고 그 위에 술을 따랐다.

"건배합시다."

"무엇을 위해서요?"

"우리의 남은 생애를 위해서."

"좋군요. 남은 생애를 위해서 건배해요."

최길성과 채련은 술잔 부딪히는 소리를 들으며 쓸쓸하게 미소 지었다.

"취하면 주정할지도 모르고 울지도 모르는데 괜찮겠어요?"

"걱정은 나중에 하고 취하기부터 하십시오."

최길성은 앞에 놓인 술잔을 들고 천천히 술을 마셨다. 이 사람은 내 아픔을 같이 아파하고 있다. 채련은 최길성을 바라보며 속으로 말했다.

"드십시오."

"네."

채련은 술잔을 들어 한 모금 입에 넣었다.

"인생이란 자신의 의지대로 진행되어가는 건 아닌 모양이죠? 철저하게 생활에 몰두해 있던 금자는 생활을 영위할 힘마저 잃었고, 최 선생님처럼 생활에서 벗어나고 싶어 했던 분은 이중으로 생활에 대한 책임을 지고 있고요."

"……."

채련의 말을 듣고 있던 최길성은 묵묵히 술잔을 내려다봤다.

"그리고 사랑에 자신의 생을 몽땅 걸었던 이영은 한 번도 사랑을 성취하지 못했고, 저처럼 최소한 남한테 폐스러운 존재는 되지 말아야 했던 여자는 최 선생님이 신경을 곤두세워서 보호해줘야 할 만큼 편편치 못한 삶을 살고 있으니 말이에요."

"그러게 인생을 고해(苦海)라 하지 않습니까. 우린 모두 고해의 바다를 노 저어 가는 일엽편주와 같은 존재들이지요."

그들은 함께 웃었다. 고해의 바다를 노 저어 가는 일엽편주와 같다는 말은 유행가 가사에서나 나옴 직한 진부한 말이지만 그 말보다 더 적절하게 인생이라는 것을 설명한 말도 따로 없을 성싶었다.

"고해의 바다를 노 저어 가기 위해서 자, 술을 마십시다."

최길성이 다시 잔을 높이 들었다.

"그러죠."

채련도 술잔을 들었다.

"취하고 싶은 인간을 위해 건재해 있는 술이여, 오늘 밤 그대를 찬양하리라."

아파트로 짐을 옮긴 채련은 학교를 오가는 일 외에는 거의 두문불출한 채 지냈다. 그리고 사람을 만나는 일도 극히 삼가고 있었다. 노 교수와 담시도 마찬가지였다. 그들은 만나고 싶은 사람이었으므로 더욱 만나지 않았다. 그녀는 마치 나비를 꿈꾸는 애벌레처럼 작은 아파트 속에 갇혀서 자신이 새로운 모습으로 변신하기를 기다리고 있었다.

그런 어느 날, 강의를 끝내고 교정을 나오던 채련은 어디에선가 파도처럼 굽이쳐 울려오는 종소리를 들었다. 그 소리는 파도의 높낮이처럼 크고 작은 물결을 만들며 끊어질 듯 이어지면서 계속 울려왔다. 채련은 걸음을 멈추고 주위를 둘러보았다. 그러나 그녀의 시선이 닿는 곳엔 책가방을 들고 분주히 오가는 학생들 외에 아무것도 보이지 않았다. 채련은 자신이 환청을 들었음을 알고 다시 교정을 지나갔다. 그때 어떤 암시처럼 '都飄迦'라는 글자가 선명하게 머릿속에 떠올랐다. 도다가…. 채련은 글자를 읽듯 천천히 입속으로 중얼거려보았다. 그 순간 자신이 도다가를 다녀와야 할 것 같은 이상한 확신이 들었다. 꿈같고 환상 같은 마을 도다가…. 그 마을을 다녀와 보자. 거기라면 내게 무엇인가를 일러줄지도 모른다.

채련이 도다가 마을에 도착했을 때는 짧은 가을 해가 산 그림자를 끌고 계곡 밑으로 내려온 후였다. 송 노인이 살던 검은 기와집은 솔밭 속에 몸을 숨기고 마치 은자(隱者)처럼 초연하게 서 있었다. 그리고 그 집 앞에는 가을 하늘 한 조각을 떼어다가 펼쳐놓은 것 같은 푸른 쪽빛의 호수가 널따랗게 누워 있었다. 채련은 호수를 물끄러미 바라보다가 안으로 들어갔다. 아무도 살지 않는 빈집은 적막 속에 싸여 있고, 저녁 채비를 차리는 산새들 소리만 소란하게 들려왔다. 마당에 우두커니 서서 주위를 둘러보던 채련은 왔던 길을 되돌아가고 싶은 충동이 한순간 일었다. 빈산에, 빈집에 혼자 있는다는 것은 도저히 자신이 없었다. 그러자 언젠가 노 교수가 하던 말을 생각해내곤 그냥 며칠 머물러 있기로 마음을 굳혔다.

"도약이란 그리 쉽게 얻어지는 게 아니네. 자기 자신이 무엇인가를 뛰어넘어보지 못한다면 어떻게 도약을 기대할 수 있겠나?"

채련은 들고 온 짐을 방 안에 들여놓고 두꺼운 스웨터 하나를 걸치고 밖으로 나왔다. 산은 단풍이 절정을 이루고 있었다. 단풍은 석양을 받아 더욱 현란한 색으로 불타고 있었다. 그 불길 속엔 수백 수천의 형상들이 한데 어우러져 조화를 이루고 있었다. 조화…. 아름다움의 극치는 바로 조화이리라. 서로 다른 것이 한 덩어리로 엉켜 하나가 되었을 때, 그러면서도 하나가 아니라 서로 다른 모습을 간직하고 있을 때, 다름이 다름이 아니고 일체가 아닌 상태, 이것이 바로 조화일 것이다. 채련은 거의 무아 상태가 되어서 불타는 나무들을 바라보고 있었다. 자신의 몸이 낙엽 속에 숨은 작은 곤충처럼 느껴졌다.

해가 서산마루로 완전히 넘어가고 사면이 어두워졌을 때 채련은 집으로 돌아왔다. 밤의 적막은 천길만길 수렁만큼이나 깊게 온 산을 둘러싸고 있었다. 채련은 등잔에 불을 밝히고 창호지를 바른 쪽문을 걸어 잠갔다. 그리고 등잔불 앞에 웅크리고 앉아 가물가물 춤추는 작은 불꽃을 바라보았다. 그 불꽃은 깊은 밤에 그녀와 함께 살아 숨 쉬는 유일한 생명이었다.

이튿날 아침 채련은 물안개가 낮게 떠 있는 호숫가로 나가 물속에 발을 담갔다. 투명한 물속에는 붉은 단풍나무 숲이 잠기었고 그 뒤로는 흰 구름도 보였다. 채련은 푸른 호수를 바라보며 오래도록 앉아 있었다. 물속에 잠긴 그림자도 그녀와 같은 모습으로 자신을 바라보고 있었다. 나의 실체는 어느 것인가? 물 위에 앉아 있는 이것인가, 물속에 잠긴 저것인가? 실체는 분명하지 않은데 고통은 왜 이리 분명한가? 존재 그 자체가 바로 고통이라면 존재하고자 하는 욕망은 또 무엇인가?

호수 위에 드리워졌던 그림자가 거의 걷히고 해가 중천에 떠올랐을 때 채련은 집으로 돌아왔다. 그리고 쌀을 한 움큼 꺼내서 아침밥을 지었다. 여기 와서까지 먹는 문제에 매달려야 한다는 게 어쩐지 우습게 느껴졌다. 아침을 먹고 채련은 다시 밖으로 나왔다. 팔만 벌리면 산은 어디서나 그녀 곁에 있었다. 채련은 자신의 시선 속으로 들어오는 것만을 보려 했고, 또 그런 것만을 생각하려고 했다. 가끔 암울한 기억들이 고개를 들긴 했지만, 그것들은 곧 그녀의 상념 속에서 스러져갔다.

해가 지자 산 위로 달이 떠올랐다. 늦가을 초승달은 너무도 쓸쓸했다. 산자락 여기저기선 짐승들의 울음소리가 들려오고 낙엽 날리는 소리도 들려왔다. 채련은 등잔에 불을 켜놓고 혼자 우두커니 앉아 있었다. 33년을 살아온 자신의 생이 마치 말린 꽃처럼 향기를 잃고 있다는 생각이 들었다. 채련은 허탈한 마음으로 등잔불을 바라보았다. 문틈으로 바람이 새어 들어오는지 작은 불꽃은 하얀 사기 등잔 위에서 몸부림이라도 치듯

요동하고 있었다. 채련은 그 불꽃을 보는 순간 언젠가 자신한테 다짐했던 말이 생각났다.

　우선 내 몸을 감싸고 있는 군더더기 옷부터 벗어 던지자. 선생이라는 허울과 조각가라는 명성은 물론, 내 핏속에 흐르고 있는 지식이나 오만까지도. 그리고 알몸으로 서서 나를 향해 가해 오는 모든 고통을 끌어안자. 두려움이나 주저함 없이… 당당하게. 그런 후 붉은 선혈이 흘러내린 내 몸뚱이를 바라보며 나는 아름답게 살았노라 하고 소리 높여 외치리라. 채련은 등잔불 앞에서 꼬박 밤을 밝혔다. 자정이 지나고 새벽이 가까워지자 그녀의 마음은 어느 정도 평정을 되찾을 수 있었다. 채련은 등잔불을 끄고 자리에 누웠다. 날이 밝으면 서울로 되돌아가야겠다고 생각하면서.

　선생님, 힘은 무엇입니까? 인간에게 힘은 폭력으로밖에는 행사될 수 없는 겁니까?

　저희 누나가 만일 다른 사람에게 당했다면 저는 그놈의 멱살을 움켜잡고 면상을 깨뜨려놓았을 겁니다. 그러나 한태서 씨한테는 그럴 수가 없었습니다.

　왜 그랬을까요?

　그것은 오랫동안 그가 행사해왔던 힘에 압도당해 있었기

때문이었습니다.

넘치도록 많은 힘을 가지고 있는 것은 죄악입니다. 써먹을 수 없도록 모자라는 힘을 가지고 있는 것 또한 죄악입니다.

한태서 씨는 전자에 속하고 저는 후자에 속했습니다.

이제 저는 결심을 굳혔습니다. 넘치는 자의 힘을 빼앗아 모자라는 자에게 나누어줌으로써 양극에 있는 인간들이 두 쪽 다 죄를 짓지 않도록 도와주겠습니다. 저는 이것이 어떤 것보다도 우선하는 정의라고 믿고 있습니다.

저희 누나가 선생님이 누리고 있던 것을 빼앗았다는 것은 인생의 아이러니가 아닐 수 없습니다. 이 문제를 어떻게 해석해야 할지 앞으로 계속 생각해 볼 참입니다.

저는 이제 누나 곁으로 돌아가지 않을 겁니다. 누나는 한태서 씨의 아이를 얻음으로써 동생인 저를 잃었습니다. 불쌍한 우리 누나를 선생님도 미워하지 말아 주십시오.

현지를 사랑합니다. 현지는 사랑스러운 여자입니다. 그러나 현지와 저는 아무것도 공유할 수가 없습니다. 저는 현지 세계로 갈 수가 없고 현지는 제 세계로 올 수가 없기 때문입니다.

선생님, 현지가 제게 다가오는 데 도움을 주셨듯이 떠나가는 데도 도움을 주십시오. 선생님은 제가 아끼고 존경하는 단 한 분의 선생님입니다.

이 감정은 앞으로도 지속될 겁니다.

채련은 몇 번이나 읽어서 거의 내용을 외우고 있는 편지를 서랍에 넣고 우두커니 앉아 있었다. 동화는 어디에선가 급하게 편지를 쓴 듯 마음에 안 드는 부분은 검은 줄을 긋고 그 위에 새로 말을 써넣기도 했다. 특히 '아끼고 존경하는'이라는 말에서 '아끼는'이라는 단어 위에는 덧줄이 서너 개나 쳐져 있었다. 채련은 편지를 읽으면서 그의 몸에서 피가 끓고 있음을 느꼈다. 한태서와 자신의 불행했던 부부 생활이 엉뚱하게 동화를 파멸로 이끌고 있다는 데 생각이 미치자 채련은 가슴이 아파왔다. 울적한 마음으로 연구실 안을 서성이고 있던 채련의 머릿속에는 노재윤의 얼굴이 떠올랐다.

노재윤과 동화는 서로 많은 공통점을 가지고 있다는 생각이 들었다. 고결하게 보이는 외모나 뛰어난 재능도 그랬지만 그들의 등을 밀어낸 현실이 더욱 그러했다. 한일협정 조인을 반대하던 함성은 난초 꽃잎 같던 노재윤의 목숨을 쓰러뜨렸다. 그때 젊은이들은 목숨까지 바칠 각오로 조인을 반대했지만 지금 그들 중 많은 사람은 일본과 직접 교역을 하고 있거나 그 일을 추진시키는 업종에 참여하고 있을 것이다.

지금의 동화 같은 학생들도 얼마간 세월이 흐른 후에는 다른 모습으로 바뀌어 있을 것이다. 흐르는 세월 속에 역사는 바뀌고 바뀐 역사는 새로운 모럴을 낳게 마련이다. 하지만 어떤 모럴이 새로 등장한다 해도 인류를 구원해줄 완전한 힘은 지니고 있지 못하다. 이 지상에는 인류의 역사와 함께 갖가지 형태의 이념이나 사상이 명멸해갔다. 그것들은 한때 지구라도 녹여버릴 것 같은 열기로 혁명을 불러일으켰고, 수많은 사람의 목숨을 그 제단에 바치게 했다. 그러나 그 결과 무엇이 달라졌는가? 달라진 것이 있다면 개인의 생애만 엉뚱한 방향으로 바꾸어놓았을 뿐이다.

채련은 전화기 앞으로 가서 다이얼을 돌렸다. 그동안 자신의 고통에 휘말려 현지는 물론 이영까지 잊고 있었다는 생각이 들었다.

"여보세요."

이영의 목소리가 들려왔다.

"마침 있었구나."

채련은 그녀의 목소리를 듣는 순간 반가워서 미소를 지었다.

"너 채련이지? 맞지?"

이영은 마치 죽었던 사람을 만나기라도 한 것처럼 반색을 했다.

"응."

"지금 어디 있어?"

"학교야."

"내가 그리로 갈게."

이영은 행여 만나자는 말을 하지 않을까 봐 조바심이 쳐지는지 다급하게 말했다.

"그럴래? 그럼 학교 앞으로 와."

"알았어. 지금 곧 갈게."

이영은 채련을 만나기 위해 전화기 앞에 대기하고 있었던 사람처럼 말하곤 얼른 전화를 끊었다. 채련은 현지의 안부를 물어보지 못한 것이 아쉬웠지만 만나서 물어보기로 하고 퇴근 준비를 서둘렀다. 채련이 찻집에 가서 십 분쯤 기다리고 있을 때 이영이 들어왔다.

"채련아."

이영은 격앙된 목소리로 채련의 손을 잡았다.

"오래간만이야."

채련도 이영을 보며 웃었다.

"괜찮아?"

"그럼. 괜찮지."

"올 때는 널 붙들고 실컷 울려고 작정했는데 막상 네 얼굴을 보니까 술이 깰 때처럼 맹숭맹숭해진다."

이영은 뭔가 속이 차지 않는다는 표정을 지으며 채련을 쳐다봤다.

"내가 불쌍해서?"

"쫓겨난 여자가 불쌍하지 그럼 안 불쌍해?"

"아직은 불쌍하지 않아."

"넌 불쌍해질 때를 기다리고 있는 것 같구나."

"설마 그러려고."

채련은 이영을 보며 웃었다.

"얘, 여기서 담배 피워도 괜찮겠지?"

"그럼."

"요즈음은 그이 눈치 보느라고 담배도 마음 놓고 못 피워."

"남편 오셨어?"

"응. 한 달 정도 됐나 봐."

"행복하겠구나."

"행복?"

이영은 자신에게 물어보듯 반문했다.

"이번에 미국 가재."

"그럼 이민?"

"응. 사업 기반도 닦아놓고… 가면 살 만한가 봐."

"갈 거야?"

"어떻게 생각하면 그러고도 싶은데 막상 가려니까 그것도 쉽지 않은 일 같아."

"그래?"

채련은 가슴속이 허전해 옴을 느끼며 이영을 바라보았다.

"인생살이 대충대충 끝내고 관둬버릴 수 없을까?"

이영은 머리를 의자 등받이에 기대며 남자처럼 말했다.

"정말 그러고 싶어?"

"죽고 싶다는 생각을 하다가도 죽은 후에 지옥 갈까 봐 겁나고, 그런 게 어디 있느냐고 부정하고 나면 극락도 없을 것 같아서 허무하고."

"극락이 있으면 거기 갈 자신 있어?"

채련이 웃으며 쳐다보자

"내가 그렇다는 게 아니고······."

이영은 말끝을 흐리며 잠시 생각에 잠겼다.

"죽은 후에 내생이 있다는 보장만 있으면 난 오늘 당장이라도 죽을 수 있을 것 같아. 이생에서 이만큼 연습했으니까 내생에선 좋은 사람 만나 잘 살 게 아니야. 안 그래?"

"전생에서 연습하고도 이생에서 이 모양인데 내생이라고 별수 있겠어?"

"뭐?"

이영은 눈을 동그랗게 뜨고 채련을 쳐다봤다. 그녀의 의식

속엔 이생과 연결된 부분은 내생밖에 없는 듯했다. 채련은 전생이니 내생이니 하는 말로 중언부언하는 것이 귀찮아서

"내생에선 박동민 씨 만나 잘 살 거야?"

하고 웃었다.

"아니."

이영은 얼굴이 빨개지면서 강하게 부정했다.

"……?"

채련은 의외의 반응을 보이는 이영을 가만히 바라보았다.

"타는 불에 찬물 끼얹는다는 말, 그 말 정말 명언이더라. 찬물 한번 뒤집어쓰고 나니까 불씨도 안 남고 몽땅 꺼져버리는 거 있지?"

"정말이야?"

"응. 내 가슴은 이제 완전히 숯검정이야."

이영은 어깨를 으쓱하더니 깔깔거리고 웃었다.

"……."

"행복하게 사는 놈 혼자 짝사랑했으니, 이런 멍청이 밥 먹여주는 우리 남편을 업고 다녀야겠지?"

이영은 허탈한 얼굴로 말했다.

"금자는 어떻게 지내니?"

채련은 이영의 시선을 피하며 화제를 돌렸다.

"최길성 씨가 보살펴주나 봐. 어떻게 생각하면 금자보다

최길성 씨가 더 불쌍한 것 같아. 그 완벽한 자유주의자가 엄마 없는 자식에다가 동생네 식구까지 떠맡았으니 말이야."

"······."

채련은 이영의 말을 긍정하며 머리를 끄덕였다.

"인생이 뭐냐고 물으신다면 지지고 볶는 거라고 말하겠어요······."

이영은 유행가 가락에다가 가사만 바꿔서 낮게 노래를 부르더니 깔깔거리고 웃었다. 그녀의 웃음소리는 공허하게 들렸다.

"그만해. 눈물 나려고 하잖아."

"이제야 눈물이 나려고 하니? 넌 좀 울어야 돼."

이영은 정색을 하고 말했다.

"왜?"

"그래야 사람 같지."

"다음에 만나면 우는 거 보여줄게."

"울고 싶은 사람 앞에선 울었겠지. 너라고 별수 있겠니?"

"그럼. 내가 무슨 별수가 있어."

채련은 창문을 물끄러미 바라보다가 현지 소식을 물었다.

"현지는 요즈음 어떻게 지내니?"

"걔 때문에 걱정이야. 중간고사도 안 쳤어."

"그랬어?"

"응. 하루 종일 방문 걸어 잠그고 들어앉아서 얼굴 보기도 어려워."

"말도 하지 않고?"

"걔가 언제 나한테 얘기한 적 있었니? 너하곤 자주 만나는 것 같던데 네가 한번 만나보렴."

"그래. 그래볼게."

채련은 약혼 절차를 물으면서 행복해하던 현지의 얼굴을 떠올리며 머리를 끄덕였다.

11장

Udambara

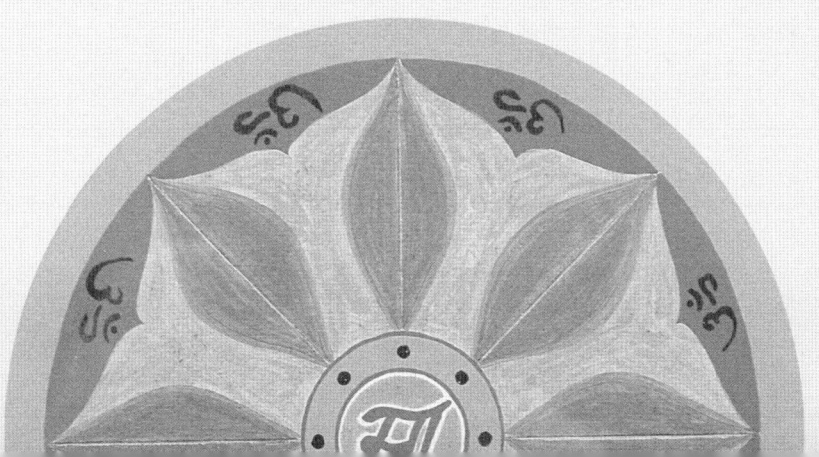

원효는 결가부좌를 하고 바위 위에 앉아 있다. 바위 위에 앉아 있는 자신의 몸이 활활 타고 있는 불덩어리임을 본다. 원효는 신음 소리를 내며 지그시 어금니를 깨물었다. 그의 눈앞에 요석공주의 모습이 나타났다. 공주는 고운 얼굴에 연민의 미소를 지으며 원효를 물끄러미 내려다보았다.

'꽃의 향기를 알려면 꽃 가까이 가서 꽃의 향기를 맡아보셔야 합니다. 여인의 몸을 품어보지 않고 어찌 여인의 몸이 독이 됨을 알겠습니까?'

원효는 눈을 뜨고 앞을 바라보았다. 공주의 모습은 간데없고 그의 눈앞엔 커다란 나무 한 그루가 우뚝 서 있었다. 원효는 한참 동안 나무를 바라보다가 천천히 머리를 끄덕였다.

저 나무가 불타지 않고서야 어찌 재가 되기를 바라겠는가?

원효는 결가부좌를 풀고 자리에서 일어났다. 공주가 그리웠다. 그립다는 감정은 바로 그의 목숨이었다. 그 감정을 빼고는 달리 아무것도 없는 듯했다.

'스님, 이 피리를 불며 서라벌 거리를 도시옵소서. 그리하오면 저는 피리 소리를 들으면서 스님 가까이 제가 있음을 느끼겠나이다.'

"공주."

원효는 나직이 한숨을 쉬었다. 그러곤 오래도록 서 있다가 허리춤에 찼던 피리를 뽑아 입에 물고 긴 손가락으로 애무하듯 피리를 어루만졌다. 원효는 부처님께 공양을 올리는 것과 같은 마음으로 가장 좋은 소리 하나를 공주에게 바치고 싶었다. 그에겐 오로지 그 염원 하나밖에 없었다. 원효는 공주에게 바칠 소리 하나를 얻기 위해 피리를 불었다. 그러나 안타깝게도 그 소리에는 언제나 화기(火氣)가 배어 나왔다. 원효는 토굴 속에서도 계곡 바위 위에서도 피리만을 불었다. 그의 머릿속은 오직 피리 소리만으로 가득 차 있었다.

그런 속에서 겨울이 가고 봄이 왔다. 산속의 눈도 어느새 녹고 가지마다 꽃과 잎이 피어나기 시작했다. 원효는 피리를 들고 산에서 내려왔다. 요석궁에도 복숭아꽃과 살구꽃이 안개처럼 자욱하게 피어 있었다. 원효는 요석궁을 그윽하게 바라보다가 들고 있던 피리를 입에 물었다. 눈앞에 공주의 모습이 떠올랐다. 원효는 공주에게 가장 아름다운 소리 하나를 들려주고 싶었다. 그는 모든 상념을 하나로 모아 지극한 마음으로 피리를 불었다. 그의 열 손가락이 움직이는 마디마디에선 신비하도록 아름다운 가락이 흘러나왔다. 그러나 여전히 화기만은 가시지 않았다.

원효는 피리를 불면서 요석궁 담을 끼고 천천히 걸음을 옮겼다. 공주의 모습도 그를 따라 함께 움직였다. 원효는 서라벌 거리로 나왔다. 그의 뒤엔 광대가 따랐다. 광대는 허리에 찬 뒤웅박을 두드리며 피리 가락에 맞춰 춤을 췄다. 원효는 다시 저잣거리로 들어섰다. 광대 뒤엔 곰배팔이가 따랐다. 곰배팔이 뒤엔 풀무장이가 따랐다. 그들 일행은 홍등가로 들어갔다. 주막 앞에 나와 있던 논다니들은 그들 일행을 보자 박장대소하며 그들 뒤를 따랐다.

원효는 계속 피리를 불며 서라벌 거리를 돌았다. 그가 골목으로 접어들면 골목 끝엔 언제나 공주 모습이 떠올랐다. 그러면 원효는 부처님께 공양을 올리듯 지극한 마음으로 사모의 정을 피리 소리에 담아 공주에게 전했다. 그들 일행이 파다천을 지나갈 때 각간의 딸 용희가 따랐고 몇 집을 더 지나갔을 때 급간의 처 남월 부인이 따랐다. 그리고 다른 골목으로 접어들었을 때는 대문 앞에 나와 섰던 이간이 따랐고 아간도 따랐다.

해가 뉘엿뉘엿 지고 실오리 같은 초승달이 동쪽 산마루에 걸렸을 때 그들은 송화방에 도착했다. 이제 일행은 남녀노소 빈부귀천을 가릴 수 없게 한데 어우러져 있었다. 원효는 송홧가루가 날리는 개울가로 올라가 자리를 잡았다. 개울 저쪽 아름드리 소나무 밑에 공주가 서 있었다.

"공주."

원효는 공주를 애타게 불렀다. 그의 가슴속엔 사모의 정이 용솟음쳐 올라왔다. 원효는 눈을 감고 잠시 마음을 진정시켰다. 그리고 피리를 입에 물고 아름답고 긴 손가락으로 피리를 어루만졌다. 마치 공주를 애무하듯 지순한 마음으로. 그의 열 손가락이 스쳐 가는 마디마디에서는 신비로운 소리가 흘러나왔다. 모여 있던 사람들은 무아경에 빠져 원효를 바라보았다. 자신들의 가슴속이 한 개의 피리 소리가 되어서 울고 또 우는 듯했다. 그들은 차차로 한 소리 속으로 녹아들었다. 그들 마음은 하나였고 소리 또한 하나였다. 밤이 깊어갔다. 그러자 모여 있던 사람들은 모두 한데 엉켜 잠이 들었다. 원효는 지그시 눈을 감고 앉아 있다가 다시 피리를 입에 물었다. 그리고 손가락 끝에 지극한 마음을 담아 피리를 불기 시작했다. 그러나 소리 속에 화기가 배어 있기는 마찬가지였다. 원효는 신음 소리를 내며 피리를 거두어 무릎 위에 올려놓았다. 초승달도 스러지고 주위는 깜깜한 적막 속으로 잠기어갔다.

그때 어디에선가 절묘하도록 신비로운 가락이 흘러나왔다. 그 가락은 점점 고조되더니 마침내 부드러운 비단실처럼 원효의 몸을 휘감기 시작했다. 그 순간 원효는 한없는 환희심에 젖어 들었다. 가슴속은 향이 피어오르는 것처럼 향기로워졌고, 몸은 사르는 향불 위에 떠 있는 것처럼 황홀해졌다. 원효는 무아경에 젖어 들며 깊게 심호흡을 했다. 공주가 은은한 미소를 지으며 내려다보고 있었다.

"공주."

원효는 공주를 안으려고 팔을 벌렸다. 그러자 공주의 모습은 간데없고 손에는 피리가 쥐어져 있었다.

채련은 책상 위에 향 하나를 피워놓고 물끄러미 향을 바라보았다. 원효의 애절한 사랑이 그녀의 가슴속으로 전달되어 오는 것 같았다. 좋은 소리 하나를 공주에게 바치기 위해 지극한 마음으로 정성을 모으고 있는 원효. 그의 마음이 가을 하늘처럼 순일하게 느껴졌다. 하늘 위에 떠 있는 흰 구름에도 도가 있다는데 인간의 가장 절절한 감정인 사랑에 어찌 도가 없겠는가? 사랑의 감정을 도의 경지까지 끌어올릴 수 있는 원효가 신비롭게 보였다. 채련은 다시 연극 대본을 들고 내용을 읽어 나갔다. 대본 속에 나오는 원효의 모습은 가끔 담시의 얼굴로 바뀌었다. 그는 타는 눈으로 채련을 바라보다가 슬며시 시선을 거두고 행간(行間) 속으로 숨어들곤 했다. 그의 시선도 선홍의 불길처럼 순일하게 느껴졌다.

채련은 두 손을 합장하듯 모으고 조용히 눈을 감았다. 자신의 감정도 가을 하늘 같아지기를 기도하고 싶었다. 요석공주로 분한 자신의 감정이 그러하지 못하다면 연극을 성공시킬 수 없을 것 같았다. 그런 생각을 하고 있던 채련은 천천히 머리를 저었다. 그 말은 거짓이다. 정직하지 못한 감정이다. 채련은 자신이 스스로를 속이고 있다는 생각을 했다. 너는 왜 연극을 핑계 대서 담시한테로 향하는 네 감정을 숨기려 하고 있는가?

채련은 자신을 감싸고 있는 분별심, 권위와 명성, 지식과 아만(我慢), 그리고 체면이나 상식 같은 것이 두꺼운 고무막이 되어 자신의 지순한 감정을 가리고 있음을 알고 있었다. 지금까지 최고의 가치를 두고 추구하고 쟁취하고자 했던 것들, 그래서 자신의 손아귀에 움켜쥘 수 있었던 것들, 그것을 얻기 위해 몸부림쳤던 채련은 이제 다시 그것을 털어버리기 위해 신음하고 있었다. 나는 무엇을 위해 이렇게 아픈 변신을 시도하려고 하는가? 채련은 가슴속이 아려오며 눈물이 나려고 해서 자리에서 일어났다. 책상 위에서 타고 있던 향은 흰 재로 남고 그가 뿜어낸 향내는 방 안을 가득 채우고 있었다. 채련은 방 안을 서성이며 자신 때문에 중단되었던 연극 연습을 다시 하자는 제의를 해야겠다고 생각했다. 그것은 어쩌면 담시를 만나고자 하는 구실이었는지도 모른다.

"선생님, 담시께서 오셨어요."

퇴근 준비를 하고 나가던 미스 민이 급히 들어와서 귀엣말로 속삭였다. 최길성은 얼른 자리에서 일어나 밖으로 나갔다. 사무실 문 밖에 담시가 우두커니 서 있었다.

"아니, 담시."

최길성은 놀라며 그의 얼굴을 바라보았다. 입술이 부르터서 물집투성이였고 표정은 초췌하도록 지쳐 있었다.

"도다가에 가셨다더니 언제 오셨습니까?"

"지금 오는 길입니다."

"힘들어 보이는군요. 어서 들어가십시다."

"……."

최길성은 먼저 안으로 들어갔다. 그러자 담시도 따라 들어왔다.

"앉으시죠."

최길성은 의자를 가리키며 석유난로 심지를 조금 올렸다.

"바깥은 많이 차갑지요?"

"……."

"녹차를 드시겠습니까?"

"아니, 냉수를 좀 주십시오."

담시는 바싹 마른 입술을 축이며 고개를 들었다. 그의 눈은 두 개의 불덩이처럼 활활 타고 있었다.

"냉수 한 컵만."

최길성은 담시가 왜 자기를 찾아왔을까를 생각해 보며 뒤에 서 있는 미스 민한테 시켰다.

"네."

질린 얼굴로 담시를 곁눈질하고 섰던 미스 민은 얼른 안으로 들어갔다.

"도다가에 가는 걸 알았으면 저도 동행할 걸 그랬습니다."

"……."

"좋은 청자는 얻었습니까?"

"……."

담시는 천천히 고개를 저었다. 그의 눈앞엔 굉음을 내며 파편 조각으로 바뀌던 청자가 떠올랐다. '담시, 오늘 밤 자네 피리 소리가 왜 이런가?' 어리둥절해하던 도다가 촌로들의 얼굴도 떠올랐다. 피리 끝에 묻어 있던 살점도 떠오르고, 입술 사이로 흐르던 붉은 피도 떠올랐다. 담시는 나직이 한숨을 쉬며 눈을 감았다.

최길성은 그런 그의 얼굴을 주의 깊게 바라보며 언젠가

노 교수와 나눈 대화를 생각했다.

"자넨 청자가 구워질 때 내는 소리를 들어본 적이 있는가?"
노 교수가 물었다.
"네?"
최길성은 반문하며 그를 쳐다봤다.
"좋은 종을 만들겠다고 마음을 먹었으면 자네도 담시처럼 만상의 소리에 관심을 가지게."
노 교수는 오래간만에 제자한테 충고하는 어투로 말했다.
"선생님은 그럼 청자가 내는 소리를 들어보셨습니까?"
"들어봤네. 딱 한 번."
"어떤 소리였습니까?"
"내 귀엔 실로폰 소리처럼 들리더군. 하지만 그건 내 귀가 실로폰 소리에 익숙해져 있기 때문이고 실제 소리는 실로폰과는 다를 걸세."
"어디서 들으셨는데요?"
"도다가에서 들었네."
"청자가 소리를 낸다는 것은 선생님한테서 처음 들었습니다."
"나도 담시를 따라가기 전까지는 몰랐던 일이었네."

"……."

"지난겨울, 꼭 이맘때쯤이었구먼."

담시는 도다가 마을로 가는데 동행을 하자고 청했다. 노교수는 영묘사로 내려온 후로 한 번도 나들이를 하지 않았기 때문에 처음에는 망설였지만, 도다가 마을에 대해 평소 호기심을 가지고 있었으므로 동행을 승낙했다. 도다가 마을에 도착해 보니 거긴 며칠째 눈이 내리고 있었다. 노 교수와 담시는 송 노인이 기거하는 종터에 잠시 들렀다가 송 노인과 함께 가마터로 갔다. 호수를 가운데 두고 종을 만들고 청자를 굽는 두 노인이 신선처럼 보였다. 신선처럼 느껴지는 건 사람만이 아니었다. 눈 속에 묻힌 도다가 마을도 선경(仙景) 바로 그것이었다. 그들이 그곳에 갔을 때 청자 가마엔 이미 몇 소끔 불을 땐 후였다. 장작이 타고 있는 아궁이 앞엔 배 노인을 중심으로 도다가 촌로들이 몇 사람 둘러앉아 있었다. 그들 중 어느 누구도 담시와 서로 소리를 내어 인사를 나누는 사람은 없었지만, 그들은 백년지기들처럼 다정하게 느껴졌다.

노 교수도 그들 속에 끼어들며 아궁이 앞에 가 앉았다. 아궁이 앞에는 껍질을 벗겨서 말린 소나무 장작이 흰 속살을 드러내고 차곡차곡 쌓여 있었다. 옹이 하나 볼 수 없는 그 장작들은 흡사 여인의 팔처럼 매끈했다. 그들은 서로 돌아가면서 불을 때는 듯했다. 불을 때는 사람은 아궁이 앞에 앉아서 호흡마저

절제하며 아궁이 속을 들여다보고 있었다. 그는 불의 강도를 물끄러미 보고 있다가 장작을 넣어야 할 때가 되면 마치 제단에 제물을 바치듯 두 손으로 장작을 집어서 정성껏 아궁이 속에 던지곤 했다. 그리고 나머지 사람들은 눈을 감거나 반눈을 뜨고 무심히 앉아 있었다. 담시도 그들과 같은 모습으로 그렇게 앉아 있었다.

    그러던 그들은 자정이 지나고 새벽이 가까워지자 모두 옷깃을 여미며 경건한 얼굴로 자세를 바로 했다. 그런 얼마 후 담시가 허리춤에 차고 있던 피리를 뽑아 입에 물고 길고 아름다운 손가락으로 피리를 어루만졌다. 그것은 마치 피리와 그 자신이 감미로운 애무를 통해 영적인 교감을 나누고 있는 것 같은 모습이었다. 한참 동안 그렇게 피리를 어루만지던 담시는 허리를 쭉 펴고 앉더니 마침내 천천히 피리를 불기 시작했다. 그것은 청자를 구울 때면 언제나 치르는 의식인 듯 촌로들은 익숙한 표정으로 피리 소리를 듣고 있었다.

    흰 소나무 장작에서 솟아오르는 붉은 불길과 피리 소리는 한데 어우러져 혼을 불러들이는 묘음(妙音)처럼 신령스럽게 들렸다. 그런 분위기가 점점 고조되어 갈 때 가마 속에서 맑고 투명한 울림이 울려 나오기 시작했다. 마치 바깥의 피리 소리에 화답이라도 하듯이. 노 교수는 자신이 엑스터시한 기분에 젖어드는 것을 느끼며 가마 속에서 울려오는 소리에 귀를 기울였다.

그 소리는 흡사 실로폰 소리처럼 감미롭게 들렸지만 실로폰 소리하고는 달랐다. 그보다는 더 깊고 그윽했는데, 그 소리를 표현할 수 있는 말을 그는 찾을 수가 없었다.

시간이 흐름에 따라 담시의 피리 소리는 절묘한 가락을 뽑으며 점점 고조되어갔고, 붉은 장작불도 혼을 토해내는 것처럼 하른하른 숨을 쉬었다. 그들은 서로 자신들의 혼을 응집시켜서 검은 흙을 청자로 변신시키고 있었다. 노 교수는 가마 속에서 울려 나오는 맑고 투명한 소리가 어쩐지 자신의 가슴에서 울려 오는 소리같이 느껴졌다. 그는 지금까지 전혀 경험해보지 못했던 신비한 체험을 통해 자신의 영혼이 고양되어가는 것 같은 희열에 젖어 들었다.

"자넨 그 소리가 무슨 소리냐고 묻고 싶겠지?"

노 교수가 미소를 지으며 쳐다봤다.

"네."

최길성은 노 교수의 이야기를 통해 그 자신도 엑스터시한 경험을 한 것 같은 기분이 들었다.

"그건 청자가 실핏줄처럼 가는 선으로 갈라지는 순간에 토해내는 소리라네. 구워낸 자기에다 유약을 발라서 다시 가마 속에 넣으면 자기는 청자로 변신하는 마지막 순간에 수없이 가는 선으로 몸을 파열시키면서 신음 소리를 내지. 이 신음 소리가 인간의 귀에는 실로폰 소리처럼 아름답게 들리는 걸세."

노 교수는 미소를 지었다.

"……."

"꽃도 처음 피어날 때는 그와 비슷한 소리를 낸다고 하더군. 도다가 마을 사람들은 꽃이 피는 봄날이면 모두 들판에 나가 꽃이 피는 소리를 듣는다고 하네. 들판에 앉아서 가만히 귀를 기울이고 있으면 한숨 소리 같기도 하고 신음 소리 같기도 한 소리가 끝없이 울려온다고 하더군. 자넨 이런 분위기를 이해할 수 있겠나?"

노 교수는 다시 미소를 지었다.

"저로서는 이해가 안 되지만 언젠가 잡지에서 그런 기사를 읽은 적이 있습니다. 서독의 NDR에서 꽃이 피는 순간에 토해내는 소리를 채집했는데 마치 가느다란 신음 소리처럼 들렸다고 하더군요."

"방송사에서 그런 소리를 실제로 채집했단 말이지?"

"네. 집음기와 증폭기를 이용해서 꽃이 필 때의 소리를 채집했답니다."

"신기한 일이군. 정말 신기한 일이야."

노 교수는 신기하다는 말을 반복하면서 머리를 끄덕였다. 그가 신기하다고 한 것이 무엇을 가리키는지 최길성으로서는 알 수가 없었다. 꽃이 피어날 때의 소리를 채집할 수 있었던 기계가 신기하다는 건지, 아니면 도다가 마을 사람들이 들었다는 환상적인 소리가 과학에 의해서 증명된 것이 신기하다는 것인지….

그리고 나서 한참 동안 침묵을 지키던 노 교수가 다시 말을 이었다.

"도다가는 나의 모든 경험을 통해서 가장 특이한 곳이었네."

"……?"

"거기에서는 내가 마치 유치원 학생처럼 느껴지더군. 글자 한 자 읽을 줄 모르는 촌로들 속에 섞여 있었는데 말일세."

"…네?"

최길성은 납득이 안 간다는 얼굴로 노 교수를 바라보았다.

"내가 가지고 있는 것은 지식밖에 없는데 그들 속에 끼고 보니 지식이란 아무런 빛도 발하지 못하더구먼. 꼭 녹슨 고철 조각 같았어. 영묘사에 있을 때는 그래도 그렇지 않았는데 말일세."

"도다가가 영묘사보다 한 단계 위인 모양이군요."

최길성은 그제야 이해가 간다는 얼굴로 싱긋 웃었다.

"나도 그렇게 생각했네."

노 교수도 얼굴 가득 미소를 띠고 최길성을 바라보았다.

"어떻게 저를 찾아오셨습니까?"

최길성은 노 교수와의 일을 떠올리며 담시를 바라보았다.

"채련을 만나게 해주십시오."

담시는 거두절미하고 말했다. 그는 도다가를 다녀온 엿새 동안 오로지 채련을 만나고 싶다는 그 한 가지 생각만을 해온 것 같았다.

"지금 만나시겠습니까?"

"네."

"그럼 약도를 그려드리지요."

최길성은 책상으로 가서 메모지 한 장을 집어 들었다. 그리고 거기에다 채련이 살고 있는 아파트의 약도를 그렸다.

"여기 있습니다."

최길성은 약도를 접어서 담시한테 건네주었다.

"감사합니다."

담시는 두 손으로 메모지를 받아들고 자리에서 일어났다.

"가시겠습니까?"

"네."

담시는 감사한 마음을 가득 담은 얼굴로 최길성을 바라보다가 몸을 돌려 밖으로 나갔다. 담시가 나가자 최길성은 창가로 가서 멀리 바깥 풍경을 바라보았다. 첫눈이 오려는지 하늘은 충충한 회색으로 낮게 가라앉아 있었다. 그는 어쩐지 가슴속이 자꾸 허전해져서 술이나 한잔 마셔야겠다고 생각하며 창에서 몸을 돌렸다.

 종일 찌푸렸던 하늘에선 눈이 내리기 시작했다. 첫눈이라는 생각은 들뜸을 안겨주었고, 들뜸은 알 수 없는 그리움을 몰고 왔다. 채련은 어두운 거리에 서서 낙화 되어 떨어지는 눈송이들을 바라보다가 택시를 탔다. 차가 한강 다리를 건널 때 다리 밑엔 검은 강물이 출렁이고 있었다. 강물은 몸부림치며 토해낸 자신의 절규였을지도 모를 눈송이들을 다시 그의 품속으로 받아들이고 있었다. 저 눈송이들은 어느 산천, 어느 허공 속을 떠돌아다니다가 이제 그를 떠나보낸 강으로 되돌아오고 있는 것인가?
 차에서 내린 채련은 머플러를 펴서 머리 위까지 뒤집어쓰고 아파트 층계를 올라갔다. 어두운 복도를 지나 현관문 앞에 섰을 때 복도 끝에 서 있던 사람이 그녀 앞으로 다가왔다.
 "담시!"
 채련은 심장이 멎는 듯한 가슴속의 울림을 들으며 발을 멈췄다. 어둠 속이긴 하지만 그는 분명히 담시였다.
 "……."
 담시는 채련 앞에 와서 우뚝 섰다.
 "어떻게 여길…?"

"……."

담시는 말없이 서서 채련의 얼굴을 응시했다.

"들어오세요."

다소 마음을 진정시킨 채련은 아파트 문을 열고 그가 들어오기를 기다렸다. 아파트 안으로 들어온 그들은 불빛 아래 마주서서 서로의 얼굴을 바라보았다. 담시의 눈빛을 보고 있던 채련은 그의 시선이 너무도 진실하게 느껴져서 마치 자신의 영혼 깊은 곳에서 새어 나오는 빛을 보고 있는 것 같았다.

"채련."

담시는 지친 몸을 기대듯 채련의 이마 위에 자신의 이마를 댔다. 그의 입술은 부르터서 피가 흘렀고 이마는 불처럼 뜨거웠다.

"당신은 내 감성을 깨워주고 그리움을 알게 해주었습니다."

담시는 긴 팔을 벌려 채련을 꽉 껴안았다. 그것은 마치 창공을 날던 커다란 새가 날개를 접으며 땅으로 내려와 앉는 것 같았다.

"감성이 이성보다 아름답다는 것을 당신을 통해서 비로소 알았습니다."

담시는 두 손으로 채련의 얼굴을 떠받치며 그녀의 얼굴을 열렬하게 애무했다. 숨을 죽이고 서 있던 채련도 담시의 허리를 껴안고 그의 애무를 받아들였다. 가슴속이 뜨거워지며 울고 싶은 충동이 느껴졌다. 감성은 아름답다. 그것은 생명이고 살아 숨 쉬는 감정이다. 채련 자신도 담시처럼 지성이니 이성이니 하는 단어들만 제단 위에 올려놓고 그것만을 경배하고 찬양하며 살아왔다. 비록 지성이나 이성이 고귀하다 해도 그건 죽은 나무의 등걸처럼 생명이 없다. 생명을 지니고 있지 못한 것은 죽음의 그림자다. 채련은 자신의 생명이 한 번도 빛나게 살아 숨 쉬지 못하고 죽음의 그림자 뒤에 가려져 있었다는 생각이 들었다.

채련은 담시의 뜨거운 애무를 받아들이며 자신의 생명이 소생하고 있음을 느꼈다. 그리고 담시의 생명 역시 자신에 의해서 완벽하게 소생되기를 빌었다. 그와의 만남은 육신이 아름다움일 뿐 아니라 위대함일 수도 있다는 것을 알게 해주었다. 추하고 혐오스럽고 죄의 근원이라고까지 생각했던 육신이 아름답고 신성하게 느껴졌다는 건 채련으로서는 하나의 경이였다.

담시가 돌아간 후 채련은 창가에 서서 바깥 풍경을 내다보았다. 조금씩 내리기 시작하던 눈은 어느새 함박눈이 되어 하늘을 자욱하게 메우고 있었다. 온 천지가 그들이 토해내는 함성으로 가득 차 있는 듯했다. 채련은 눈을 감고 창문에 살며시 머리를 기댔다. 그녀의 가슴속에서도 수천수만의 꽃잎이 일시에 함성을 지르며 꽃망울을 터뜨리는 것 같았다. 담시…. 채련은 황홀함을 느끼며 그의 모습을 떠올렸다. 부르터서 피가 흐르던 입술, 불처럼 뜨거웠던 이마, 그리고 가슴, 고뇌에 싸여 있던 얼굴. 그 얼굴은 마치 정지된 화면처럼 그녀의 뇌리에 오래도록 남아 있었다.

담시의 모습을 떠올리고 있는 채련은 괴로웠다. 전혀 이 세상 사람 같지 않은 담시에게 자신이 애욕의 고뇌를 던져주고 있는 것 같아서였다. 괴로운 상념에 젖어 있던 채련의 머릿속엔 이른 봄 최길성과 나누었던 대화가 생각났다.

이번에 담시도 같이 오는지 모르겠군요.

아, 맨발로 다녀도 발에 더러운 것이 묻지 않는다는 그 사람 말이죠?

바로 그 사람이죠. 그 사람을 보고 있으면 난쟁이가 거인을 쳐다볼 때 느끼는 절망감 비슷한 것이 느껴지더군요.

……?

해인 스님도 그를 이구지보살이라고 불렀다니 제가 그런 감정을 느끼는 건 어쩌면 당연한 것인지도 모르죠.

이구지보살이라니요?

저도 노 교수님한테서 들은 이야기입니다만, 진리를 체득한 보살이 현실 사회 속으로 되돌아와서 도덕의 기본적인 훈련을 시작하는 단계라고 하더군요. 그러면서 점차로 인간의 더러움에서 벗어나게 된답니다.

그 말을 떠올리는 순간, 채련의 머릿속이 아득해지면서 뭔가 확연히 알게 되는 것 같은 느낌이 들었다. 그렇다면 우린 청정한 세계에 이르기 위해 자신에게 남아 있는 마지막 애욕의 찌꺼기를 불태운 것인가? 채련은 깊게 숨을 들이마셨다. 담시와 자신의 머리 위에 쳐진 운명의 그물이 어떤 것인지 비로소 깨달아지는 듯했다. 담시와 나의 인연이 어떤 것인지 알려고 하지 말자. 서로의 애욕을 받아들이도록 운명 지어져 있었다면 그것 자체가 이미 수승한 인연이 아니겠는가? 그런 생각을 하고 있는 채련의 가슴은 무한히 넓어지는 것 같았다.

최길성은 코트 깃을 세우고 거리로 나왔다. 허공 속으로 날리던 눈송이가 자꾸 그의 얼굴에 와 닿아서 그는 한 손으로 얼굴을 가리며 하늘을 쳐다보았다. 그러던 그는 어깨를 추스르며 종각 쪽으로 걸음을 옮겼다. 마음이 울적해서 술집이나 들어갈까 하고 기웃거리고 있는데 맞은편에서 걸어오던 학생이 소스라치게 놀라며 우뚝 멈춰 섰다.

"아, 박 군!"

놀란 최길성은 몇 걸음 앞으로 다가가 얼른 동화의 팔을 잡았다.

"……."

동화는 순간적으로 도망치려는 자세를 취하더니 이내 포기하고 잠자코 그를 쳐다봤다.

"어디로 가는 길인가? 바쁘지 않으면 나하고 얘기나 좀 하세."

"……."

동화는 입을 다물고 긴장한 얼굴로 서 있었다.

"어떤가? 괜찮겠지?"

최길성을 한참 동안 바라보던 동화는 긴장을 풀며 고개를 끄덕였다. 동병상련이랄까? 그에게서 뭔가 공통분모를 찾은 듯했다.

"멀리 갈 것 없이 우리 이 뒤로 들어가세."

최길성이 앞장을 섰다. 그러자 동화도 종각 뒤로 난 좁은 골목을 따라 들어갔다. 그들이 술집 문을 열고 안으로 들어갔을 때 술집 안은 손님들이 뿜어내는 취기로 이미 취해 있었다. 술집 그 자체가 잘 익은 술독처럼 느껴졌다.

"저쪽으로 가세."

최길성은 손님들 사이를 비집고 안으로 들어갔다. 그들이 둥근 양철로 만든 테이블에 마주앉았을 때 주모가 김치보시기를 들고 따라왔다.

"수육 하나하고 골뱅이무침 하나."

"술은 뭘로 하실까요?"

주모는 들고 온 김치보시기를 테이블 위에 놓으며 물었다.

"소주로 주시오."

주모는 알았다는 얼굴로 대답 없이 돌아섰다.

"자네, 저녁은?"

"……."

동화를 쳐다보던 최길성은 주모 등에 대고 덧붙였다.

"밥도 한 공기 주시오."

"네."

주모가 카운터로 돌아가자 최길성은 동화의 모습을 찬찬히 살펴보았다. 수려하고 반듯하게 느껴졌던 그의 얼굴은 초췌했고 몹시 지쳐 보였다.

"그래, 요즈음은 어떻게 지내는가?"

"……."

그때 주모가 주문한 안주와 술을 가지고 와서 그들의 대화는 중단되었다.

"제가 따라드리겠습니다."

동화는 소주병을 들고 최길성의 잔에 술을 따랐다.

"자네도 한 잔 받게."

최길성도 동화의 잔에 술을 따랐다.

"반갑군. 마시세."

최길성이 먼저 잔을 비웠다.

"오 선생한테 편지를 보냈다지? 자네 근황은 오 선생을 통해 들었네."

"……."

"요즈음도 자네 신념엔 변화가 없겠지?"

최길성은 넌지시 미소를 지었다.

"그렇지 않습니다."

"……?"

최길성은 그의 말을 정확하게 알아들을 수 없어서 고개를 갸웃했다.

"사람도 마찬가지지만 하고 있는 일에도 회의가 옵니다."

"어떻게?"

"군림하고자 하는 욕망, 군림할 수밖에 없는 속성, 인간의 한계에 대해서 혐오감이 느껴집니다."

"……."

"약한 자는 영원히 약할 수밖에 없고, 그들의 편은 결국 아무도 없습니다."

"음…."

"처음에는 약한 자를 비호하기 위해 힘을 뭉치지만 일단 그 힘이 커지고 나면 또 다른 군림의 세력이 되고 맙니다. 이것이 바로 힘의 속성인 것 같습니다."

동화는 의분을 느끼는 듯 떨리는 목소리로 말했다.

"한 잔 더 받게."

최길성은 동화의 심경에 어떤 변화가 오고 있음을 느끼며 그의 잔에 술을 따랐다.

"학교는 어떻게 할 참인가?"

"아직 생각해 보지 않았습니다."

"오 선생이 휴학계를 낸 것 같더군. 복학은 될 것 같으니 명년에 복학을 하도록 하게."

"……."

동화는 잠자코 있었다. 하지만 그의 마음엔 그럴 의사가 전혀 없는 것처럼 보였다.

"자네 누이 소식은 들었는가?"

최길성은 화제를 돌렸다. 그의 감성에 기대어보고 싶은 심정이 되어서였다.

"시골로 갔다는 것은 알고 있습니다. 그리고 한태서 씨는 영국으로 떠났다고 하더군요."

"자네도 알고 있었구먼."

"……."

"누이를 한번 만나보지 그래?"

"그럴 생각 없습니다."

동화는 딱 잘라 말했다. 한태서와 연결된 부분은 어떤 것도 생각하고 싶지 않은 눈치였다. 최길성은 다시 현지 얘기를 꺼내 볼까 하다가 그냥 입을 다물었다. 그건 오히려 그에게 괴로움만 줄 뿐 아니라 아무 해결책도 될 수 없다는 생각에서였다.

그때 최길성의 그런 생각을 짐작이라도 한 듯 동화가 먼저 물었다.

"현지 소식은 들었습니까?"

"응. 오 선생을 통해서…."

최길성은 역습을 당한 것 같아 잠시 얼떨떨해졌다.

"제가 가장 괴로움을 느끼고 있는 사람은 현집니다. 하지만 그녀를 위해 저는 아무것도 할 수가 없습니다."

"그럼 우선 만나보기라도 하지 그래."

"그건 불가능합니다."

동화는 고개를 저었다. 그러나 왜 불가능한지는 말하지 않았다. 최길성은 그것을 묻지 않았다. 불가능한 것은 결과이므로 그것에 이르는 과정을 듣는다는 건 무의미하기 때문이었다. 두 사람은 묵묵히 앉아서 술을 몇 순배 더 돌렸고, 동화는 주모가 가져다준 공깃밥을 북엇국에 말아서 맛있게 먹었다. 최길성은 동화의 행색으로 보아 그가 동가식서가숙하고 있다는 것을 알았다. 집단과 가정에서 이탈해 혼자 떠돌고 있는 그가 한 세대의 미아처럼 느껴졌다. 술집을 나온 두 사람은 어두워진 거리에 마주섰다. 최길성은 그에게 몇 푼이라도 쥐여 주고 싶어서 주머니를 뒤졌다. 바지 주머니를 뒤지고 윗도리 주머니를 뒤지고 그래서 찾아낸 것은 만 원짜리 두 장과 천 원짜리 일곱 장이었다.

"이거라도 받아주게."

최길성은 들고 있던 돈을 동화 주머니 속에 넣어 주었다. 입을 꾹 다물고 어두워진 거리를 묵묵히 내려다보고 섰던 동화는 천천히 고개를 들었다.

"주시려면 토큰으로 바꿔주십시오."

"……?"

최길성은 의아해서 동화를 쳐다보다가 그의 뜻을 받아들였다.

"그러지."

라면값 정도도 없는 눈치인데 굳이 토큰으로 바꿔 달라는 저의가 뭔지 그로서는 알 수가 없었다. 최길성은 버스표 파는 집으로 가서 들고 있던 돈을 내밀고 토큰을 달라고 했다. 그러자 주인은 토큰값으로는 돈이 너무 많다고 생각했는지 최길성을 한 번 훑어보더니 토큰을 세어서 비닐 주머니에 담아 주었다.

"받게."

"……."

동화는 잠자코 비닐 주머니를 받아서 손에 들었다.

"그럼 가보게."

"네."

동화는 허리를 굽혀 인사하고 돌아섰다.

"아니, 잠깐."

동화의 뒷모습을 보고 있던 최길성은 몇 발짝 쫓아가며 동화를 불러 세웠다.

"……?"

동화는 걸음을 멈추고 돌아다보았다.

"이걸 입고 가게."

최길성은 입고 있던 코트를 벗어서 얼른 그의 어깨 위에 덮어주었다. 지나가던 사람들이 힐끔힐끔 그들을 돌아다보았다. 동화는 아무 말 없이 고개를 숙이고 있더니 어깨 위에 덮어씌워진 코트 소매에 팔을 꿰었다.

"가게."

"네."

동화는 다시 몸을 돌렸다. 최길성은 가만히 서서 그의 뒷모습을 바라보았다. 헐렁한 코트를 입고 어둠 속으로 멀어지는 그의 뒷모습은 꼭 저승 고개를 넘어가는 망자(亡者)의 모습을 연상시켰다.

'설마, 버스 토큰을 그렇게 많이 가지고 갔는데.'

최길성은 강하게 머리를 흔들며 자신의 불길한 생각을 털어버렸다.

"교수님은 신라 시대의 원효대사가 천삼백 년이라는 시공을 뛰어넘어 현대에 다시 환생했다고 보시나요?"

"연극을 하고 있는 나로서는 그렇게 믿고 싶지만 극의 자세한 내용은 작가 선생님한테 직접 물어보시지요."

"그럼 교수님 자신은 천삼백 년 전의 요석공주라고 생각하십니까?"

"그렇다고 한다면 사람들이 웃겠지요?"

채련은 미소를 지었다.

"교수님은 그렇게 믿고 싶으신가 보죠?"

"기분으론 그렇죠."

"어떤 이유로요?"

"나는 원효대사와 같은 분을 만나고자 하는 갈망을 늘 가슴속에 품고 있었거든요."

"원효대사로 분한 담시한테서는 그런 이미지를 찾지 못하셨는가요?"

"그 말은 인터뷰로는 합당한 질문 같지 않은데요."

"죄송해요. 제가 아직 서툴러서요."

여기자는 솔직하게 사과하며 웃었다.

"요석공주로 나오는 교수님과 원효대사로 나오는 담시는 연기자 이상으로 호흡이 잘 맞는다는 얘기를 들었는데, 특별한 비결이라도 있으신가요?"

"연기자 이상으로 호흡이 잘 맞는다는 것은 무엇을 의미하는 거죠?"

"연기를 하신다기보다 실제 인물 같다는 얘기겠죠."

"우리가 그렇게 보여요?"

"그건 두 분의 연습 과정을 지켜보던 사람들이 공통적으로 느끼고 있는 감정이던데요."

"그렇다면 그건 비결에서 온 게 아니고 교감에서 오는 거겠죠."

"담시라는 분은 무학(無學)으로 알고 있는데 교수님과 그런 교감이 가능할까요?"

"……."

채련은 입을 다물었다. 상식적인 질문에 상식을 초극하고 있는 답을 그녀로선 할 자신이 없었기 때문이다. 그때 소품을 담당하는 사람이 분장실로 들어왔다.

"필요한 소품을 다시 한번 확인해 주십시오."

"미안하지만 인터뷰는 끝냈으면 좋겠어요. 공연 시간이 다 돼서요."

채련은 자리에서 일어서며 양해를 구했다.

* 토굴 (겨울)

토굴 밖, 눈이 내리고 있다.
원효, 가부좌하고 앉아서 참선.
원효 뒤엔 절름발이, 풀무장이, 논다니, 각간, 이간, 아간… 거위, 개 등이 각기 다른 모습으로 잠들어 있다.
공주 : (환상 속에서) 발이 크면 작은 신발은 벗어버려야 합니다. 작은 신발에 스님의 큰 발을 억지로 맞추려고 하지 마십시오.
원효, 지그시 눈 감으며 신음 소리 낸다.
정적이 감돌고 내면의 갈등을 표현하는 효과음이 간헐적으로 들려온다.
원효, 가부좌를 풀고 자리에서 일어선다.

* 거리

눈이 내리고, 전날의 노파가 남루한 행색으로 보따리를 깔고 앉아 피리를 불고 있다.

　　원효, 눈을 맞으며 걸어온다. 절묘한 피리 소리가 어디에선가 들려온다. 원효가 걸음을 멈추고 두리번거린다.

　　원효 : (마음의 소리로) 저 소리는 내가 공주에게 바치고자 했던 바로 그 소리다. 누구일까? 저런 소리를 낼 수 있는 사람은?

　　원효가 놀라움을 나타내며 계속 두리번거린다.

　　노파의 눈엔 초췌한 원효의 모습이 보이지만 원효의 눈엔 노파의 모습이 보이지 않는다.

　　피리 소리가 점점 멀어지고 원효는 가던 길을 걸어간다.

　　* 요석궁 (밤)

　　창밖에 눈이 내리고 방 안에는 촛불이 켜져 있다. 공주가 창가에 서서 향을 하나 피워놓는다.

　　그때 피리 소리가 애절하게 들려온다.

　　공주 : 원효 스님을 모셔오도록 해라.

　　궁녀 : 지금은 야심한 밤이옵니다.

　　공주 : 야심한 밤에 스님이 거리에 계시지 않느냐?

　　궁녀, 이해되지 않는다는 표정을 짓다가 나간다.

　　궁녀가 나가자 공주가 자신의 모습을 단장한다.

정적이 흐르고 잠시 후 발소리가 들린다.

궁녀 : (문 밖에서) 공주님, 모시고 왔습니다.

공주가 문을 열고 초췌한 모습으로 서 있는 원효를 바라본다.

공주 : (반기며) 기다리고 있었습니다, 스님.

원효, 괴로운 표정.

공주 : (궁녀보고) 오늘 밤 스님하고 긴하게 나눌 얘기가 있으니 너는 별궁에 가서 자도록 해라.

궁녀 : (두 사람 살펴보다가) 네.

궁녀, 돌아서고 두 사람만 남는다.

공주 : 스님, 어서 안으로 드십시오.

원효가 방 안으로 들어선다. 두 사람 마주서고.

원효 : 부끄럽소, 공주.

공주 : 부끄럽다는 생각은 분별심입니다.

원효 : …….

공주 : (원효 앞으로 다가가 두 손을 잡으며) 스님, 저를 그리워한다면 그리움 하나만으로 스님 가슴속을 채우십시오.

원효 : …….

공주 : 저는 스님을 그리워하는 마음을 매일 조금씩 키워 왔습니다. 나무에 물을 주듯이 말입니다.

원효 : …….

공주 : 이제 제 가슴속엔 스님을 사모하는 한 그루의 나무밖에 없습니다.

원효 : (공주 껴안으며) 나도 그러하오. 공주에 대한 그리움 외엔 아무것도 생각할 수 없소.

두 사람 뜨겁게 포옹.

공주 : (원효 애무하며) 스님, 두려워하지 마십시오. 두려움도 부끄럼처럼 분별심입니다.

원효 : (공주 뜨겁게 포옹하며) 오늘 밤 공주와의 인연으로 내 열화지옥에 떨어진다 해도 그것을 두려워하지 않겠소.

두 사람 모습 실루엣으로 남고 천둥, 번개, 폭우, 열락의 소리가 천천히 교차한다.

* 거리 (아침)

원효가 다리를 건너오고, 맞은편에서 시정잡배들이 킬킬거리며 걸어온다.

원효, 그들의 모습을 물끄러미 바라보다가 그들처럼 킬킬거린다.

원효 : (마음의 소리) 저들 모습과 내 모습이 다를 바가 없구나. 원효가 시정잡배요, 시정잡배가 원효로다.

* 거리

원효의 호탕한 웃음소리가 점점 가깝게 들려온다. 노파는 전날과 같은 모습으로 앉아 있다. 원효, 노파 가까이 걸어온다.

원효 : (빙긋 웃으며) 여전하구려, 노인.

노파 : 그러시는 스님은 달라진 거라도 있으십니까?

원효 : (승복을 훌훌 벗으며) 우리 다시 한번 옷을 바꾸어 입읍시다.

노파 : 아니 되옵니다. 스님은 법복을 입으셔야지요.

원효 : 나는 사문이 아니오. 이게 바로 노인에게 보여줄 달라진 내 모습이오.

노파 : 사문이 아니면, 그럼 무엇이옵니까?

원효 : 나는 원효요. 그냥 원효일 뿐이오.

노파 : 그럼 저와 다를 바 없지 않습니까?

원효 : 그러하오. 노인과 나는 아무것도 다를 바가 없소.

노파 : (옷 벗으며) 누더기도 마다하지 않으신다면 다시 한번 옷을 바꾸어 입읍시다.

원효 : 그러고 보니 우리의 인연도 수승한 것 같구려.

두 사람 즐겁게 웃으며 서로 옷을 바꾸어 입는다.

노파 : (싱긋이 웃으며) 전날 내게서 데려간 중생들은 잘 거두시고 있겠지요?

원효 : 헌 옷 속에 묻어놓고 왔소.

노파 : 스님 속에 함께 있는 줄 알았더니, 스님은 그들과 따로 있었구려.

원효 : 너무 허물하지 마시오. 내 지금 그들 곁으로 찾아가는 길이오.

노파 : (원효 입은 옷 들치며) 이번에는 더 많은 중생을 데려가시니 소홀히 하지 마시고 잘 거두어 주십시오.

원효 : (호탕하게) 명심하리다.

노파 : 스님, 한 가지 청이 있습니다.

원효 : 말해 보시오. 청이란 게 무엇이오?

노파 : (원효 옆구리에 찬 피리 가리키며) 내가 가지고 있는 이 피리하고 스님이 가지고 계신 그 피리를 서로 바꾸어 가지는 게 어떻겠습니까?

원효 : (질색하며) 안 되오. 이건 절대로 남한테 넘겨줄 수 있는 게 아니오.

그 순간 노파의 모습은 공주 모습으로 바뀐다. 원효, 의아해서 눈 크게 뜬다.

노파 : (파안대소하며) 이래도 다르옵니까?

원효 어리둥절.

노파 : 스님, 아직도 착(着)에선 벗어나지 못하셨구려.

그 순간 원효의 머릿속에 굉음 들려온다.

내면의 깨달음 조명으로 처리.

한참 후 원효가 마음의 평정을 찾고 주위를 살펴보니 노파는 간데없다.

원효, 의아해서 자신의 옆구리를 만져본다. 피리 또한 온데간데없다.

원효 : 무착이로다. 무착이로다. 무착이로다.

원효, 허공 쳐다보며 호탕하게 웃을 때 머리 위에 떠 있던 피리가 원효 손에 쥐어진다.

* 토굴 (새벽)

천태만상의 군상들 각기 다른 모습으로 자고 있다.

원효, 참선하는 자리에 가서 가부좌하고 앉는다. 잠시 삼매에 들던 원효가 피리를 입에 물고 천천히 불기 시작한다.

피리 소리 점점 고조되더니 마침내 전에 거리에서 듣던 소리와 일치한다.

원효, 법열(法悅)을 느끼며 자고 있는 군상들을 바라본다. 각기 다른 모습으로 자고 있던 군상들이 서서히 자기와 같은 모습으로 변한다. 거위나 개마저도.

원효, 자리 박차고 일어나 덩실덩실 춤춘다.

하나로구나. 일체만상이 하나로구나.

열락의 기쁨, 배경음으로 깔린다.

*거리

원효가 누더기를 걸쳐 입고 피리 불며 춤추고, 뒤에서 군상들이 같은 모습으로 춤추고 노래 부르며 따른다. 거리에 나와 있던 사람들도 하나둘 그들 속으로 합세하여 들어간다.

합창 소리가 장엄하게 들리고 막이 서서히 내린다. 조명은 그대로 꺼져 있고 내려진 막 뒤에서 피리 소리만 들려온다. 피리 소리 점점 고조되어 장내 가득 채운다.

숨소리 하나 들리지 않는 숙연한 분위기. 피리 소리를 듣던 관객들이 여기저기서 소리 죽여 오열하고 있다.

"담시."

채련은 담시 앞으로 달려가 무릎을 꿇고 앉았다. 완벽한 이해라고 할까? 완벽한 합일이라고 할까? 전혀 경험해보지 못했던 충만감이 그녀의 가슴속에서 소용돌이쳤다. 채련은 벅차오르는 감동을 억제하지 못하며 담시의 손을 꼭 잡았다. 피리를 들고 서서 잠시 채련을 내려다보던 담시도 들고 있던 피리를 허리춤에 차고 두 손으로 채련의 손을 마주 잡으며 채련을 일으켜 세웠다. 손을 잡고 서로 마주서 있는 두 사람의 가슴은 시뻘건 쇳물을 담은 용광로처럼 뜨거워졌다.

그래, 용광로가 되자. 우리 속에 남아 있는 불순물이 있다면, 그 불순물을 우리의 뜨거움으로 녹여버리자.

무대 위엔 사람들이 겹겹이 둘러서서 그들을 지켜보고 있었다. 그러나 채련은 그들의 시선 따윈 전혀 개의치 않고 담시와 함께 무대 밖으로 걸어 나왔다.

12장

Udambara

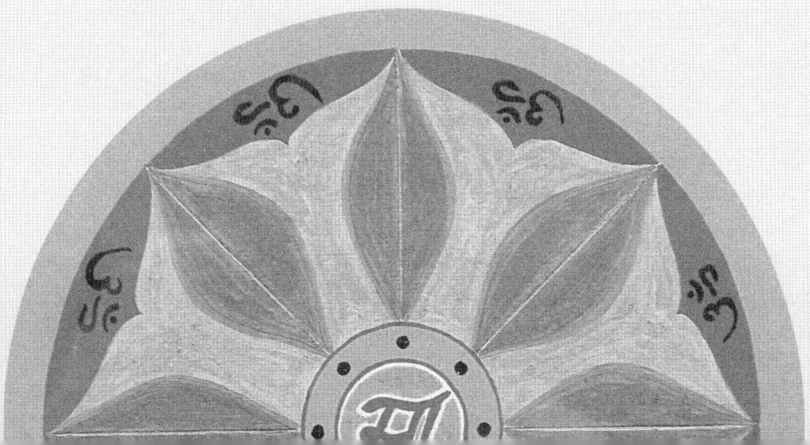

"선생님, 사람이 미워요. 사람이 미워요."

채련은 얼굴을 감싸고 울던 현지의 모습을 떠올렸다. 그녀가 밉다고 절규했던 사람은 누구였던가? 그것은 어쩌면 우리 모두였을지도 모른다. 우리는 자신이 의식하든 의식하지 못하든 서로 연계를 맺고 한 시대의 모순을 창출해 내고 있다. 여기서 나만은 아니라고 자신 있게 말할 수 있는 사람은 아무도 없을 것이다.

채련은 탁자 위에 놓인 엽차 잔을 두 손으로 감싸고 앉아서 자기 생각 속에 잠겼다.

"벌써 왔구나. 오래됐어?"

이영이 목에 둘렀던 머플러를 풀며 채련 앞에 앉았다.

"좀 전에. 그런데 얼굴이 많이 못쓰게 됐구나."

채련은 친구 얼굴을 보며 말했다. 토실하게 윤기가 돌던 그녀의 얼굴은 까칠해졌고 눈가엔 잔주름까지 드러나 보였다.

"얼굴 못쓰게 된 건 너도 마찬가지야. 맛있는 거 찾아 먹고 마음 편하게 가져."

이영은 안쓰러운 얼굴로 채련을 쳐다봤다.

"그렇게 하고 있어."

채련은 들고 있던 엽차 잔을 입으로 가져가며 친구의 시선을 피했다.

"널 생각하면 가슴이 아파. 반찬 같은 거라도 해서 주고 싶지만 들락거리는 거 싫어하니까 그러지도 못하고… 속으로는 네 생각 많이 했어."

"네 마음은 알고 있어. 하지만 난 어린애가 아니잖아. 걱정하지 마."

이영은 고개를 숙이고 가만히 앉아 있다가 말했다.

"나 며칠 후면 떠나."

"며칠 후가 언제야?"

채련은 조심스럽게 물었다.

"열흘쯤 후."

"그렇게 빨리?"

채련은 가슴속이 허전해 옴을 느끼며 친구를 바라보았다.

"갈 거면 빨리 가는 게 낫지 뭐."

"현지는?"

"걔 때문에 걱정이야. 처음엔 우울 증세만 보이더니 요즈음은 분열 증세까지 보여."

"……."

"현지가 그렇게 된 건 나 때문이라는 생각이 들어서 너무 괴로워. 어떨 땐 걔 무릎 밑에 엎드려서 빌고 싶은 충동을 느낄 때도 있어."

이영은 감정이 격해오는지 떨리는 목소리로 말했다.

"현지가 고통스러울 때 위로해주지 못한 건 너한테도 책임이 있지만 그렇다고 너만 잘못한 건 아니야. 나도 마찬가지지. 어떻게 생각하면 살아 있는 우리 모두가 유기적으로 책임져야 할 일인지도 모르고."

"……."

채련은 힘없이 앉아 있는 친구를 보다가

"너무 기죽지 마. 넌 끼 부리고 생글거리고 다닐 때가 가장 너다워. 미국 가서도 그러고 다니고 나중에 저승 가서도 그러고 다녀."

하며 웃었다.

"나도 생명이 있을 때까지는 끼도 살아 있을 줄 알았어. 그런데 살다 보니 끼는 죽고 생명만 살아남았어."

이영은 허탈하게 웃었다. 그런 그녀는 마치 허수아비처럼 속이 텅 비어 보였다.

"남편은 현지 문제를 어떻게 생각하고 계셔?"

"그 사람도 뾰족한 생각이 없지 뭐. 그냥 수속을 하나 봐."

"건강한 사람도 처음엔 적응하기 어려울 텐데 현지가 되겠어?"

"나도 그렇게 생각해."

이영은 들고 있던 찻잔을 탁자 위에 놓으며 친구를 바라봤다.

"……."

채련은 생각에 잠겨서 가만히 눈을 감았다. 그런 그녀의 머릿속엔 자신의 어깨에 살짝 머리를 기대며 행복해하던 현지의 얼굴이 떠올랐다. 그리고 멍한 얼굴로 허공을 쳐다보던 현지의 얼굴도 떠올랐다.

"지금 같아서는 아무것에라도 의욕만 가져줬으면 좋겠어. 그렇게 해줄 수 있는 길이 있다면 난 뭐라도 하겠어. 이건 내 진심이야."

이영은 친구한테만이라도 자신의 진심을 믿게 해주고 싶은지 강조해서 말했다.

"이렇게 하는 게 어떻겠니?"

채련은 고개를 들며 이영을 쳐다봤다.

"어떻게?"

"내가 현지를 데리고 있을게. 지금 외국으로 데려간다는 건 아무래도 무리일 것 같아."

"……."

"지금 상황으로는 네가 걔 옆에 있다 해도 별 도움이 안 될 거야. 그러니까 너는 예정대로 떠나."

"……."

"그렇다고 불쌍한 아이를 정신병원에 보낼 수도 없잖아. 내가 데리고 있으면서 어떻게 하는 게 좋은지 방법을 생각해 볼게."

"……."

이영은 그냥 멍하니 채련을 바라보기만 했다. 그런 그녀는 사리를 판단할 수 있는 능력을 완전히 잃고 있는 것처럼 보였다.

"우리 어디 가서 저녁 먹고 술도 한잔하자."

채련은 의식적으로 명랑하게 말했다.

"그래. 내가 사줄게."

이영은 그제야 정신이 돌아온 듯 채련보다 먼저 서두르며 자리에서 일어났다.

"오늘은 내가 살게."

"아니야. 내가 산다니까."

그들은 같은 말로 실랑이를 하면서 밖으로 나왔다. 이영은 자신보다 친구가 더 불쌍하다고 생각하고, 채련은 또 채련대로 자신보다 친구가 더 불쌍하다고 생각하면서…. 그래서 서로 상대편을 위로해주고 싶다는 똑같은 생각을 하면서.

"바람이 차지? 이거 감아. 추워 보여."

이영은 하늘을 쳐다보다가 목에 감았던 머플러를 풀어서 채련의 목에 둘러주었다.

"울이라서 따듯해. 하고 있어."

"……."

"혼자니까 감기 걸리지 않도록 조심해."

"고마워."

"계집애, 정떨어지게 무슨 인사니?"

채련은 계집애라는 말을 듣는 순간 가슴속이 뭉클해졌다. 그래, 우린 서로 그렇게 부를 수 있는 사이였었지. 아주 옛날 어린 시절부터. 그때 우린 미래란 당연히 행복하기만 한 것이라고 믿고 있었다. 이런 모습으로 마주서 있으리라는 건 모르고….

"가자. 춥다."

이영이 친구 팔을 끌며 채근했다.

"그래. 춥지?"

그들 둘은 어깨를 나란히 하고 차가운 인파 속으로 걸어갔다.

채련은 식탁 위에 아침상을 차려놓고 현지가 있는 방을 바라보았다. 아직 일어나지 않았나? 현지가 있는 방에선 아무런 인기척도 들려오지 않았다. 채련은 현지를 부를까 하다가 현관에 떨어진 신문을 주워들고 와서 의자에 앉았다. 무심한 얼굴로 신문을 뒤적이던 채련은 문화면을 펼쳐 든 순간 몹시 긴장하며 신문을 들여다보았다. 거기엔 피리를 불고 있는 담시의 사진과 함께 ≪원효대사≫에 관한 기사가 3분의 2 정도의 지면을 차지하고 있었다.

막이 내린 후에도 관객은 극에서 받은 감동에서 헤어나지 못하고 그대로 자리에 앉아 있었다. 그때 무대 뒤에서 피리 소리가 은은히 들려오기 시작했다. 그 소리는 관객을 쓸쓸한 허무 속으로 끌고 갔고, 사람들은 저마다 늦가을 들판에 혼자 서 있는 것 같은 허허로움에 잠겨 들었다.

한참 동안 그렇게 이어지던 피리 소리는 마침내 용틀임하듯 몸을 뒤척이더니 지옥의 맨 밑바닥에서 울려 나오는 듯한 처절한 절규를 토해내기 시작했다. 그러나 그 소리는 지옥의 절규로만 머물러 있지는 않았다. 다시 몸부림치고 신음하면서 혼돈과 애증과 탐애의 늪을 지나 서서히 천상의 열락 속으로 잠기어갔다. 마치 육도의 다리를 다 건너 피안의 세계로 들어가는 것처럼.

관객들은 지금까지 전혀 경험해보지 못했던 희한한 감동에 젖어들며 자기 자신들을 돌아다보았다. 죽어 있고, 잠들어 있고, 스스로 포기하기까지 했던 자신의 인성(人性)이 다시 깨어나 무대 저편에서 울려 나오는 소리와 끝없는 화답을 나누고 있었다. 그러면서 자신이 무엇인가에 의해 완전히 이해받고 있는 것 같은 희열 속으로 젖어 들어갔다.

한 뼘 대나무 속에 지옥의 절규와 천상의 열락을 함께 담을 수 있는 사나이, 그는 대체 누구일까?

채련은 읽고 있던 신문을 접으며 가만히 눈을 감았다. 어디에선가 담시의 피리 소리가 들려오는 것 같았다. 그때 문 열리는 소리가 들리더니 현지가 밖으로 나왔다. 채련은 고개를 들고 현지를 바라보았다. 몇 발짝 걸어 나오던 현지는 고통스러운 얼굴로 상을 찡그리더니 두 손으로 머리를 감싸며 바닥에 주저앉았다. 실제로 머리가 아픈지, 아니면 괴로운 환상을 보았는지 채련으로선 알 수가 없었다. 채련은 들고 있던 신문을 의자 위에 놓고 얼른 현지 옆으로 다가갔다. 그러곤 그녀의 손을 잡아서 일으키며 짐짓 밝게 웃었다.

"잘 잤어?"

"……."

"아침 먹어야지."

"……."

"버섯찌개 맛있는데 우리 이거하고 밥 먹자."

채련은 찌개 냄비 뚜껑을 열며 명랑하게 말했다.

"……."

그러나 현지는 여전히 무표정한 얼굴로 앉아 있었다.

"현지가 좋아하는 게 버섯찌개라며? 버섯 사려고 어젯밤에 시장까지 갔다 왔어. 슈퍼에 가니까 벌써 문을 닫았잖아."

채련은 관객을 웃겨야 할 막중한 책임을 지고 있는 희극배우처럼 그녀의 얼굴에서 미소를 보기 위해 열심히 지껄였다.

"아침 먹고 시내에 나가 꽃 좀 사 올까? 식탁에 프리지어를 꽂아놓으면 향기가 참 좋겠지?"

"……."

"지금 현지 얼굴이 어떤지 알아? 거울 한번 들여다봐."

채련은 식탁 곁에 걸린 작은 거울을 내려서 시무룩하게 앉아 있는 현지 앞에 내밀었다. 아무 표정 없이 거울 속을 들여다보던 현지는 '악!' 하는 비명을 지르며 거울을 밀쳐냈다. 그 순간 찌개 냄비가 엎질러지고 거울은 바닥에 떨어져서 '쨍그렁' 하고 깨졌다.

"내 얼굴이 벌레 같아요. 아유, 징그러워."

"……."

채련은 깜짝 놀라서 현지를 바라보았다.

"선생님 얼굴도 벌레 같아요. 밥도 벌레 같고, 보이는 게 전부 벌레 같아요."

현지는 머리를 움켜쥐며 다시 비명을 질렀다. 그녀의 이마 위엔 땀이 배어 나왔고, 이마 위로 흘러내린 머리카락은 땀에 흠뻑 젖어 있었다. 채련은 잠시 현지를 바라보다가 옆으로 가서 현지 어깨를 감싸 안고 이마 위에 흘러내린 머리카락을 쓸어 넘겨주었다.

"내 얼굴을 다시 한번 봐. 지금도 벌레처럼 보여?"

채련은 미소를 지었다.

"아니요."

현지는 나직이 한숨을 쉬며 고개를 저었다.

"지금 현지 얼굴은 예뻐. 창백하긴 하지만 창백한 대로 아주 예뻐. 절대로 벌레 같지 않아."

"……."

"벌레가 우리 욕하겠다. 기분 나쁘게 비교했다고."

채련이 웃자 현지는 어깨로 숨을 몰아쉬었다. 안도의 숨 같았다.

"나가려면 화장을 해야지. 얼른 세수하고 와. 우리 연지도 칠하고 립스틱도 바르자."

"……."

"나는 인도 여자처럼 이마에 빨간 인디를 붙여보고 싶었어. 현지는 그런 생각해 본 적 없어?"

채련은 흡사 모노드라마를 하고 있는 사람처럼 혼자 열심히 지껄였다.

"찌개 냄비를 엎질러서 아침도 못 먹었잖아."

채련이 화난 표정을 짓자 현지는 눈을 치켜뜨고 채련을 바라보았다. 그녀의 얼굴엔 약간의 생기가 돌았다.

"현지부터 세수해. 난 이거 치우고 할 테니까."

채련은 엎질러진 찌개를 쓸어 담으며 말했다. 그러자 현지는 순순히 일어나 욕실로 들어갔다. 설거지를 하고 있을 때 전화벨이 울렸다. 채련은 싱크대 옆에 걸린 타월에 손을 닦고 수화기를 들었다.

"최길성입니다."

"웬일이세요, 최 선생님?"

채련은 불안한 예감이 들어서 다급하게 물었다.

"교수님이 갑자기 말을 못 하셔서… 전혀 소리를 내지 못하시는군요."

"네?"

"오 선생이 좀 왔으면 좋겠는데… 지금 바로 오실 수 있겠습니까?"

"네. 곧 가겠어요."

현지가 마음에 걸렸지만 그냥 약속을 했다.

"가능한 한 빨리 오십시오. 기다리겠습니다."

최길성은 다시 한번 채근하고 전화를 끊었다. 채련은 현지 생각이 나서 급히 욕실로 들어갔다. 세수를 하러 들어간 현지는 물도 틀지 않은 채 욕실 벽에 몸을 기대고 멍하니 서 있었다.

"왜 그러고 서 있어?"

"……."

"얼른 세수해. 그래야 같이 나가지."

"……."

현지는 아무 말을 하지 않는 대신 싫다는 표시로 고개를 저었다.

"혼자 집에 있을래?"

"……."

"같이 나가. 아까 같이 가기로 했잖아."

"……."

현지는 귀찮다는 얼굴로 다시 머리를 저었다.

"그럼 혼자 있다가 시장하면 밥 챙겨 먹어."

"……."

현지는 아무 대답 없이 제 방으로 들어가더니 찰칵 문을 잠가버렸다. 채련은 막막함을 느끼며 잠시 현지 방을 바라보다가 외출 준비를 하고 거리로 나왔다. 아침임에도 그림자를 드리운 아파트 골목은 깊게 응달이 져 있었고, 하늘도 사람도 스산한 얼굴로 잔뜩 움츠리고 있었다. 채련이 노 교수댁 골목에 들어섰을 때 교수댁 대문 앞에는 최길성의 차가 서 있었고, 차 옆에서 최길성이 초조한 얼굴로 담배를 피우고 있었다.

"어떻게 되셨어요?"

채련이 다가서며 묻자 최길성은 피우고 있던 담배를 비벼 끄며 말했다.

"오늘 아침 방송국에서 대담이 있다고 하시기에 길도 미끄럽고 해서 모셔다드리려고 왔더니…. 혹시 실어증이 아니신지 모르겠습니다."

"네?"

채련은 너무 놀라서 걸음을 멈추고 그를 쳐다보았다.

"어쩐지 그런 예감이 드는군요."

"……."

"어서 들어갑시다."

최길성이 앞장을 섰다. 그들이 방 안에 들어섰을 때 노 교수는 흰 두루마기를 입은 채로 반듯하게 누워 있었다. 흰 수염에 가린 노쇠한 얼굴은 몹시 지쳐 보였다.

"선생님."

채련은 노 교수 옆에 앉으며 울먹이는 소리로 그를 불렀다.

"······."

"어떻게 편찮으세요, 선생님?"

채련은 노 교수의 손을 꼭 잡으며 물었다. 그러나 노 교수는 채련을 바라보기만 할 뿐 아무런 말도 하지 못했다.

채련은 그의 입에서 흘러나와야 할 '오 군인가?'라는 말을 끝내 듣지 못한 채 그의 얼굴을 바라볼 수밖에 없었다.

"오 선생은 방송국에 다녀오시죠."

최길성이 서두르며 말했다.

"네?"

"녹화 시간이 다 돼 가는데 담당 프로듀서가 자리에 없어서 아직 통화를 하지 못했습니다."

"어떡하죠, 그럼?"

"다른 사람으로 대체라도 할 수 있어야 할 텐데 그럴 형편이 될지 모르겠군요."

최길성은 시계를 보며 초조하게 말했다.

"알겠어요. 제가 얼른 다녀오죠."

"저도 교수님 모시고 병원으로 가야겠습니다. 참, 담시한테 연락을 해야겠는데···."

담시는 연극 공연이 끝난 뒤 몰려드는 기자들을 피하고 싶었는지 곧바로 도다가로 떠나갔다.

"선생님, 저하고 병원으로 가시죠."

최길성은 두 팔로 노 교수를 싸안고 몸을 일으켰다.

"키를 주세요."

채련은 자동차 키를 받아들고 그들 앞에서 뛰었다. 일요일 아침이라서 그런지 차가운 골목길에는 사람 그림자 하나 보이지 않았다.

열흘 동안 입원해 있으면서 내과와 신경외과 그리고 정신과 병동을 돌며 얻어낸 노 교수의 병명은 '대인 대화 기피증'이라는 이상한 이름이었다.

"평소 대인 관계에서 말씀하시는 것에 대해 깊은 회의를 느껴 오신 것 같습니다. 그 결과 말을 하지 않으려는 본능이 생기고 그 감정이 극대화되면서 실어증을 유발한 게 아닌가 싶습니다."

정신과 의사의 해석이었다.

"그건 아닐 거예요. 교수님은 15년이라는 긴 은둔 생활을 청산하시고 말씀을 하시기 위해 세상 속으로 되돌아오신 분이에요. 그리고 기회 있을 때마다 자신의 말을 들려주기 위해 동분서주하셨고요. 그분은 말을 하는 자체를 자신이 감당할 본분처럼 생각하고 계셨어요."

채련은 의사의 해석을 부정했다.

"제 판단이 크게 틀리지는 않았을 겁니다."

의사도 자신 있게 말했다.

"이상하군요. 왜 그런 판단이 내려졌는지요."

채련은 믿어지지 않아서 고개를 갸웃했다.

"선생님은 평소 말씀하시는 것에 대해 깊은 회의를 느껴왔습니다."

고개를 숙이고 묵묵히 앉아 있던 담시가 의사의 말을 긍정했다.

"……?"

채련은 의아한 얼굴로 담시를 쳐다봤다.

"사람들은 그분의 얘기를 들으려 하지 않았습니다. 그분은 청중 앞에서 늘 외로웠고, 돌아오실 때는 몹시 허탈해하셨습니다."

담시의 설명을 듣고 채련은 천천히 머리를 끄덕였다. 실어증에까지 이른 노 교수의 심경이 이해될 듯싶었다.

"말은 이미 힘이 없습니다. 너무 낡아 있고, 허섭스레기처럼 더러워져 있고, 그리고 갈기갈기 찢어져 있지요. 교수님은 원효대사의 화쟁사상을 공존의 원류로 받아들이셨지만, 그것 역시 말로는 전달이 불가능합니다."

팔짱을 끼고 지그시 눈을 감고 있던 최길성이 말했다.

"그럼 무엇으로 그 전달이 가능한가요?"

담시와 최길성을 바라보며 묻던 채련은 속으로 '아!' 하고 탄성을 질렀다. 그것은 바로 소리… 태초의 원음 같은, 모든 사람의 가슴속에 뿌리박고 있는 하나의 소리…. 그것은 말이 아니라 소리여야 함을 채련은 비로소 알 수 있었다.

"이제야 알 것 같군요. 두 분이 종을 만들고자 하는 뜻을."

채련은 다소 들뜬 음성으로 말했다.

"환자분이 찾으시는데요."

간호사가 링거병을 들고나오며 말했다. 채련은 얼른 병실로 들어갔다. 노 교수는 환자복 속에 작은 몸을 묻고 마치 동면을 취하고 있는 사람처럼 깊게 눈을 감고 있었다. 얼마쯤 그렇게 누워 있던 노 교수는 눈을 뜨고 침대 옆에 서 있는 채련을 바라보았다. 그리고 뭔가 쓰고 싶다는 의사 표시를 했다.

채련은 머리맡에 놓인 종이와 매직펜을 집어서 그의 손에 쥐여 주었다.

"담시와 최 군도 불러주게."

노 교수는 종이에다 이렇게 썼다. 채련은 얼른 문을 열고 밖으로 나갔다.

"선생님께서 들어오라시는데요."

두 사람은 자리에서 일어나 안으로 들어왔다. 그들이 주위에 둘러서자 노 교수는 그들을 물끄러미 바라보다가 담시한테 시선을 고정하고 종이에 썼다.

"담시, 종을 만드시오."

담시를 바라보는 그의 시선 속엔 간절함이 깃들여 있었다.

"……."

담시는 지그시 눈을 내리깔고 서 있었다.

"종소리 속에 내가 하고 싶었던 말도 담아 주시오."

그의 당부는 그대로 비원처럼 들렸다. 모여 있던 사람들은 눈시울이 뜨거워져서 고개를 숙였다. 노 교수도 자신의 감정을 진정시키려는지 한참 동안 허공을 쳐다보고 있다가 최길성을 바라보았다.

최길성은 긴장하며 노 교수 가까이 다가갔다.

"최 군, 나는 영묘사로 되돌아가겠네. 나와 내 가족이 살았던 집을 처분해서 종을 만드는 비용으로 써주게. 담시가 종을 만든다면 자네가 원하던 종보다 훨씬 더 훌륭한 종을 얻을 수 있을 걸세."

최길성은 바지 주머니에서 손수건을 꺼내 눈가를 눌렀다. 노 교수는 그런 최길성을 물끄러미 바라보다가 채련에게로 시선을 돌렸다. 채련은 얼굴 위로 흘러내리는 눈물을 닦지도 않은 채 그를 마주보았다.

"오 군."

노 교수는 잠시 쉬었다가 다시 펜을 들었다.

"담시를 도와주게. 담시는 오 군의 힘을 필요로 하고 있네."

"……"

"컵에 물이 다 채워져도 한 방울이 모자라면 차지 못하는 법일세. 한 방울의 물은 컵의 물을 채워줌과 동시에 자기 스스로를 채우는 것이라네."

"……"

"담시와 자네는 이승의 인연만은 아니었을 걸세."

"……"

방 안엔 무거운 침묵이 흘렀다. 과거생생 동안 흘러온 세월의 부피 같은 침묵이….

채련은 담시를 바라보았다. 그는 지그시 눈을 감은 처음 모습 그대로 서 있었다.

"자네와 같이 있다는 그 여학생은 내가 데리고 감세. 영묘사 위에 비구니 암자가 있으니 거기서 거처할 수 있도록 부탁해 보겠네."

채련은 의아해서 노 교수를 바라보았다. 현지를 데려가겠다는 것은 너무도 뜻밖의 제안이었기 때문이다. 노 교수는 들고 있던 매직펜을 놓고 허공을 응시하였다. 그런 그의 눈엔 서서히 눈물이 고였다.

채련은 고개를 돌렸다. 가슴속이 아려오고 통증이 느껴졌다. 노 교수는 정신착란 증세를 일으키고 있는 현지를 통해 부인의 모습을 떠올리고 있음이 분명했다. 온종일 누워 있다가 어슬어슬 해가 지기 시작하면 집을 나가 거리를 헤매고 다녔던 가엾은 아내. 현지와 사모님은 어떤 의미에선 같은 축을 밟고 있었는지도 모른다. 그녀들은 평범하게 살고 싶었던 자신들의 의지와는 상관없이 시대의 격류 속에 휩말려 상처투성이가 되었고, 그 격류 속을 떠내려갈 힘조차 잃은 채 강기슭으로 밀려 나고 말았다. 삶이 존엄한 것이라면 그들의 삶도 존엄하게 지켜졌어야 했다. 그러나 그들의 삶은 존엄하게 지켜지지 못했고, 이 시대의 어느 누구도 그것에 대해 책임을 지려하지 않았다.

노 교수가 현지를 데리고 떠난 날은 아침부터 함박눈이 내렸다. 채련은 현지 목에 실크 머플러를 감아주고 그 위에 다시 두꺼운 목도리를 둘러서 그녀를 차에 올려보냈다. 노 교수도 흩날리는 눈발 속에 서서 담시와 채련을 오랫동안 바라보다가 차에 올랐다.

"고마우이. 정말 고마우이."

그의 시선은 이렇게 작별 인사를 하고 있는 것 같았다. 말을 하기 위해 세상 속으로 돌아왔던 그는 이제 말을 잃고 떠나왔던 곳으로 되돌아가고 있다. 말이란 허망하고 공허한 것. 그러기에 말을 잃었다 해서 서러워할 건 없다. 그러나 허망한 말일망정 그것을 잃게 했던 세상은 잔인하고 가혹했다.

두 사람을 태운 최길성의 차가 흩날리는 눈발 속으로 멀어져 가자, 채련은 운동 기구를 진열해놓은 건물 담벼락에 이마를 기대고 눈을 감았다. 슬프고 고통스럽고 억울하기까지 한 감정이 가슴 깊은 곳에서 차올라왔다.

"걸읍시다."

채련을 물끄러미 바라보던 담시가 그녀 옆으로 다가서며 말했다.

"……."

채련은 얼굴을 손질하고 담시 옆에 나란히 섰다. 그들 앞엔 많은 사람이 오가고 있었다. 사람이 오가고 있음에도 거리는 빈 들판처럼 황량하게 느껴졌다. 그들은 잠시 거리를 바라보다가 천천히 인파 속으로 끼어 들어갔다. 자동차가 지나가고, 사람이 지나가고, 빌딩이 줄지어 늘어서 있는 그러면서도 빈 들판처럼 쓸쓸하고 황량한 거리, 그 거리를 걷고 있는 채련의 머릿속엔 동화의 얼굴이 떠올랐다. 우수가 깃든 수려한 얼굴. 노재윤의 얼굴도 떠올랐다. 숱 많은 머리를 한 갈래로 땋고 다니던 귀티 나던 여학생. 우아하고 정숙했던 사모님 얼굴, 유령처럼 음울했던 한태서의 얼굴, 당당하고 위엄 있던 이 씨 부인의 얼굴, 그리고 동미 얼굴… 그녀의 모습도 지금쯤은 많이 변해 있겠지. 이영의 얼굴도 떠올랐다. 육감적이고 끼 많던 그녀의 얼굴은 온데간데없고 이상하게 공항 로비에 서 있던 멍한 얼굴만 그녀의 뇌리에서 되살아났다.

정의동 교수의 얼굴도 떠올랐다.

선생님이 믿고 계시는 역사는 살아 있는 것입니까?

그야 물론 살아 있지. 천년의 역사는 천년 동안 살아 있고, 만년의 역사는 만년 동안 살아 있는 것이라네. 어제는 오늘 속에 살아 있고 오늘은 내일 속에 살아 있듯이 말일세.

그런데 선생님은 왜 역사 속에서 살아 숨 쉬지 못하는 것입니까?

…….

노 교수의 실어증은 정의동에 의해서 생긴 것인지도 모른다는 생각을 채련으로선 떨쳐버릴 수가 없었다. 마치 화형식이라도 치르듯 스승의 면전에서 스승이 지니고 있는 일체를 부정하고 나섰던 정의동, 그 자신은 역사 속에 살아 있는 것일까? 마지막으로 노 교수의 얼굴과 현지의 얼굴이 떠올랐다. 그 얼굴들은 점점 크게 확대되더니 마침내 대형 스크린처럼 그녀의 눈앞을 가로막았다. 우린 모두 어디에서 와서 이렇게 서럽게 만났다가 서럽게 헤어져야만 하는가? 채련은 걸음을 멈추고 서서 가만히 허공을 바라보았다. 그때 담시가 채련의 손을 꼭 잡았다.

"채련."

채련은 고개를 들어 담시의 눈을 쳐다보았다. 가슴이 뜨거워지며 그에게 기대고 싶은 충동이 느껴졌다. 채련은 끼고 있던 장갑을 벗어서 코트 주머니 속에 넣고 맨손으로 그의 손을 맞잡았다. 황량하고 쓸쓸한 이 거리에서 자신의 피부로 그의 체온을 받아들이고 싶었다.

　　그들의 머리 위로는 계속 눈이 내리고 있었다. 천년 세월이 흰 꽃송이로 부서져 내리듯이. 그들은 부서져 내리는 세월을 헤치며 아득한 기억 저편으로 걸어 들어갔다. 대로변을 지나고 골목을 지나고 강변을 지나고, 다시 대로변을 지나고 골목을 지나고…. 그들은 어깨를 나란히 하고 끝없이 거리를 배회했다. 마치 천년 세월 속을 배회하듯이.

　　가끔은 빛처럼 빠르게 세월이 걷히고, 때로는 농무 속에 가려져 한 치 앞을 내디딜 수 없었다. 그럴 때면 그들은 찻집에 마주앉아 뜨거운 차를 마시며 자신들 앞에 펼쳐진 농무가 걷히기를 기다렸다. 이렇게 하기를 몇 번, 긴 여정을 끝내고 그들이 강가에 이르렀을 때 온종일 내리던 눈은 멎고 밤하늘엔 상현달이 높다랗게 떠 있었다. 채련과 담시는 강둑에 서서 달빛 속에 잠긴 강을 오래도록 바라보았다. 두껍게 얼음이 언 강은 자신의 몸 위에 흰 눈을 싸안고 마치 정지된 시간처럼 누워 있었다. 강을 바라보고 있던 두 사람은 몸을 돌려 서로의 얼굴을 마주보았다. 그 강은 그들의 생애 위로 흘러간 세월, 바로 그것이었다.

"종을 만들고 싶소. 이제는 종을 만들 수 있을 것 같소."

담시는 긴 팔을 펴 채련의 어깨를 감싸며 그녀의 몸을 꼭 껴안았다. 그 순간 뜨거운 감동과 함께 눈물이 솟구쳐 올라 채련은 담시의 가슴에 얼굴을 묻고 소리 죽여 울었다. 푸른 달빛은 그들 정수리를 내리비추고 강은 달빛을 싸안은 채 새벽을 기다리고 있었다.

담시가 도다가 마을로 떠나간 후, 채련은 마치 금(禁)줄을 쳐놓듯 아파트 문을 걸어 잠그고 자신이 밖으로 나가지 않음은 물론 외부의 어느 누구도 자신이 거처하는 공간 속에 들여놓지 않았다. 그리고 고행승처럼 자신이 즐길 수 있는 일체의 안락을 배제하고 깊은 침묵 속에 잠겨 있었다. 그런 그녀의 머릿속은 담시의 영상만으로 가득 차 있었다. 높고 푸른 하늘에서 날던 귀한 새 한 마리가 날개를 펄럭이며 자신에게로 날아온 것 같은 기분. 채련은 자신이 그 새를 받아들임에 모자람이 없는 한 그루의 나무이고 싶었다.

채련은 하루에 몇 번씩 향을 피우기도 하고 향유를 뿌린 물에 긴 머리를 감기도 하면서 자신 속에 맑은 기운이 차오르기를 빌었다. 그런 어느 날 아침, 채련은 반쯤 열린 커튼 틈으로 들어오는 아침 햇살을 보았다. 그 빛은 광명처럼 느껴졌고 그것을 본 순간 그녀의 몸속엔 미열이 돌며 알 수 없는 흥분이 일기 시작했다. 채련은 창가로 가 세워둔 나무판을 가져다가 밑그림을 그리고 조각칼로 그것을 파나가기 시작했다. 조각칼이 지나간 자리에는 긴 머리와 부드러운 어깨와 탄력 있는 유방과 가는 허리와 매끈하고 긴 다리를 가진 여인의 모습이 드러났다. 그녀는 무릎을 꿇고 앉아 탐스러운 머리 타래를 두 손으로 받쳐 들고 하늘을 향해 공양을 올리고 있었다. 그리고 그녀의 머리 위엔 헐렁한 옷을 입은 맨발의 남자가 소매 속에 바람을 잔뜩 넣고 피리를 불며 구름 위를 떠가고 있었다. 그들 남녀는 하늘의 묘음(妙音)과 땅의 비원(悲願)으로 서로 화답하며 영원한 시공 속에서 마주보고 있었다. 그런 그들의 모습은 절묘하도록 아름다웠다.

 조각이 완성된 순간, 채련은 그것을 가슴에 싸안고 소리 죽여 울었다. 아픔 같기도 하고 슬픔 같기도 한 감정이 가슴 밑바닥에서부터 차올라와 걷잡을 수 없이 눈물이 흘러내렸다. 조각을 완성하기까지 얼마의 시간이 흘렀는지 그녀로선 알 수가 없었다. 그것은 어쩌면 그녀가 분별할 수 없는 의식 밖의 허공과 같은 시간이었는지도 모른다. 이튿날 새벽 채련은 그 조각을 포장해서 들고 도다가 마을로 떠났다. 그녀는 도다가 마을에 이르는 긴 시간 동안 오직 담시만을 생각했다. 아니, 담시만을 생각하려고 애썼다. 그것은 그녀가 생각할 수 있는 가장 지순한 감정이었기 때문이다.

석양을 받은 나목들이 긴 그림자를 드리우고 서 있는 저녁 무렵, 채련은 도다가 마을에 도착했다. 호숫가에는 중절모자를 쓴 허수아비 하나가 두 팔을 벌리고 서 있고, 허수아비 머리 위에는 참새 한 마리가 앉아 무심한 얼굴로 하늘을 보고 있었다. 채련은 허수아비와 참새가 연출하는 평화스러운 모습에 미소를 지으며 잠시 그들을 바라보고 있었다. 그들은 서로 상극으로 만났지만 이미 그것을 뛰어넘어 서로 친근하게 어울리고 있었다.

"아니 오 선생, 언제 오셨습니까?"

칡덩굴을 한아름 안고 산에서 내려오던 최길성이 반갑게 인사를 했다.

"지금요. 그건 뭣에 쓸 건가요?"

"내형틀 곁에 감을 겁니다."

최길성은 안고 있던 칡덩굴을 내려놓고 길섶에 주저앉았다.

"넘어진 김에 쉬어 간다고 오 선생 만난 김에 좀 쉬어 가야겠습니다."

채련은 최길성 옆으로 가 앉으며 호수를 바라보았다. 지난 가을, 푸른 하늘 한 조각을 떼어다가 펼쳐놓은 것처럼 보이던 호수는 두꺼운 얼음 이불을 싸안고, 깊은 동면을 취하고 있었다.

"오 선생이 오시지 못할까 봐 걱정했는데 다행히 오셨군요."

최길성은 채련이 들고 온 짐을 내려다보며 말했다.

"저도 올 수 없을 줄 알았어요. 도저히 조각을 해낼 수 없을 것 같아서요."

"담시도 작업을 시작한 지가 며칠 되지 않았습니다. 그동안은 두 손을 모아 인(印)을 맺고 계속 관(觀)만 하더군요. 자리에 누워 자는 것은 물론 음식을 먹는 일도 잊은 채 말입니다."

"……."

"가끔 앞에 놓인 물그릇을 들어 입에 댔는데 그것도 입술을 축이는 정도고 한 모금도 삼키는 것 같지 않았습니다."

"……."

"그런 그를 보고 있노라니, 그가 마치 자신의 몸을 녹여 종 속에 부으려 하고 있다는 생각이 들더군요. 실제로 밤에 보면 그의 몸은 내면에서 뿜어내는 열로 뻘겋게 달아 있기도 했습니다."

"……."

"들어가십시다. 담시는 지금 외형틀에 흑연을 바르고 있는데 마침맞게 조각이 도착했습니다."

"최 선생님이 먼저 보세요. 쓸 수 있을지 걱정이 되는데요."

도다가 마을에 도착하고 보니 채련은 어쩐지 자기가 한 조각에 대해 자신이 없었다.

"아닙니다. 귀한 작품을 제가 왜 먼저 봅니까?"

최길성은 사양하며 자리에서 먼저 일어섰다. 채련은 무릎 위에 놓았던 작품을 들고 그를 따라 일어났다.

"어서 갑시다. 오 선생이 온 걸 알면 담시도 기뻐할 겁니다."

두 사람은 호숫가를 걸어 안으로 들어갔다. 한참 걸어가자 푸른 소나무 사이로 검은 기와지붕이 반쯤 모습을 드러냈다.

저 안에 담시가 있다. 담시가 있다는 사실만으로도 온 세상은 새로운 의미를 지니고 그녀에게로 다가왔다. 그들이 마당에 들어섰을 때 백토로 빚어 만든 외형틀 안에 흑연을 바르고 있는 담시의 모습이 보였다. 그는 마치 신부 얼굴에 분을 바르듯 정성을 다해서 흑연을 바르고 있었다.

"담시, 오 선생이 오셨습니다."

최길성은 몇 걸음 앞에서 걸으며 담시를 향해 소리쳤다. 그러자 담시는 들고 있던 붓으로 이마를 가리며 채련을 돌아다보았다. 채련도 걸음을 멈추고 그를 마주 바라봤다. 반가움과 설렘이, 그보다 더 진한 아픔과 비애가 서로의 가슴속으로 파고들었다. 두 사람은 인사도 나누지 않은 채 그냥 마주보며 그렇게 서 있었다.

"조각을 좀 봅시다."

최길성이 조심스럽게 말했다.

"네."

채련은 들고 온 조각을 그들 앞에 펴놓았다.

"이건 상대예요."

채련은 비상하는 새의 날개를 들어 보였다. 두 사람은 눈을 가늘게 뜨고 유연하게 날개를 펄럭이며 비상하고 있는 새의 날개를 바라보았다.

"이건 유곽이고요."

채련은 긴 줄기 위에 떠받혀 있는 둥그런 연잎을 보여주었다. 크고 작은 연잎은 저마다 다른 모습을 한 채 고개를 숙이고 있었다.

"이건 유두예요."

채련은 다시 연꽃을 들어 보였다. 연꽃은 가운데 동그란 씨를 박고 일렬로 배열돼 있었다.

"이건 비천상이에요."

채련은 하늘의 묘음과 땅의 비원으로 서로 화답하고 있는 남녀 모습을 보여주었다. 두 사람의 입에선 약속이나 한 듯 동시에 탄성이 터져 나왔다.

"마음에 드시나요?"

채련은 긴장하며 물었다.

"신비롭군요. 절묘합니다."

최길성이 먼저 흥분한 얼굴로 대답했다. 담시는 묵묵히 서서 가만히 채련을 응시했다. 채련 역시 같은 모습으로 그를 응시했다.

"채련, 당신은 나의 소리입니다."

담시는 채련의 어깨 위에 두 손을 얹고 그녀의 얼굴을 뚫어져라 들여다봤다. 그녀에게서 울려오는 모든 소리를 자신의 시선 속으로 끌어들이려는 것처럼.

오래도록 그렇게 마주서 있던 두 사람은 서서히 조각 속으로 녹아 들어갔다.

하늘의 묘음과 땅의 비원으로 서로 화답하는 두 남녀로….

그날부터 채련은 그들과 함께 있었다. 담시나 최길성은 물론 도다가 촌로들도 온종일 거의 말을 하지 않았다. 그들은 머리를 수굿이 숙이고 다니며 자신들이 해야 할 일을 했고, 말을 해야 할 때는 대개 표정으로 의사를 교환했다. 백토 위에 바른 흑연이 말랐을 때 담시는 채련이 조각한 조각품을 눌러 모양을 떴다. 그리고 내형틀 위에 칡덩굴을 감기 시작했다. 아래는 두껍게, 위로 올라가면서는 점점 얇게 감는 그의 손길은 유연하고 매혹적이었다. 감기를 끝낸 담시는 내형틀 위에 외형틀을 씌웠다. 채련도 담시 곁에서 밀초를 깎아 용두를 만들었다. 그리고 용두에다 백토를 바르고 백토가 마른 후 밀초를 녹여 용 모양의 음관틀을 완성시켰다. 담시는 음관을 종틀 위에 얹고 불을 땠다. 그러자 칡덩굴이 타며 내형틀과 외형틀 사이에

종 두께의 공간이 생겼다. 도가니 옆에는 구리, 주석, 아연, 금, 은, 놋쇠, 인 등의 쇠붙이가 쌓여 있고 유리 조각과 청솔가지도 함께 놓여있었다.

"유리 조각과 청솔가지도 필요한가요?"

채련은 최길성에게 물었다.

"그것들은 음색을 곱게 해줄 뿐 아니라 수표와 불순물을 제거해주기 때문에 꼭 필요합니다."

서쪽 하늘에 걸쳐 있던 노을도 걷히고 사방은 서서히 어두워져 갔다. 그러자 도다가 촌로들은 화덕 앞에 모여 앉아 쌓아놓은 장작에 불을 댕겼다.

"쇠붙이는 왜 넣지 않는가요?"

채련은 의아해서 물었다.

"도가니를 먼저 달구기 위해서죠. 자정쯤 되면 도가니가 완전히 달구어질 겁니다."

최길성이 대답했다.

자정이 가까워지자 빨갛게 달구어진 도가니는 깜깜한 어둠 속에서 붉은 연꽃처럼 떠올랐다. 신비하고 황홀했다. 도가니 앞에 서서 시시각각으로 변하는 붉은빛을 보고 있던 담시는 한 찰나를 포착하고 구리를 집어서 도가니 속에 던졌다. 그 순간 구리는 현란한 불꽃으로 몸을 사르더니 붉은 쇳물이 되었다. 이어 인이 들어가고 금, 은이 들어가고 주석이 들어갔다.

그들은 저마다 자신들이 지니고 있는 독특한 불꽃으로 타오르다가 시뻘건 쇳물로 몸을 바꿨다. 채련은 어둠 속에 서서 도가니 속을 들여다보았다. 끓고 있는 쇳물은 새로운 생명을 받기 위해 몸부림치며 절규하고 있는 것 같았다. 그것은 마치 한 덩어리의 화엄 세계를 보는 것처럼 장엄하고 엄숙하게 느껴졌다.

 숨을 죽이며 도가니 속을 들여다보던 채련은 칡덩굴을 자르던 가위로 자신의 머리 타래를 잘랐다. 그녀의 손안에는 부드러운 머리 타래가 쥐어져 있었다. 그것은 33년간을 살아온 생의 징표이기도 했다. 채련은 머리 타래를 들고 도가니 앞으로 다가가 그것을 붉은 쇳물 속에 던졌다. 담시의 염원에 자신의 생을 사르는 마음으로. 먼동이 트기 시작할 무렵 쇳물은 음관을 타고 종틀 속으로 녹아 들어갔다. 쇳물은 이제 단순한 쇳물이 아니라 범천을 나르는 소리로 환생하기 위해 종틀 속에서 마지막으로 인고의 순간을 견딜 것이다.

  願此鍾聲遍法界

  鐵圍幽暗悉皆明

  三途離苦破刀山

  一切衆生成正覺

종소리가 울렸다.

그것은 우렛소리였으며, 바람 소리였으며, 산자락을 도는 물소리였으며, 꽃잎 위에 떨어지는 빗소리였다. 그리고 하늘을 가로질러 가는 천인(天人)의 피리 소리였으며, 하늘 아래 있는 일체의 생명이 하늘을 향해 고하는 통한의 소리였다.

종소리는 파도 소리처럼 굽이쳐 흘러가 하늘 자락을 때렸고, 그것은 다시 메아리쳐 돌다가 마을로 되돌아왔다. 종소리는 끊이지 않고 밤이 새도록 울려 퍼졌다. 하늘과 땅을 한 소리 속에 간직한 채.

채련은 그 소리 속에서 종이 완성되어 가는 소리를 들었다. 그리고 이별의 순간이 다가오는 소리도 들었다. 종이 완성되면 담시는 날개를 펄럭이며 다시 창공 속으로 날아갈 것이다. 아득한 과거세에도 그러했듯이.

나무야, 새가 날아감을 서러워 말자.

그 후 담시의 소식을 정확히 아는 사람은 아무도 없었다. 다리를 놓는 공사장에서 그를 본 사람이 있다고도 했고, 추수를 하는 들판에서 그를 본 사람이 있다고도 했다. 그리고 또 어떤 사람은 담시가 남쪽 어느 마을에서 혼자 살고 있는데 그를 찾아오는 학자와 예술가들의 발길이 그의 오두막집 앞에 끊이지 않는다고도 했다. 하지만 아무도 그걸 확인해 본 사람은 없었다.
　다만 그가 만든 종만은 도다가 마을에 그대로 남아 있는데, 그 종소리를 듣기 위해 찾아오는 사람은 지금도 사시사철 끊이지 않고 줄을 잇고 있었다. 그 종은 소리를 듣고자 하는 간절한 염원만 가지고 있으면 그 염원에 응해 언제나 울어 주었다. 그런데 그 울음소리는 너무도 애절해서 소리를 듣고 있으면 모두 가슴속으로 눈물을 흘린다고 했다. 한이 크면 클수록 고통이 깊으면 깊을수록 종은 더욱 애절하게 울어 주었고, 그 종소리를 들으면서 실컷 울고 나면 무엇인가로부터 깊이 위로받고 있다는 느낌 때문에 마음은 한없이 평화스러워지고 생에 대한 새로운 희열에 젖어 든다고 했다.
　세상에서 모습을 찾을 수 없는 담시는 소리 속에 숨어 도다가의 종소리를 듣는 모든 사람의 가슴속에 살아 있는지도 모르겠다.

제 1 권

끝

『우담바라』 35주 년 기념 리커버 디자인에 '만다라(mandala)' 작품을 사용할 수 있도록 허락해 주신 '만다라 아티스트_ 김성애 작가님'께 깊은 감사의 인사를 드립니다.

우담바라 ₁

35주년기념판

펴낸날　2023년 4월 6일 발행

지은이　남지심
펴낸이　정창득
기획　　문학창작집단 바띠
편집　　이종숙 김미정 이수빈
책임편집　전현서

만다라　김성애 M. 010.2562.3225 E. kimsungae22@gmail.com
디자인　달사람스튜디오 E. moonmanstudio@naver.com

펴낸곳　도서출판 얘기꾼 [제300-2013-124호] (2013.10.28)
　　　　E. batistaff@naver.com　T. 070.8880.8202　F. 0505.361.9565

ISBN　979-11-88487-11-0　04810
ISBN　979-11-88487-10-3　04810 (세트)

디자인. 달사람 **moonmanstudio**